Cliff McNish

Rachel und das Versprechen des Zauberers

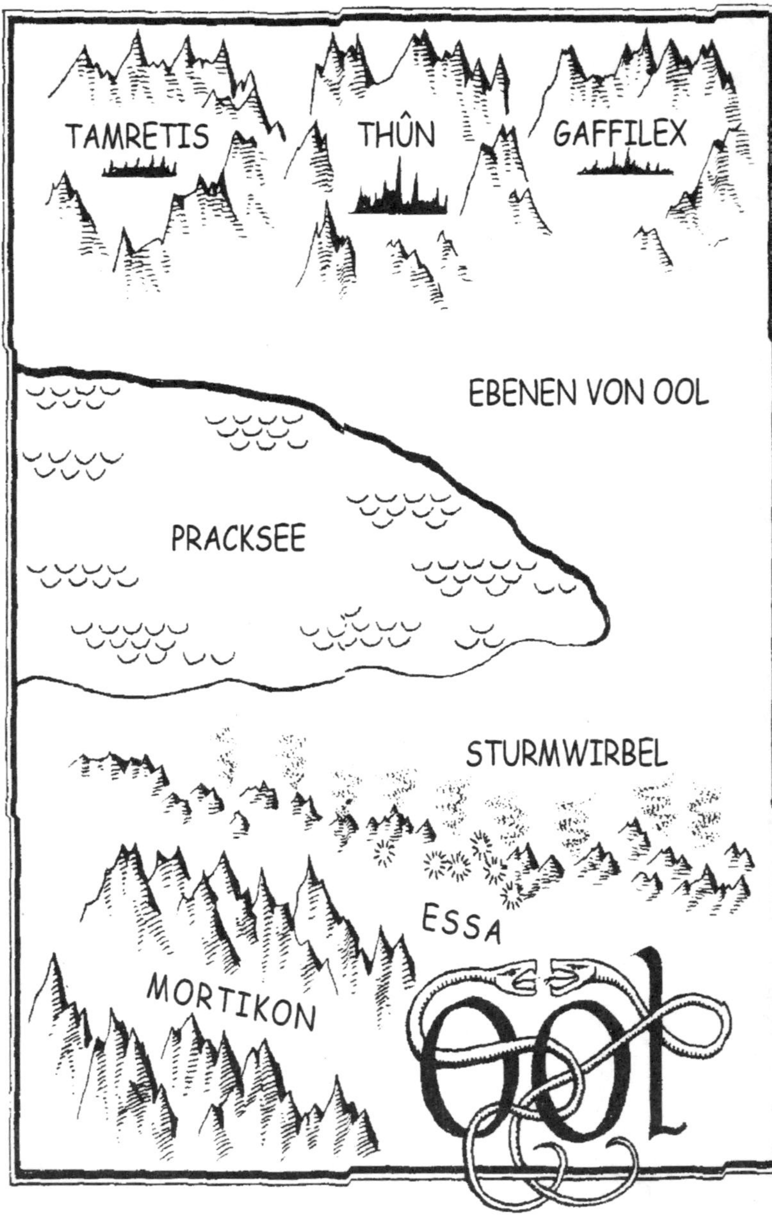
TAMRETIS
THÛN
GAFFILEX
EBENEN VON OOL
PRACKSEE
STURMWIRBEL
ESSA
MORTIKON
ool

Cliff McNish

Rachel und das Versprechen des Zauberers

Aus dem Englischen
von Eva Schwaikart

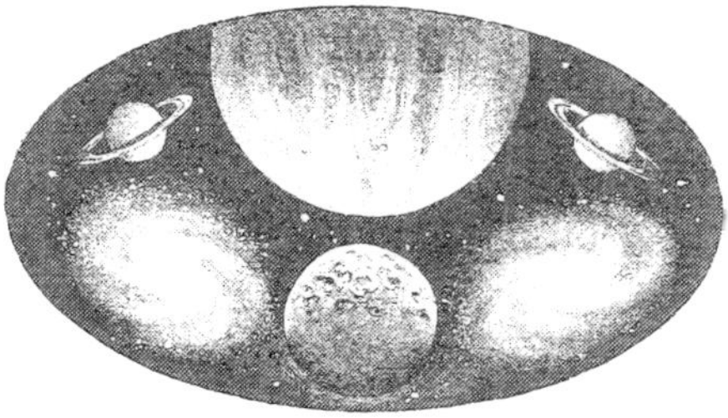

Arena

In neuer Rechtschreibung

Titel der englischen Originalausgabe:
The Wizard's Promise
2001 erschienen bei
Orion Children's Books,
a divison of the Orion Publishing Group Ltd
Orion House
4 Upper St. Martin's Lane
London WC2H 9EA
Great Britain

1. Auflage 2003
für die deutschsprachige Ausgabe:

Aus dem Englischen von Eva Schweikart
Einband: Silvia Christoph
Innenillustrationen: Silvia Christoph

Gesamtherstellung: Westermann Druck Zwickau GmbH
ISBN 3-401-05308-6

Inhalt

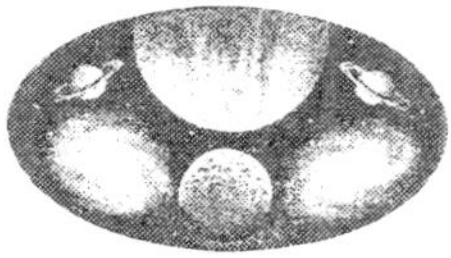

1

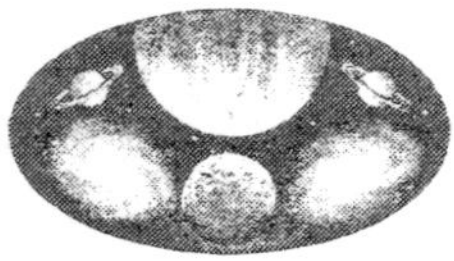

Schulen ohne Kinder

Kaum war Rachel aufgewacht, wurden auch schon ihre Informationszauber aktiv, die ihr als erweiterte Sinne dienten. Die Informationszauber durchforschten sämtliche Räume des Hauses nach möglichen Bedrohungen. Auf den ersten Blick nichts Ungewöhnliches, meldeten sie. Mami nahm wie jeden Morgen ein Bad. Paps machte in seinem Arbeitszimmer Gymnastik und versuchte mit ausgestreckten Armen an seine Zehen zu kommen.
Die Informationszauber suchten weiter. Im Garten entdeckten sie zwei Fröschlein, die sich noch nicht schlüssig waren, ob sie es wagen konnten, über den gefährlichen Rasen zu hüpfen. Der Hund der Nachbarn hatte sich mit einem leckeren Knochen hinters Gartenhäuschen zurückgezogen, wo er sich in Sicherheit wiegte.
Lächelnd blickte Rachel aus dem Fenster ihres Zimmers. Ein Schwarm Wildgänse zog vorbei. Rachel sah ihnen nach und lauschte währenddessen auf die vertrauten Geräusche aus Haus und Garten. Einen Moment lang war ihr, als hätte nichts auf der Welt sich verändert.
Da erspähte sie eine Gruppe Kleinkinder am Himmel, angeführt von einem Jungen, den Rachel auf etwa drei Jahre schätzte. Die Kinder folgten ihm in Reih und Glied; sie hielten die Arme eng am Körper und hatten die

Köpfe vorgereckt. Ihre Augen leuchteten in ein und demselben intensiven Blauton, der typischen Farbe der Flugzauber.
Die Gänse stoben aufgeregt auseinander, als die Gruppe den Schwarm einholte.
Rachel schlüpfte aus dem Bett, bürstete sich das lange dunkle Haar und schlenderte dann hinunter in die Küche. Ihr jüngerer Bruder Eric saß bereits am Esstisch, vor sich eine Schale mit knusprigem Müsli.
»Weißt du, was«, sagte er mit vollem Mund, »wenn ich zaubern könnte, dann würde ich mich nicht mit Fliegen und all solchem Kram aufhalten. Stattdessen würde ich mir einen Zauber ausdenken, der macht, dass ich für alle Zeiten den Geschmack von Müsli im Mund habe.«
»Das hättest du bald über«, meinte Rachel.
»Ganz bestimmt nicht«, sagte Eric und deutete dann mit seinem Löffel auf die Kinder, die draußen am Himmel gerade noch zu sehen waren. »Guck mal, die Kleinen. Wahrscheinlich sind sie Langstrecken-Schnellflieger und trainieren gerade. Die nehmen das total ernst. Als ich in dem Alter war, hab ich mich damit begnügt, mein Schwesterherz zu piesacken.«
»Hmmm«, machte Rachel nur. Sie sah sich in der Küche nach den Prapsys um. Die Prapsys waren zwei mutwillige Wesen mit gefiederten Krähenkörpern und Babygesichtern. Früher einmal, in einer anderen Welt, hatten sie einer Hexe gedient. Wenn Rachel morgens in die Küche kam, stachelte Eric die beiden meist an ihr einen Streich zu spielen.
»Wo sind denn die Jungs?«, fragte sie argwöhnisch.
»Die hab ich heute früh zur Abwechslung mal rausgelas-

sen«, antwortete Eric. »Sie sollen mir was mitbringen, hab ich ihnen gesagt, irgendwas Interessantes.«

»Hast du sie weit weggeschickt?«

»Nach China.«

»Nicht schlecht.«

Rachel sah aus dem Fenster und ließ den Blick über die Dächer der angrenzenden Häuser schweifen. Es war ein ganz normaler Morgen. Überall am Himmel waren inzwischen Kinder zu sehen. Ein paar wenige hatten sich hoch hinaufgewagt und übten im unberechenbaren Aprilwind Vollbremsungen in der Luft. Die meisten aber hatten sich zu den gewohnten Gruppen zusammengefunden, lachten und neckten einander. Ganz in der Nähe bemerkte Rachel einen Jungen, der gurrte. Sogleich kamen zwei Tauben aus einem Gebüsch geflogen und setzten sich auf seine Hand. Ein Mädchen schwebte niedrig über den Vorgärten dahin und schnappte sich friedlich in der Morgensonne dösende Katzen, die sich maunzend und fauchend zur Wehr setzten.

»Schau mal!«, rief Eric. »Blitzspringer!«

Sechs Jugendliche flogen mit hoch erhobenen Armen zielstrebig nach Süden.

»Kennst zu Blitzspringen schon?«, fragte Eric. »Das ist ein brandneues Spiel; die Spannungssucher haben es aufgebracht. Man spielt es dort, wo gerade ein Gewittersturm tobt, und es geht darum, dass man im letzten Moment dem Blitz ausweicht. Es werden sogar schon Wettkämpfe veranstaltet. Die meisten finden in den Tropen statt, weil es da die tollsten Stürme gibt. Ich wette, die sechs sind auf dem Weg dorthin.« Sehnsüchtig sah er den Jugendlichen nach, die gerade jenseits der Hausdächer verschwanden.

»Und wenn man vom Blitz getroffen wird?«
»Dann hat man Pech gehabt«, sagte Eric. »Riskant ist es schon, aber genau das ist ja der Kick. Sonst wär's ja nicht aufregend, oder?«
Rachel zuckte mit den Schultern. Die neuen Zauberspiele interessierten sie nicht sonderlich. Viel mehr interessierten sie die Kinder, die ständig am Himmel Ausschau nach Hexen hielten.
Fast ein Jahr war vergangen, seit der kleine Yemi die Zauberkraft aller Kinder der Erde freigesetzt hatte. Damals war auf einen Schlag so enorm viel Magie vorhanden gewesen, dass Larpskendya, der Anführer der Zauberer, sämtliche Kinder und Erwachsenen der Erde nach Trin bringen konnte.
Als Rachel an diese Welt voller Pflanzen dachte, über die sich ein lilafarbener Himmel spannte, wurde ihr wehmütig ums Herz. Die Pflanzen von Trin besaßen Zauberkraft und verständigten sich mittels einer so komplizierten Blättersprache, dass selbst die Zauberer allenfalls erahnen konnten, was ihre anmutigen Bewegungen bedeuteten. Doch die Pflanzen kümmerten dahin und daran waren die Hexen schuld. Aus einer Laune heraus hatten sie den Boden von Trin vergiftet. Dadurch verloren die Pflanzen allmählich ihre Zauberkraft und damit die Grundlage für die Verständigung untereinander. Immer heftiger wedelten sie mit ihren großen Blättern und konnten einander dennoch nicht mehr verstehen.
Ein längerer Aufenthalt auf Trin war Larpskendya mit seinen vielen Begleitern nicht möglich gewesen. Die Überfülle an Magie nach dem Großen Erwachen war nicht von Dauer gewesen, sodass sie nach Hause zurück-

kehren mussten. Doch eines war ihnen klar geworden: Wenn die Hexen auf Trin, einer Welt, die ihnen gleichgültig war, solchen Schaden anrichteten, was würde dann erst geschehen, wenn sie je wieder auf die Erde kämen?

Wieder zu Hause, hatten die Kinder sich daran gemacht, Vorkehrungen zu treffen. Monatelang hatten sie ihre Verteidigungszauber geübt. Tag und Nacht hielten sie am Himmel Wache, denn jeder rechnete mit einem baldigen Angriff der Hexen. Bisher jedoch hatte sich keine einzige blicken lassen.

Ool, der Heimatplanet der Hexen, hüllte sich in Schweigen. Die Zauberer hatten in Erfahrung gebracht, dass dort ein Kampf um die Herrschaft stattgefunden hatte, ein Kampf zwischen den Oberhexen, denen Rachel und die anderen Kinder vor einem Jahr gegenübergestanden hatten, und den schrecklichen Griddas.

Larpskendya war sicher, dass die Griddas den Kampf gewonnen hatten. Das bereitete ihm Kopfzerbrechen, denn über die Griddas wussten die Zauberer nur wenig. Die Hexen von Ool hatten sie eigens für den Kampf gezüchtet und auf ihrem Planeten in unterirdischen Räumen gefangen gehalten. Dann hatte Heebra, die frühere Herrscherin von Ool, einen verhängnisvollen Fehler begangen, indem sie die Griddas freiließ. Nachdem diese den Geschmack der Freiheit gekostet hatten, wollten sie sich nicht wieder einsperren lassen und hatten sich gegen die Hexen gewandt.

Während Rachel, das schmale, sommersprossige Gesicht auf die Hände gestützt, aus dem Fenster blickte, überlegte sie, ob die Erdbewohner wohl einen Angriff

der Griddas abwehren könnten. Außerdem dachte sie an einen Freund. »Wie es Morpeth wohl geht?«, fragte sie leise. »Er fehlt mir so.«
»Er ist doch erst seit ein paar Tagen weg«, wandte Eric ein.
»Trotzdem fehlt er mir.«
»Mir auch, ich geb's ja zu. Aber denk doch mal, wie lange er nicht mehr auf Ithrea war, und gönn ihm das Vergnügen. In ein paar Wochen holt Larpskendya ihn ab und bringt ihn wieder hierher.«
Während Rachels Gedanken bei Morpeth weilten, landeten drei Mädchen neben dem Gartenteich. Sie gingen über den Rasen auf die Glastür der Veranda zu und winkten.
»Das darf nicht wahr sein«, stöhnte Eric. »Schon wieder welche aus deinem Fanklub! Hört das denn nie auf?«
Ständig lungerten Kinder in der Nähe des Hauses herum und versuchten einen Blick auf Rachel zu erhaschen. Ihr Ruf und vor allem ihre außergewöhnlichen Fähigkeiten zogen Kinder von nah und fern an.
»Die drei hab ich schon mal gesehen«, stellte Eric fest. »Und zwar vorgestern Abend. Sie haben im strömenden Regen gestanden, aber glaubst du, das hat ihnen was ausgemacht?« Er schnitt den Mädchen eine Grimasse. »Haut ab!«, rief er.
Die Mädchen lächelten freundlich. »Die blöden Weiber hören nicht auf mich«, sagte Eric. »Warum jagst du ihnen nicht mal einen Schrecken ein, Rachel? Du könntest sie zum Beispiel in die Arktis oder sonst wohin verfrachten. Da brauchen sie dann eine ganze Weile für den Rückflug und wir haben so lange Ruhe vor ihnen.«

Zwei der Mädchen schubsten einander vorwärts und versuchten Rachels Aufmerksamkeit auf sich zu lenken. Die Dritte sah Eric unverwandt an.

Leicht verunsichert strich er sich die zerknautschte Pyjamajacke glatt.

Rachel lachte: »Offenbar werde nicht nur ich bewundert!«

»Kannst du die nicht verschwinden lassen?«

»Ich denke, wir sollten die Hübsche, die dich so anschmachtet, reinlassen«, meinte Rachel. »Die würde sich bestimmt gern mit dir unterhalten.«

»Bloß nicht!«, schrie Eric und versteckte sich unter der Bettdecke.

Die Mädchen draußen auf der Veranda hofften vergeblich. Rachel hatte in der letzten Zeit so oft Bewunderer empfangen, dass sie solche Besuche inzwischen gründlich satt hatte. Sie wandte den Blick ab und wünschte sich, sie wäre weit weg.

»Weißt du, was«, wandte sie sich an Eric. »Wir machen einen Ausflug.«

»Das soll wohl ein Witz sein?«, fragte er. »Oder glaubst du etwa, wir kommen unbehelligt aus dem Haus? Draußen ist alles voller Kinder.«

»Dann versetze ich uns eben irgendwohin.«

»Und wohin?«

»Wir könnten mal nach den Prapsys schauen. Uns anschleichen und sie ein bisschen erschrecken.«

»Nicht schlecht, die Idee. Ich zieh mich rasch an.«

»Soll ich das übernehmen?«

»Kommt nicht in Frage!«, schnaubte Eric. »Ich kann das nicht haben, wenn deine Zauber mir am Pyjama rumfummeln.«

Er rannte die Treppe hinauf und stieß mit seiner Mutter zusammen.
»Kannst du nicht aufpassen!«, seufzte diese. Sie strich sich das feuchte Haar aus dem Gesicht und lächelte Rachel zu, die am Fuß der Treppe stand. »Willst du weggehen, Liebes?«
»Ja.«
»Da musst du dich aber tarnen, damit deine Fans es nicht mitbekommen.« Sie unterzog ihre Tochter einer kritischen Musterung. »Wie wär's, wenn du dich älter machen würdest? Drei Jahre dazu, dann bist du sechzehn, blondes statt schwarzes Haar und die Sommersprossen verschwinden lassen – was hältst du davon?«
Rachel grinste. »Blond ist out, Mami. Die Haarmode hat sich geändert.«
»Und was ist zur Zeit in?«
»Silber für Jungen, lang und nach hinten gekämmt. Und bei den Mädchen alles, was total verrückt ist.«
Die Mutter zuckte mit den Schultern; sie wunderte sich über nichts mehr. Seit die Kinder zaubern konnten, änderten sie fortwährend ihr Aussehen.
»Magst du mitkommen, Mami? Eric und ich nehmen dich gern mit.«
»Nein, danke. Geht ihr nur und vergnügt euch.«
Eric tauchte wieder auf, jetzt in Jeans und Pulli. Darüber trug er eine warme Jacke.
»Bist du so weit?«, fragte Rachel.
»Seit einer Ewigkeit schon.«
Rachel gab ihrer Mutter einen raschen Kuss auf die Wange – und im nächsten Moment waren sie und Eric verschwunden.

Die Geschwister befanden sich am Stadtrand. Über ihnen flog ein Junge vorbei, auf dem Rücken einen Mann, vermutlich seinen Vater. Rachel hörte die beiden lachen. Mütter oder Väter, die gern fliegen wollten, mussten sich an ihre Kinder wenden, denn nur Kinder besaßen Zauberkraft. Mit dem Erwachsenwerden verloren sich die magischen Gaben.
Rachel und Eric schlugen den Fußweg zu der Vorschule ein, die Rachel früher besucht hatte.
»Die ist ja geschlossen«, bemerkte Eric. »Das wusste ich gar nicht.«
Der Zugang zum Pausenhof war mit einer schweren Kette versperrt. Nirgendwo hing ein Schild mit einer Erklärung – und im Grunde genommen war auch gar keine Erklärung nötig.
»Überall dasselbe«, stellte Rachel fest. »Diese Schule war die letzte; vergangene Woche ist sie geschlossen worden. Du weißt ja, wie die Kleinen sind – sie wollen den ganzen Tag spielen, am liebsten im Freien.« Sie lächelte. Erst hatte auch sie es seltsam gefunden, dass immer weniger Kinder zur Schule gingen. Aber wenn man fliegen kann, weshalb sollte man dann in einem Klassenzimmer stillsitzen? Einige Lehrer, die das Geschehen aufmerksam verfolgten, hatten bald erkannt, dass der bisherige Unterricht es nicht mit der Faszination der Magie aufnehmen konnte. Die Kinder hatten einfach keine Lust, in ihre Geografiebücher zu starren, wenn ihnen die ganze Welt offen stand. Inzwischen hatte es sich eingebürgert, dass sie dort zum Unterricht gingen, wo es ihnen am besten gefiel, und Lehrer, die keine Angst vor dem Fliegen hatten, ließen sich von ihren Schülern mitnehmen.

»Ein paar Kinder aus meiner alten Schule haben neulich mit dem Mathelehrer einen kleinen Flug unternommen, hatte ich das schon erzählt?«, sagte Eric, als sie sich auf den Rückweg machten. »Die wollten Experimente machen, um rauszukriegen, wie sie im Flug besser steuern können.«

»Und konnte er ihnen helfen?«

»Klar. Vorgestern Nacht haben sie mit ihm zusammen geübt«, antwortete Eric.

»Wie? Sie haben ihn im Dunkeln mit rausgenommen?«

»Genau. Warum auch nicht? Er war offenbar ganz wild drauf. So konnte er endlich mal seine Theorien in der Praxis überprüfen. Die anderen haben behauptet, es hat ihm Spaß gemacht. Allerdings hat es hinterher eine ganze Weile gedauert, bis er wieder normal reden konnte.«

Ein paar Sprinter sausten knapp an Rachel vorbei. Sie flogen niedrig, aber so enorm schnell, dass der Luftzug, den sie verursachten, ihr Haar aufflattern ließ. Eric lachte – er wusste genau, dass die Sprinter Rachel verlocken wollten ihnen zu folgen.

Flugspiele gehörten zu den beliebtesten neuen Sportarten. Ihre Regeln waren einfach. Rachel hätte jeden Wettkampf mühelos gewonnen. Schon öfter hatten Mannschaften sie als Mitspielerin gewinnen wollen, aber dafür war Rachel nicht zu begeistern.

Sie ging Eric voran bis zum Ende des Fußwegs und betrat eine angrenzende Wiese. Dort standen ein paar verrostete Schaukeln und eine klapprige Wippe. Auf Spielplätzen wie diesem vergnügten sich nur noch wenige Kinder.

»Kümmerlinge«, sagte Eric, als er zwei Kinder auf dem Spielplatz sah.

»Nenn sie nicht so!«, fuhr Rachel ihn an. »Ich kann das Wort nicht ausstehen!«
»So sagen aber alle, Rachel, ob dir das nun gefällt oder nicht.«
Der Junge und das Mädchen, die etwa sieben oder acht Jahre alt sein mochten, saßen auf der Wippe. Der Junge trug Shorts und eine Windjacke; er schien zu frieren. Das Mädchen hatte den langen weißen Rock bis zu den Knien hochgeschlagen, um besser rittlings sitzen zu können. Langsam wippten die beiden Kinder auf und ab.
Mit einem Seufzer sah Eric Rachel an: »Du willst mit ihnen spielen, was?«
»Nur ein bisschen.«
»Das sagst du immer. Und dann dauert es Stunden.«
Rachel lachte. »Ich bin einfach gern mit ihnen zusammen. Obwohl, die beiden kenne ich noch nicht. Ich geh mal rüber und sag ihnen Guten Tag.«
Die beiden auf der Wippe gehörten zu den am wenigsten begabten Kindern. Nicht alle waren mit den gleichen magischen Fähigkeiten ausgestattet. Einige Zeit nach dem Großen Erwachen, als die Zauberkraft so machtvoll zu Tage getreten war, hatte sich herausgestellt, dass es in jedem Land der Erde auch Kinder gab, die so wenig Magie besaßen, dass sie sich kaum bemerkbar machte. Während die anderen mühelos miteinander um die Wette flogen, konnten diese Kinder vom Fliegen allenfalls träumen. Bei den Zauberspielen, die überall aufkamen, konnten sie nicht mitmachen, deshalb hatte Rachel vorgeschlagen, dass die begabtesten Kinder sich regelmäßig um sie kümmern sollten.
Am Himmel sauste ein Junge vorbei, ungefähr so alt wie

die Kinder auf der Wippe. Das Mädchen sah ihm sehnsüchtig nach, bis er über den Hügeln verschwand.
»Hallo ihr beiden, wie heißt ihr denn?«, begrüßte Rachel die Kinder.
»Steigt nur auf«, sagte Rachel und ging in die Hocke, damit die beiden auf ihren Rücken klettern konnten. Dann erhob sie sich in die Lüfte.
»Ich hab überhaupt keine Angst!«, rief der Junge laut.
Rachel lachte. »Das merke ich!«
»Höher, höher!«, verlangte das Mädchen. »Flieg schneller!« Doch als Rachel beschleunigte, fing die Kleine zu schreien an: »Ich fall runter, gleich fall ich runter!«
»Aber nein«, flüsterte Rachel ihr zu. »Ich lass dich doch nicht fallen!«
Das Mädchen schmiegte sich an ihren Hals, glücklich, dass ein Kind mit Zauberkraft sich seiner angenommen hatte.
Eine Zeit lang ließ sich Rachel von den beiden bald hierhin, bald dorthin schicken. Um ihnen eine besondere Freude zu machen, versetzte sie sich viele tausend Kilometer nach Osten. Es dauerte nicht lange und die beiden krochen durchs Dickicht des asiatischen Urwaldes.
Schließlich brachte Rachel sie zurück nach Hause. »Wenn ihr mögt, komme ich morgen wieder«, sagte sie.
Sie winkte den Kindern zu und flog dann zum Spielplatz, wo Eric sie mit finsterer Miene erwartete. »Was fällt dir eigentlich ein!«, sagte er wütend. »Du lässt mich einfach hier stehen. Dabei hast du gesagt, wir wollten die Prapsys suchen.«
»Hör auf zu meckern und steig auf.« Während Eric auf Rachels Rücken kletterte, merkte sie, wie ihre liebsten

Zauber – die zum Fliegen und zum Ortswechsel – aktiv wurden. Sie spürte ein belebendes Prickeln am ganzen Körper: Gleich würden sie ihre ganze Kraft entfalten. Rachels Augen leuchteten in unzähligen Blautönen auf.

»Fertig?«, fragte sie Eric und stellte sich auf die Zehenspitzen.

»Das wird wohl eine weite Reise«, meinte Eric. »Ich seh's an deinen Augen. Wo katapultierst du uns hin?«

»Wenn ich es dir sage, ist's keine Überraschung mehr.«

»Wohin? Sag schon!«

»Zum Mount Everest!«

»Das darf nicht wahr sein! Nicht schon wieder dieser grässliche Himalaja!« Er zog an Rachels Kragen.

»Was ist nun? Bist du so weit?«

Und schon erhob sie sich in die Lüfte.

2

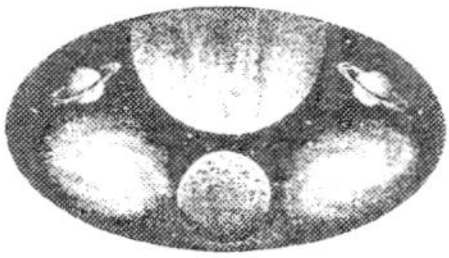

Griddas

Gultrathaca, die Anführerin der Griddas, stand vor dem Raum ganz oben im Augenturm.
Mit über vier Metern Körperlänge war Gultrathaca doppelt so groß wie die Hexen von Ool. Ihr quadratischer orangefarbener Schädel bestand ganz aus Knochen. Wie die anderen Griddas hatte auch sie weder eine Nase noch Lippen. Ihr Gesicht war vollkommen flach bis auf vier vorstehende Kiefer. Ein fünfter befand sich unten am Hinterkopf. Ihre riesengroßen Augen nahmen mehr als die Hälfte des Gesichts ein. Sie wirkten nicht nur wie gemeißelt, sondern waren tatsächlich steinhart.
Gultrathaca schritt zum Augenfenster, öffnete es und blickte triumphierend hinaus.
Unter ihr lag Thûn, die größte Stadt von Ool, in Schutt und Asche. Lange hatten die Hexen die Griddas in unterirdischen Räumen gefangen gehalten, während sie selbst ihre Augentürme bis in den Himmel bauten. Nach ihrem Sieg über die Hexen von Ool hatten die Griddas als Erstes alle Augentürme dem Erdboden gleich gemacht. Da sie wussten, wie viel die Türme den Hexen bedeuteten, leisteten sie ganze Arbeit und zerbröselten mit ihren mächtigen Klauen jeden einzelnen Stein.
Nur ein einziges Bauwerk aus der Herrschaftszeit der

Hexen hatten sie stehen lassen: den Großen Turm, den einst Heebra, die Anführerin, bewohnt hatte.
Die Hexen, die bis zum Ende gegen die Griddas gekämpft hatten, lagen nun am Fuß dieses Turms. Als alle anderen Türme eingenommen waren, hatten sie sich hier verschanzt. Wider Erwarten war es ihnen gelungen, Heebras Turm mehrere Tage gegen die Übermacht der erbittert kämpfenden Griddas zu verteidigen.
Inzwischen hatte der ohne Unterlass fallende graue Schnee von Ool die toten Hexen fast zugedeckt. Von ihren roten Gesichtern, ihren schwarzen Gewändern und ihren geliebten Herzensschlangen, die sie um den Hals trugen, war kaum noch etwas zu erkennen.
Gultrathaca hatte vor auch diesen letzten Turm zu zerstören. Zuvor jedoch wollte sie Heebras Besitztümer noch einmal in Augenschein nehmen; möglicherweise fand sich etwas Brauchbares darunter. Sie hatte aber noch einen zweiten Grund für ihren Besuch im Turmzimmer.
»Komm näher«, sagte sie. »Oder hast du Angst?«
Jarius, eine jüngere Gridda aus Gultrathacas Meute, näherte sich zögernd dem Augenfenster. Sie hatte die meiste Zeit ihres Lebens in unterirdischen Tunnels verbracht – noch nie zuvor war sie so weit oben gewesen. »Wie kannst du es hier nur aushalten?«, fragte sie zitternd.
»Wir müssen noch viel weiter in die Höhe, wenn wir diesen Planeten verlassen wollen«, antwortete Gultrathaca. »Du wirst dich daran gewöhnen, genau wie ich. Es ist eine Frage der Übung.«
Jarius wagte noch ein paar Schritte. Wie bei Gultrathaca verriet auch ihr Körperbau geballte Kraft. An Brust und Schultern hatte sie knochige Fortsätze und unter dem

dichten braunen Fell, das den ganzen Körper bedeckte, wölbten sich mehrere Muskelschichten. Jeder einzelne Muskel war ständig angespannt und damit kampfbereit, selbst im Schlaf. Zum Überleben in den Tunnels unterhalb der Hexenstädte hätte es ein solches Übermaß an Kraft nicht gebraucht. Mit dem Aussehen der Griddas hatte es etwas anderes auf sich: Die Hexen hatten sie mit Bedacht so gezüchtet. Sollte der Planet Ool je von den Zauberern angegriffen werden, hatten die Hexen sich unter die Erde zurückziehen und die Griddas statt ihrer kämpfen lassen wollen.

Jarius zwang sich noch näher ans Fenster zu treten. Draußen war es dunkel, doch für sie noch immer zu hell. Sie senkte ihre Augenschilde ein wenig und ließ den Blick über den Himmel schweifen. Ängstlich vermied sie es, nach unten zu schauen.

»Dieser Turm ist ein unnatürlicher Ort«, stieß sie hervor und klammerte sich Hilfe suchend an Gultrathaca. »Ich . . . ich hab Angst.«

»Ich weiß. Geh trotzdem näher ans Fenster.«

»Bitte, zwing mich nicht!«

»Ich muss dich zwingen«, erwiderte Gultrathaca. »Wir können nicht die ganze Zeit in unseren vertrauten Tunnels bleiben, wenn wir es mit Larpskendya aufnehmen wollen.«

Mit kleinen Schritten trat Jarius ans Fenster. Minutenlang starrte sie hinaus. Es fiel ihr unendlich schwer, doch sie wusste, dass Gultrathaca hinter ihr stand und sie nicht aus den Augen ließ.

»Und jetzt steck deinen Kopf aus dem Fenster!«, erklang deren Stimme.

»Nein!« Entsetzt fuhr Jarius zurück, aber Gultrathaca packte sie am Genick und drückte ihren Kopf nach vorn. Krampfhaft versuchte Jarius die Augen geschlossen zu halten, doch Gultrathaca schob mit der anderen Klaue ihre Augenschilde auf.

Lange zwang Gultrathaca Jarius in die Tiefe zu blicken. Dann endlich ließ sie die Gridda los, die sofort vom Fenster wegstürzte und in einer dunklen Ecke des Turmzimmers Zuflucht suchte.

»Das musste sein«, sagte Gultrathaca zu Jarius.

»Warum?«

»Nun, weil ich dir zeigen wollte, was möglich ist. Schau noch mal nach unten. Jetzt kannst du es.«

Jarius, die sich mittlerweile etwas beruhigt hatte, trat erneut ans Fenster. Sie blickte in die Tiefe – kurz nur, aber immerhin.

»Hast du vor uns alle so zu behandeln?«, fragte sie.

»Ihr werdet Schlimmeres aushalten müssen«, sagte Gultrathaca. »Oder glaubst du etwa, die Zauberer lassen uns in Frieden, nun, da wir frei sind und sie erlebt haben, wie gefährlich wir sein können? Im Gegenteil: Sie werden alles tun, um uns zu vernichten, solange wir noch alle auf Ool sind. Deshalb müssen wir so bald wie möglich von hier fort.«

»Und wohin?«

»Das spielt keine Rolle. Wir können überallhin. Ich habe in anderen Welten Wesen gesehen, die sich allein vom Sonnenlicht nähren, Jarius. Du kannst dir nicht vorstellen, um wie viel stärker wir sind als sie.«

Jarius stand noch immer am Fenster. Ihr war bewusst, dass sie sich keine Schwäche mehr erlauben durfte. Sie war bereits in Ungnade verfallen, weil sie sich erst nach langem Zögern und als Letzte ihrer Meute aus den Tunnels hervorgewagt hatte. Es hatte unzähliger Versuche bedurft, bis sie sich endlich tagsüber an der Oberfläche aufhalten konnte. Der Schnee hatte ihr entsetzliche Angst gemacht. Die anderen hatten es stumm ertragen, als die ersten Schneeflocken ihre Gesichter berührten, Jarius dagegen hatte gellend geschrien.

Gultrathaca hat mich in den Turm kommen lassen, weil sie mich ein letztes Mal auf die Probe stellen will, dachte sie. Wenn ich auch diesmal versage, schließt sie mich aus der Meute aus und überlässt mich meinem Schicksal.

Jarius hielt den Kopf noch einmal weit aus dem Fenster und zwang sich nach unten zu schauen.

»Sieh an«, meinte Gultrathaca. »Es geht also doch.«

»Ja, weil ich mich nun daran gewöhnt habe.«

»Meinst du?«

»Gewiss«, sagte Jarius mit fester Stimme. Um Gultrathaca zu beweisen, dass sie keinerlei Angst mehr hatte, beugte sie sich noch weiter aus dem Fenster.

Doch Gultrathaca ließ sich nicht hinters Licht führen. Sie wusste sehr genau, wie Jarius sich fühlte. Erst vor einem Jahr war sie selbst von einer Oberhexe aus den Tunnels ans Tageslicht geholt worden. Sie hatte vor Angst gebebt und die Hexe angefleht, sie möge ihr die grässliche Helligkeit ersparen.

Dann aber hatte sie sich erstaunlich rasch angepasst. Der Tag war noch nicht zu Ende und sie half bereits den anderen Griddas sich an den Schnee und die Helligkeit zu gewöhnen. Binnen einer Woche konnte sie fliegen, zwar nicht so gut und elegant wie die Hexen, aber immerhin. Bald war es dann so weit, dass die Hexen nicht mehr mit Strafen drohen mussten, um sie aus den Tunnels hervorzulocken. Gultrathaca konnte nun, wenn sie an der Oberfläche war, ständig die Augen offen halten und sogar genießen, was sie sah.

Von all dem ahnte Jarius nichts. Mit dem Mut der Verzweiflung reckte sie das Gesicht in die Luft und zuckte bei jeder Schneeflocke, die es traf, zusammen.

Ungerührt sah Gultrathaca zu. Alle Meutenschwestern mussten ihren Mut unter Beweis stellen – sie war nicht bereit für Jarius eine Ausnahme zu machen. Wenn sie sich nicht bewährte, würde sie aus der Meute ausgeschlossen. Griddas, die es nicht über sich brachten, die sicheren Tunnels auf längere Zeit zu verlassen, wurden unbarmherzig ausgestoßen – das war die Regel.

Jarius unterdrückte ein Schaudern. Den Blick in die Tiefe gerichtet, fragte sie Gultrathaca: »Wie war das eigentlich damals, als die ersten Griddas Ool verließen, um gegen die Zauberer zu kämpfen?«

»Aufregend war es«, meinte Gultrathaca lachend. »Und schrecklich zugleich.«

Sie erinnerte sich an jenen Tag, als wäre es gestern gewesen. Dicht unter der Wolkendecke hatten sie und die anderen auserwählten Griddas auf Heebras Befehl, ins All hinauszufliegen, gewartet. Damals stand ein großer Angriff der Zauberer bevor, und um sie endgültig zu besiegen, hatte Heebra erstmals Griddas aus den unterirdischen Räumen von Ool geholt.

»Wir sind nicht für ein Leben an der Oberfläche oder gar am Himmel geschaffen«, sagte Jarius. »Unsere natürli-

che Umgebung sind Höhlen und Tunnels mit Steinwänden und niedrigen Decken.«
»Das glaubst du nur, weil die Hexen es uns weisgemacht haben«, erwiderte Gultrathaca. »Aber wir sind zu weit mehr in der Lage, als sie je ahnen konnten.«
»Fliegen werde ich niemals. Jedenfalls nicht freiwillig.«
»Das ist mir klar«, sagte Gultrathaca.
»Wie ich höre, hat man Ondra, die neue Anführerin der Hexen, noch nicht gefunden«, wechselte Jarius das Thema.
»Lass das meine Sorge sein«, gab Gultrathaca zur Antwort. »Ondra stellt keine solche Gefahr für uns dar wie ihre Mutter Heebra.«
»Aber solange sie noch am Leben ist, bleiben die eingekerkerten Hexen weiterhin eine Bedrohung für uns. Ich verstehe nicht, warum du sie nicht alle getötet hast.«
»Das wäre zu einfach gewesen«, sagte Gultrathaca.
»Zu einfach?«
»Du hast ja keine Ahnung, was die Hexen uns alles vorenthalten haben.«
Jarius warf ihr einen verständnislosen Blick zu.
»Beantworte mir eine Frage«, begann Gultrathaca, »was ist das Abscheulichste an einer Hexe?«
»Ihre Herzensschlange«, sagte Jarius ohne Zögern.
»Tatsächlich? Du wirst es nicht glauben, aber früher einmal hatten auch wir Herzensschlangen, die uns wohlgesinnt waren. Wir stammen nämlich von den Hexen ab.«
Ungläubig starrte Jarius sie an.
»Seit ich die Tunnels verlassen habe, ist mir eine ganze Menge interessanter Dinge zu Ohren gekommen«, fuhr

Gultrathaca fort. »Zum Beispiel, dass wir Griddas das Ergebnis eines Versuches sind. Die Hexen wollten herausfinden, ob ihre Art auch unter der Erde existieren kann. Also sperrten sie ein paar Schwestern samt ihren Herzensschlangen in einen unterirdischen Raum und warteten ab, was geschah. Nach mehren Jahrhunderten hatten sie sich durch das Leben im Untergrund so sehr verändert, dass sich die Schlangen von ihnen abwandten und sie verließen. Auch die enormen Muskeln und der stete Wunsch, sie im Kampf einzusetzen, waren uns nicht von Anfang an eigen.« Gultrathaca hatte ihre muskelbepackten Arme erhoben. »Die Hexen haben uns zu dem gemacht, was wir heute sind.«

Jarius schüttelte den Kopf – sie konnte kaum fassen, was sie da hörte.

»Wie du weißt, befruchten wir unsere Eier selbst, genau wie die Hexen«, fuhr Gultrathaca fort. »Allerdings werden wir viel schneller fortpflanzungsfähig als sie. Auch das lag in ihrer Absicht, denn es bot ihnen die Möglichkeit, binnen kürzester Zeit ein riesiges Griddaheer aufzustellen. Andererseits durften wir aber auch nicht so zahlreich werden, dass wir eine Konkurrenz für sie dargestellt hätten, denn sie wollten weder ihre Nahrung noch ihren Lebensraum mit uns teilen. Aber auch dafür haben sie eine Lösung gefunden. Sie haben Aussonderungen vorgenommen.«

»Aussonderungen?«

»Sie haben einen Teil unserer Schwestern getötet«, erklärte Gultrathaca. »Wir haben nie danach gefragt, warum keine von den Kämpfen, in die man sie angeblich schickte, zurückkehrte. Warum hätten wir auch fragen sollen? Schließlich kamen sie in ruhmreichen Schlachten um. In Wirklichkeit aber wollten die Hexen uns bei ihren Kämpfen gar nicht dabeihaben. Sie haben ganz einfach von Zeit zu Zeit eine bestimmte Anzahl unserer Schwestern getötet, damit wir nicht zu viele wurden. Für sie war das die einfachste Lösung.«

Jarius war wie betäubt. Was Gultrathaca ihr da anvertraut hatte, schockierte sie so tief, dass sie kein Wort hervorbrachte.

»Jetzt weißt du, weshalb ich die letzten Hexen in den Tunnels eingesperrt habe«, sagte Gultrathaca. »Nie und nimmer werde ich sie freilassen.«

Sie sah Jarius in die Augen, die daraufhin den Blick senkte.

»Die Hexen haben uns von jeher verachtet«, fuhr Gultrathaca fort, »aber nun ist es mit ihrer Herrschaft vorbei. Von nun an werden wir uns so stark vermehren, wie selbst die Hexen sich das nicht hätten vorstellen können.«

»Aber wo sollen all die Griddas leben?«, fragte Jarius. »Die Tunnels sind doch bereits überfüllt.«

»Dein Denken spielt sich noch immer innerhalb der engen Grenzen der Tunnels ab. Das musst du dir abgewöhnen, wenn wir Ool verlassen.«

»Wie weit wir wohl kommen?«, überlegte Jarius. »Die Zauberer werden doch sicherlich versuchen uns daran zu hindern.«

»Schon möglich. Deshalb müssen wir Orin Fen finden, den Heimatplaneten der Zauberer, und sie alle vernichten.«

»Den Hexen ist es aber auch nicht gelungen, Orin Fen zu finden.«

»Vielleicht haben sie nicht richtig gesucht«, meinte Gultrathaca. »Vielleicht hätten sie ein Kind zu Hilfe nehmen sollen.«
»Ein Kind?«
»Heebra ist nicht durch die Zauberer umgekommen, Jarius. Ein Erdenkind ist für ihren Tod verantwortlich. Als die Hexen nach Ool zurückkehrten, erzählten sie von einem Jungen namens Yemi, der Fähigkeiten hat, wie sie sie nie zuvor erlebt hatten. Ich vermute, dieser Junge könnte uns den Weg nach Orin Fen zeigen. Und falls nicht, dann hat er mit Sicherheit andere Gaben, die uns von Nutzen sein könnten.«
Gultrathaca stellte sich zu Jarius ans Augenfenster. »Du hast nun die ganze Zeit hinabgeschaut, ohne den Blick abzuwenden«, sagte sie. »Ist dir das überhaupt aufgefallen?«
»Nein«, musste Jarius zugeben. »Hab ich das wirklich gemacht?« Jarius beugte sich weit aus dem Fenster: Tatsächlich, sie konnte in die Tiefe schauen, ohne dass sie unwillkürlich zurückzuckte. Angst hatte sie zwar noch, aber nun konnte sie damit umgehen.
Jarius hat es geschafft, dachte Gultrathaca. Zumindest scheint es so.
»Unser Nachwuchs wird sich leichter an das Dasein an der Oberfläche gewöhnen als wir«, sagte sie. »Die Kleinen werden kaum noch wissen, was es bedeutet, in Tunnels zu leben.« Gultrathaca schnupperte und nahm den typischen Geruch der jüngsten Griddas wahr; auf ihre Anordnung hin war eine Gruppe zu einem Tunnelausgang nahe des Augenturms gebracht worden.
»Ich will dir etwas zeigen, Jarius«, sagte sie. »Auch des-

halb wollte ich dich hier haben. Heute kommen zum ersten Mal Griddas direkt aus den Brutkammern an die Oberfläche. Wir wollen gemeinsam beobachten, wie sie sich verhalten.«

Jarius sah die kleinen Griddas am Tunnelausgang. Die erste, die heraustrat, heulte auf, als das dämmrige Tageslicht ihre Augen traf. Hätten die anderen sie nicht vorwärts gedrängt, wäre sie keinen Schritt weitergegangen.

Schließlich hatten sämtliche vierundzwanzig Griddas den Tunnel verlassen. Schutz suchend, drängten sie sich aneinander und schlugen ängstlich nach den Schneeflocken.

Hinter der Gruppe tauchten nun ältere Griddas auf, die sie zum Eingang des Augenturms hinscheuchten. Die Kleinen liefen in geduckter Haltung, ganz so, als befänden sie sich in einem niedrigen Tunnel. Auf die Idee, den Blick zu heben, kamen sie überhaupt nicht. In den Tunnels gab es dafür kaum jemals einen Anlass.

Schließlich waren alle im Augenturm verschwunden und machten sich hastig an den Aufstieg über die Treppe. Jarius hörte bereits ihr Getrappel.

»Was hast du mit ihnen vor?«, fragte sie Gultrathaca.

»Ich will etwas ausprobieren«, sagte diese.

Jarius sah sie argwöhnisch an: »Was ausprobieren?«

»Mich interessiert, wie rasch sich frisch geschlüpften Griddas den Gegebenheiten außerhalb der Tunnels anpassen können. Ich werde sie aus dem Augenfenster springen lassen.«

»Das kannst du nicht machen! Sie können doch noch nicht fliegen!«

Die Schritte der jungen Griddas waren jetzt ganz nahe. Jarius hörte sie aufgeregt durcheinander plappern.
»Sie sind noch so jung . . . Du verlangst zu viel von ihnen«, versuchte Jarius Gultrathaca umzustimmen.
»Du hast Recht, Jarius«, sagte Gultrathaca. »Deshalb wirst du ihnen mit gutem Beispiel vorangehen: Du springst als Erste!«

3

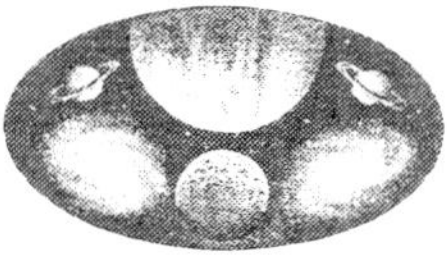

Länder ohne Grenzen

Rachel, was soll das Schneckentempo? Flieg endlich richtig!«, rief Eric.

»Nun mach mal halblang. Warum genießt du nicht einfach die Aussicht?«

»Das hab ich schon zur Genüge getan!«

»Geht's dir immer nur um Schnelligkeit?«

»Um was sonst?«

Mit Eric als Passagier auf dem Rücken überflog Rachel gemächlich den Himalaja. Unter sich sahen sie die eisigen Gipfel der höchsten Berge der Erde: des K2, des Nanga Parbat, des Annapurna . . . Tief atmete Rachel die kalte Luft ein und genoss das Spiel des Windes in ihrem Haar.

Am Makalu, dem fünfthöchsten Berg der Erde, sahen sie Kinder mit den Füßen voran die Nordwand hinabgleiten. Als sich ein riesiges Schneebrett löste, ließen sie sich davon weiter tragen.

»Was ist nun mit den Prapsys?«, wollte Eric wissen. »Ich dachte, wir wollten die Jungs suchen.«

»Erst mal machen wir irgendwo Rast und lassen uns ein bisschen von der Sonne bräunen.«

Eric zuckte mit den Schultern. »Wo denn? In der Karibik vielleicht?«

»Wär nicht schlecht.«
Rachel rief ihre Ortswechselzauber auf, die sie und Eric westwärts katapultierten.
»Die Bucht von Florida«, stellte sie fest, nachdem sie angekommen waren.
Sie befanden sich einige Kilometer von der Küste entfernt. Ein paar Erwachsene kreuzten mit Vergnügungsjachten auf dem Meer, doch sie waren in der Minderzahl. In dieser warmen Gegend wimmelte es im Wasser nur so von Kindern. Sie brauchten keine Boote oder Schiffe. Dank ihrer Zauberkraft konnten sie sich im Wasser mühelos und schnell bewegen.
Je weiter sie sich von der Küste entfernten, desto weniger Kinder sahen sie im Wasser. Eine Hand voll, die sich besonders weit hinausgewagt hatte, verstand sich auf Unterwasserzauber, mit deren Hilfe sie in die Spalten und Gräben am Meeresgrund hinabtauchte.
»Tieftaucher!«, rief Rachel. »Sieh nur! Direkt unter uns!«
»Komm, wir fliegen weiter«, sagte Eric. Er übernahm die Führung und lotste Rachel zurück an die Küste und durch Florida.
Sie merkte bald, dass Eric nach irgendetwas auf der Suche war. Als sie im seichten Wasser am Rand des Flusses Okeechobee einen mageren Jungen in Shorts und einem schmutzigen, langärmeligen Hemd erblickten, gab Eric Rachel zu verstehen, dass sie landen sollte.
»Der Junge ist ein Spektrum«, flüsterte er respektvoll.
Sie gingen durch das schlammige Wasser auf ihn zu. Er stand vollkommen still da, hatte den Blick zum Himmel gerichtet und schien keine Notiz von ihnen zu nehmen.

»Sie sind wirklich merkwürdig«, sagte Rachel. »Bisher hab ich noch nie ein Spektrum von nahem gesehen.«
»Er ist der Anführer der Spektren«, flüsterte Eric. »Albertus Robertson höchstpersönlich.«
»Bist du sicher?«
»Hundertprozentig.«
Albertus Robertson war ein etwa zehnjähriger Junge mit hellbraunen Augen. Sein langes Haar hing ihm wirr ins Gesicht, es war offenbar seit Wochen nicht mehr gekämmt worden. Wie alle Spektren war er ziemlich klein für sein Alter und hatte den typischen abwesenden Blick. Ansonsten sah er wie ein gewöhnlicher Junge aus – bis auf die Ohren. Sie wirkten, als wären sie mehrere Nummern zu groß für ihn. Überdies waren sie in alle Richtungen drehbar.
Während Rachel Albertus Robertson beobachtete, bemerkte sie eine Bewegung, so gering, dass nur ihre Zauber sie wahrnahmen, nicht ihre Augen. Albertus hatte den Kopf um ein Bogengrad gedreht und einen exakt bemessenen Ausschnitt des Himmels ins Visier genommen.
»Sieht ganz so aus, als hätte Albertus schon ziemlich lange kein Bad mehr genommen«, murmelte Rachel.
»Vielleicht hatte er Besseres zu tun.«
Rachel hoffte, dass Albertus ihre Bemerkung nicht gehört hatte. »Wonach mag er wohl Ausschau halten?«, fragte sie.
»Keine Ahnung. Und Albertus selbst weiß es auch nicht. Das ist ja gerade das Interessante an den Spektren: Sie wissen nicht, weshalb sie sich so verhalten. Sie gucken den lieben langen Tag in die Luft.«
Noch eine ganze Weile beobachtete Rachel den Jungen,

nahm aber keinerlei Bewegung mehr war. Selbst in einer Welt voller ungewöhnlicher Kinder waren die Spektren auffallende Erscheinungen. Vor dem Großen Erwachen hatten sie sich weder im Aussehen noch im Verhalten von anderen Kindern unterschieden. Danach hatten sie sich kaum noch bewegt und binnen weniger Tage hatten sich ihre Ohren verändert.

»Sie können weder fliegen noch beherrschen sie die einfachsten Zauber«, erklärte Eric.

»Ich hab gehört, dass sie nicht mal sprechen.«

»Das stimmt so nicht, auch wenn viele das glauben. Sie sprechen zwar nicht mit uns, aber sie kommunizieren miteinander. Vielleicht noch nicht jetzt, aber bald.«

Rachel warf Eric einen prüfenden Blick zu. »Woher weißt du das?«

»Ich weiß nichts, ich hab nur so ein Gefühl.« Er konnte die Augen nicht von Albertus Robertson wenden.

»Das ist nicht nur ein Gefühl. Da muss eine besondere Verbindung zwischen dir und den Spektren sein«, sagte Rachel. »Dir fallen Dinge an ihnen auf, die andere überhaupt nicht bemerken. Außerdem ist Albertus nie zu ihrem Führer bestimmt worden. Woher willst du also wissen, dass er es ist?«

Eric zuckte mit den Schultern.

»Die Spektren halten nicht einmal Treffen ab«, fuhr Rachel fort. »Sie haben vermutlich gar keinen Anführer. Sie sind Einzelgänger.«

»Sie treffen sich *noch* nicht, Rachel. Aber das könnte sich bald ändern.«

Bei Erics Worten bewegte Albertus Robertson ruckartig den Kopf. Fasziniert starrte er Eric an. So etwas hatte es

noch nie gegeben: Kein Spektrum hatte je auf die Anwesenheit anderer reagiert.
Sekundenlang ruhten Albertus' sanfte braune Augen auf Eric, dann zuckte sein Kopf in die ursprüngliche Stellung zurück.
Noch ganz unter dem Eindruck von Albertus' außergewöhnlicher Reaktion, sagte Eric: »Mit den Spektren muss es etwas Besonderes auf sich haben. In letzter Zeit sieht man sie immer wieder zusammen mit Spannungssuchern.«
»Mit Spannungssuchern!? Im Ernst?« Rachel war erstaunt. Spannungssucher nannte man die wagemutigsten Kinder, die ihre magischen Kräfte am liebsten so einsetzten, dass gefährliche Situationen entstanden. Dass diese Draufgänger etwas mit den so passiv wirkenden Spektren zu tun haben sollten, schien Rachel abwegig.
»Da staunst du, was?«, sagte Eric. »Was sie gemeinsam haben, weiß ich auch nicht, aber irgendetwas muss da sein. Ich wette, dass auch jetzt ein Spannungssucher in der Nähe ist. Das heißt, ich weiß es.«
Nun, da Eric es gesagt hatte, spürte auch Rachel die Anwesenheit einer magischen Kraft, wenngleich sie niemanden sehen konnte.
»Wie auch immer, wir lassen Albertus jetzt in Frieden«, sagte Eric und wandte den Blick ab. »Er mag's gern still und friedlich, der Gute.«
»Woher weißt du das schon wieder?«, fragte Rachel.
»Nun löcher mich doch nicht ständig mit Fragen.« Er stieß sie mit dem Ellbogen an. »Was ist nun mit den Prapsys? Du hast versprochen, dass wir sie suchen. Oder hast du das schon wieder vergessen?«

»Nein, nur ein bisschen aufgeschoben. So lange wie möglich.«
»Du scheinst die Jungs wirklich gern zu haben, Rachel!«
»Könnte sein.« Rachel warf einen letzten Blick auf Albertus Robertson.
Augenblicke später fanden sie sich über Süditalien wieder. Unter sich sahen sie Kinder in den Krater des Vesuv hinein- und wieder herausfliegen. Doch der Vulkan war nicht Rachels Ziel. Sie landeten ein Stück entfernt mitten in der Stadt Neapel.
Eric war froh wieder festen Boden unter den Füßen zu haben. Gemeinsam schlenderten er und Rachel durch die schmalen, gewundenen Straßen. Vor einem Juweliergeschäft mit sündhaft teurem Schmuck in der Auslage blieben sie stehen.
»Schau dir das an«, sagte Eric.
Das Schutzgitter, das am Abend vor Tür und Schaufenster gezogen wurde, war offenbar herausgerissen worden – nur noch ein paar verbogene Überreste waren zu sehen. Vor dem Eingang standen drei grimmig dreinschauende Kinder, die offenbar das Geschäft bewachten.
»Wahrscheinlich ist eine Menge Diebe unterwegs«, vermutete Eric. »Hier hätte ich das allerdings nicht erwartet, jedenfalls nicht tagsüber.«
Stacheldraht, Zäune und Mauern, selbst solche aus verstärktem Beton, stellten für Kinder, die gut zaubern konnten, keinerlei Hindernisse mehr dar.
»Ich hab schon Schlimmeres gesehen«, meinte Rachel. »Vor allem in Afrika. In Nairobi und Lagos. Da passieren üble Dinge.«
Das Aufblühen der Zauberkraft hatte nicht nur Vorteile,

sondern auch zahlreiche Probleme mit sich gebracht. Diebesbanden waren entstanden, anfangs hauptsächlich in den ärmeren Ländern. Nach dem Großen Erwachen hatte es für Millionen Kinder, die bis dahin ständig gehungert hatten, kein Halten mehr gegeben. Sie nahmen sich ganz einfach, was sie brauchten.

Normalerweise kamen die Diebe bei Nacht und stahlen Feldfrüchte oder Vieh. Die Banden gingen dabei so geschickt vor, dass sie längst über alle Berge waren, wenn der Diebstahl bemerkt wurde. Nun hätten wiederum andere Kinder gegen Bezahlung ihre Dienste als Bewacher anbieten können, aber für solch eine langweilige Aufgabe interessierten sich nur wenige, es sei denn, der Besitz der eigenen Familie war gefährdet. Und wenn tatsächlich einmal ein Dieb gefasst wurde, dann stellte sich die Frage, wie und vor allem von wem er zu bestrafen sei. Zwar hatten die Erwachsenen nach wie vor mehr Körperkraft als Kinder, doch gegen deren magische Fähigkeiten kamen sie damit nicht an. In manchen Ländern, in denen die Diebstähle stark überhand genommen hatten, hatten sich Kinder den Polizeikräften angeschlossen und waren von der Justiz mit besonderen Vollmachten ausgestattet worden. Doch das nützte nicht viel. Kaum jemals wurde ein Dieb gefasst oder gar eingesperrt. Und wenn es doch einmal gelang, einen nur mäßig mit Zauberkraft ausgestatteten jungen Dieb dingfest zu machen, dann waren mit Sicherheit bald seine Freunde zur Stelle und hatten ihn im Nu befreit.

Als ganz in der Nähe Flügelschlagen zu hören war, vergaß Eric die Diebe.

»He, da sind sie ja!«, schrie er. »Hierher, Jungs!«

Er rannte in eine Gasse, in der kaum jemand unterwegs war, und die Prapsys flitzten auf ihn zu.
In letzter Zeit hatten sie des Öfteren weite Flüge unternommen, um für Eric, dem sie treu ergeben waren, Geschenke aufzutreiben. Dabei versuchten sie stets einander auszustechen.
Eric schnippte mit den Fingern und die beiden landeten gleichzeitig auf seinem Kopf.
»Na, Jungs, was habt ihr mitgebracht?«
Ein Prapsy trug einen zerbrochenen Kamm im zahnlosen Mund und machte sich damit eifrig über Erics blonde Locken her. »Gleich bist du hübsch wie noch nie«, flötete es und zog ihm den Kamm übers Ohr.
»Woher hast du den?«, fragte Rachel. »Der ist ja total schmutzig.«
»Lass nur«, sagte Eric. »Dann wasch ich mir eben nachher das Haar.« Er wandte sich an das andere Prapsy. »Hast du mir auch was mitgebracht?«
Das zweite Vogelwesen hatte einen Klumpen Kaugummi in der Kralle und hielt ihn Eric hin.
»Igitt!«, sagte Eric. »Wo hast du das gefunden? Doch nicht etwa jemandem aus dem Mund geklaut?«
»Aber nein!«, protestierte das Prapsy. »Das Kaugummi ist frisch. Nur ich hab's gekaut!«
»Na gut, dann soll mir's recht sein.« Eric sperrte den Mund weit auf und das Prapsy legte den durchgekauten Kaugummiklumpen hinein.
»Mach schon«, sagte es erwartungsvoll. »Du musst kauen!«
Eric tat ihm den Gefallen. »Hat keinen Geschmack mehr«, stellte er fest. »Den hast du wohl rausgekaut, was?«

»Du solltest lieber fragen, woher es das Kaugummi hat«, sagte Rachel.
»An einem Zaun gefunden«, sagte das Prapsy vergnügt. »Eine Fliege hat draufgesessen und es hat auch nicht gut gerochen. Aber ich hab's sauber geleckt.«
Angewidert spuckte Eric das Kaugummi aus. »Mann, oh Mann«, stöhnte er. »Wollt ihr mich etwa umbringen?«
»Was ist? Magst du mein Geschenk nicht?« Das Prapsy guckte bekümmert. In seinem Gesichtchen zuckte es, offenbar hielt es mit Mühe die Tränen zurück. »Ach Eric, das tut mir so Leid! Du wolltest das Kaugummi lieber mit Fliege und Schmutz, stimmt's?« Wütend drehte es sich zu seinem Gefährten um. »Du bist schuld! Du hast gesagt, ich soll den Schmutz ablecken, du Trottelvogel!«
Das andere Prapsy lächelte selbstgefällig und schwieg.
»Weg mit euch!« Eric scheuchte die beiden Vogelwesen von seinem Kopf. »Ihr solltet mir was Leckeres bringen. Was wirklich Gutes!«
Zitternd vor Aufregung, flatterten die Prapsys vor Erics Nase auf und ab.
»Was willst du, Eric? Sag, was du willst!« Sie versuchten einander zu übertönen.
»Etwas Feines, das gut schmeckt und gut riecht.«
Laut zankend sausten die Prapsys los. Noch als sie längst außer Sichtweite waren, konnte Rachel ihr Schimpfen und Keifen hören.

4

Tokio

Komm, wir wollen weiter«, sagte Rachel. »Ich hab Lust auf einen Einkaufsbummel.«

»Muss das sein?«

»Ja.«

»Und wohin willst du? Nach New York?«

»Nach Japan!«

Rachel versetzte sich und Eric weit nach Osten: Ihr Ziel war Tokio.

Eine Weile kreisten sie über den ganz aus Stahl und Glas erbauten Wolkenkratzern des im Westen der Stadt gelegenen Viertels Shinjuko. Rachel mochte diese Gegend. Besonders gut gefielen ihr die beiden achtundvierzigstöckigen Türme, in denen die Tokioter Stadtverwaltung untergebracht war. Tagsüber arbeiteten dort dreizehntausend Angestellte, nachts aber gehörten die Türme den Kindern.

»Guck mal«, sagte Eric, »diese Banden waren letztes Mal noch nicht da.«

Auf den Flachdächern der Wolkenkratzer standen Kinder in Gruppen beisammen und beäugten einander misstrauisch. Jede Bande hatte ihre eigene Kleidung, sodass man sofort sah, wer zu wem gehörte.

»Siehst du ihr Kampfrevier?« Eric deutete zwischen die

Wolkenkratzer, wo keine Kinder zu sehen waren. Plötzlich kam ein Baby geflogen, mitten durch das Revier. Die Banden stimmten ein Hohngelächter an und ahmten die unbeholfene Flugweise des Kleinen nach.
Eric pustete auf seinen Zeigefinger. Dann richtete er ihn wie eine Pistole auf eine der Kinderbanden. »Piff-paff«, sagte er leise. »Soll ich denen mal eine Lektion erteilen und dafür sorgen, dass sie auf dem Boden landen?«
Rachel sah, dass er seinen Finger wieder sinken ließ. »Reizt es dich denn?«
»Es reizt mich immer. Besonders bei so gemeinen Kindern wie denen.«
Eric hatte eine besondere Gabe: Er konnte Zauber zerstören. Sogar Larpskendya war über diese Fähigkeit verblüfft gewesen. Obwohl er so viele Welten kannte, war ihm etwas Derartiges noch nie begegnet. Larpskendya hatte damit gerechnet, dass sich diese Begabung nach dem Großen Erwachen noch bei weiteren Erdenkindern zeigen würde. Doch das war nicht geschehen. Eric war einzigartig.
Rachel konnte sich gut vorstellen, dass es ihn drängte, seine antimagischen Kräfte einzusetzen, aber es gab kaum Gelegenheit dazu. Immer, wenn Eric sich auf einen bestimmten Zauber konzentrierte, war dieser für alle Zeiten zerstört und konnte nie wieder benutzt werden. Und Zauber waren kostbar, selbst die einfachsten hatten ihren Wert und ihre Bedeutung. Kein Kind würde je freiwillig einen Zauber aufgeben.
»Ist nicht schlimm«, meinte Eric und fuhr dann mit gedämpfter Stimme fort. »Ich werde auch so ständig besser.«
»Besser, wie meinst du das?«

»Nun, ich kann jetzt zum Beispiel Magie orten, die gerade mal andeutungsweise wahrzunehmen ist, weil sie sehr weit entfernt wirkt.«
»Wie weit entfernt?«
»Weißt du, wo die Prapsys jetzt gerade sind?«
Es war extrem schwierig, den magischen Geruch der Prapsys auszumachen, weil sie so unwahrscheinlich schnell flogen. Schließlich aber entdeckten Rachels Informationszauber über tausendfünfhundert Kilometer im Nordwesten ihre Spur. »Sie sind über der Wüste Gobi und fliegen südwärts.«
»Wie nahe fliegen sie beisammen?«
Rachel sah Eric verblüfft an. »Das kann ich auf die große Entfernung nicht sagen. Es war schon schwierig genug, sie überhaupt ausfindig zu machen.«
Eric zog die Augenbrauen hoch. »Dann sag ich's dir. Sie fliegen ganz nahe beisammen, kaum dreißig Zentimeter voneinander entfernt. Und das eine fliegt ein kleines Stück höher als das andere. Außerdem frieren sie. Das heißt, sie müssen frieren, denn ihr Tempo liegt sechs Prozent niedriger als üblich. Sie fliegen übrigens in dreieinhalb Kilometer Höhe.«
Rachel starrte ihren Bruder an. »Eric, wie lange kannst du das schon? Ich meine, etwas weit Entferntes so genau orten. Du hast nie was davon gesagt.«
Er zuckte mit den Schultern. »Es hat sich allmählich entwickelt.«
»Wir müssen das sofort Larpskendya sagen.«
»Meinst du?«
»Eric, so was Wichtiges darfst du nicht verschweigen! Das weißt du genau. Stell dir vor, es . . .«

»Schon gut, hör auf. Ich hätte es Larpskendya sowieso morgen gesagt, wenn er uns zu Yemi mitnimmt. Apropos Yemi, da kommen seine Schmetterlinge.«
Ein Schatten hatte sich über die Skyline von Tokio gelegt, ein Schatten aus Milliarden gelben Schmetterlingen. Sie flogen dicht an dicht, sodass der Schwarm beim Überfliegen der Stadt minutenlang die ersten Sterne verdeckte. Die Schmetterlinge waren mittlerweile überall auf der Welt ein so vertrauter Anblick, dass kaum jemand aufsah, wenn sie vorüberflogen.
»Ich frage mich nach wie vor, warum Yemi die Schmetterlinge überallhin schickt«, sagte Eric.
»Ich glaube, ich weiß, warum.« Vor ihrem inneren Auge sah Rachel Yemi, den zweijährigen nigerianischen Jungen, und sie lächelte. Seine magischen Fähigkeiten waren so außergewöhnlich, dass selbst sie immer wieder ins Staunen geriet. Yemi konnte weit mehr als sich von einem Ort an einen anderen versetzen oder die Gestalt wechseln. Und seine Zauberkraft entwickelte sich ständig weiter. Wo ihre Grenzen lagen, vermochte niemand zu sagen.
Rachel hob den Blick und sagte: »Yemi will mit den hübschen Schmetterlingen ein bisschen mehr Freude in die Welt bringen. Aber nicht nur das. Ist dir schon mal aufgefallen, dass alle Tiere hochgucken, wenn die Schmetterlinge über sie hinwegfliegen? Was es damit wohl auf sich hat?«
»Das kommt durch ihre Zauberkraft«, sagte Eric.
»Wie bitte – die Tiere sollen Zauberkraft haben?«
»Ja. Allerdings nur ein winziges bisschen. Aber dieses bisschen spricht auf Yemi und seine Schmetterlinge an.«

»Bist du sicher?«
»Hundertprozentig.«
Inzwischen hatte der riesige Schmetterlingsschwarm die Stadt hinter sich gelassen. Hunderte ähnlich große Schwärme zogen ständig umher, bei Tag und bei Nacht bahnten sich Milliarden Schmetterlinge mit ihren zarten Flügeln immer wieder neue Wege in jeden Teil der Erde.
»Komm, wir gehen von den Banden weg«, sagte Rachel, als der letzte Schmetterling verschwunden war. »Ich möchte noch ein bisschen durch die Einkaufsstraßen bummeln.«
»Und ich hab Hunger.«
»Ich auch.«
Rachel versetzte sich und Eric in eines der bekanntesten Einkaufsviertel der Welt: Ginza in der Innenstadt von Tokio. Als japanische Kinder getarnt, schlenderten sie eine Straße entlang, vorbei an Lokalen mit grell aufleuchtender Neonwerbung und an Sushiständen.
Die Vergnügungsstätten und Imbisse wurden hier sowohl von Erwachsenen wie auch von Kindern betrieben. Rachel und Eric kauften sich jeder eine Portion Yakitari-Hühnchen und ein Eis. Als sie in die Chou-Dori-Straße einbogen, zischte Eric: »Bleib stehen!«
»Ein Zauber zum Festhalten«, stellte Rachel fest.
»Stimmt. Und die Person, auf die er wirkt, setzt sich nicht zur Wehr.«
»Dann muss es ein Erwachsener sein.«
»Soll ich den Zauber vernichten?«
»Nein«, sagte Rachel. »Erst einmal müssen wir Näheres herausfinden.« Sie nahm ihren Bruder huckepack und

zusammen flogen sie durch mehrere Seitenstraßen. In einer heruntergekommenen Gasse entdeckten sie, halb hinter ein paar Mülltonnen verborgen, ein etwa siebenjähriges Mädchen und neben ihr am Boden einen älteren Mann. Regungslos lag er da, während das Mädchen mit Hilfe eines Suchzaubers seine Taschen nach Geld und anderen Wertsachen durchstöberte.

»Hör sofort auf!«, fuhr Rachel das Kind auf Japanisch an. Dann fiel ihr auf, dass das Mädchen gar nicht japanisch aussah. Sie schaltete auf ihre Muttersprache um: »Lass den Mann in Ruhe!« Als das Kind sie wiederum nicht verstand, übersetzten ihre Sprachzauber den Satz in eine Reihe Fremdsprachen.

Offenbar hatte das Mädchen eine davon verstanden, denn es spuckte Rachel wütend vor die Füße.

»Die will sich wohl mit dir anlegen«, sagte Eric.

»Das glaube ich nicht«, meinte Rachel. »Die Kleine ist schlau. Sie weiß genau, dass ich ihr über bin.«

»Wer der Mann?«, radebrechte das Mädchen. Sie stupste den liegenden Mann mit dem Fuß an. »Dein Opa, dein Papa?«

»Weder – noch«, sagte Rachel.

»Warum dann helfen?« Das Mädchen wirkte nun völlig verwirrt.

»Ich ...« Rachel brach ab. Wenn die Kleine nicht wusste, dass es gemein war, einen Erwachsenen zu schikanieren, wie sollte sie es ihr dann begreiflich machen?

Das Mädchen wandte sich ab. Sie rief etwas und aus einer dunklen Ecke kam eine räudige Katze auf sie zu. Das Kind nahm sie hoch, wiegte sie in den Armen und stolzierte hoch erhobenen Hauptes davon.

Der Mann rappelte sich mühsam auf und ging mit unsicheren Schritten in die Gegenrichtung.
»Moment noch«, sagte Rachel. »Ist alles in Ordnung? Sind Sie verletzt?«
Der Mann wollte offenbar so rasch wie möglich von ihr weg. Rachel war ein Kind und er war allein. Sie hatte ihm zwar geholfen, aber er hatte trotzdem Angst vor ihr. Zögerlich wandte er sich zu ihr und Eric um, verbeugte sich mehrmals, ohne die beiden anzusehen, und ging dann weiter.
»In großen Städten sollten Erwachsene abends nicht mehr allein auf die Straße gehen«, meinte Eric. »Der Mann hätte sich von seinen Kindern begleiten lassen sollen.«
»Nicht alle haben Kinder«, sagte Rachel. »Sollen sie deshalb immer im Haus bleiben, nie vor die Tür gehen?«
»Entweder das oder sie müssen mit Folgen rechnen. Du kennst doch die Vorschrift für große Städte: Nach zehn Uhr abends haben alle Erwachsenen zu Hause zu bleiben.«
»Diese Vorschrift stammt von den Banden!«, sagte Rachel wütend. »Wenn man dich hört, könnte man glatt meinen, du gehörst zu einer.«
Eric zuckte mit den Schultern. »Weißt du, Rachel, früher haben die Erwachsenen uns jede Menge Vorschriften gemacht.«
»Das soll dann also ausgleichende Gerechtigkeit sein, meinst du?«
»Nein, so hab ich's nicht gemeint. Mir gefällt das genauso wenig wie dir, aber Erwachsene müssen nun mal vorsichtig sein. Im Haus bleiben, wenn kein Kind da ist, das sie begleiten kann, und . . .«

»Der Mann hätte unser Vater sein können«, gab Rachel zu bedenken.
Eric sah mit einem Mal besorgt drein. »Hast du zu Hause Schutzmaßnahmen getroffen, bevor wir . . .«
»Selbstverständlich. Aber was ich sagen wollte: Manche Erwachsenen haben nun mal niemanden, der sie beschützt. Und am besten wäre es, sie bräuchten das gar nicht.«
Sie hob den Blick. Der schmale Streifen Himmel, den sie von der Gasse aus sehen konnte, wimmelte von Kindern. Rachel hatte plötzlich den Eindruck, dass sie bedrohlich wirkten.
Der Mann hatte seinen Schritt beschleunigt. Rachel sah, dass er vor einer Haustür stehen blieb. Mit zitternden Fingern fummelte er am Schloss herum.
Ob er im Haus wohl sicher war – wer vermochte es zu sagen? In vielen Gegenden der Welt konnten die Erwachsenen unbehelligt leben. Für die Großstädte galt das nicht ohne weiteres, seit die Jugendlichen mehr und mehr die Kontrolle übernahmen. Straßenbanden hatte es zwar von jeher gegeben, aber jetzt hatten sie eine besonders wirkungsvolle Waffe: Magie. Und in manchen Vierteln trieben sich Kinder herum, die die Erwachsenen rein zum Vergnügen schikanierten.
Die Hände des Mannes zitterten so sehr, dass er mit dem Schloss nicht zurechtkam. Immer wieder warf er Rachel angstvolle Blicke zu. Es wäre ein Leichtes für sie gewesen, das Schloss mit einem Zauber zu öffnen, doch sie wusste, dass dies den Mann vollends aus der Fassung bringen würde.
Damit er sich nicht weiter von ihr bedroht fühlte, ging sie

mit Eric ein Stück in die Gegenrichtung, jedoch nur so weit, dass sie beobachten konnte, ob er ungehindert ins Haus kam.

Die Welt steht Kopf, dachte sie.

Endlich hatte der Mann das Schloss aufbekommen. Rasch trat er ins Haus. Rachel überlegte, was er wohl für ein Leben führte. Er hatte so hilfsbedürftig gewirkt. Hoffentlich lebt er nicht allein, dachte sie. Allein in einer Großstadt voller Kinderbanden – etwas Schlimmeres konnte es kaum geben ...

Ein Glucksen in der Luft riss Rachel aus ihren Gedanken: Ein Baby flog vorbei, es verfolgte einen Nachtvogel. Wo mag die Mutter des Kleinen sein, fragte sie sich im Stillen. Wie fühlt sie sich, wenn ihr Baby so weit weg von ihr ist?

Mit einem Mal sehnte sie sich nach Hause. Sie wollte sich überzeugen, dass es ihren Eltern gut ging.

Irgendwo da draußen sind die Griddas, dachte sie, den Blick zum Himmel erhoben. Die Hexen wissen, wo unsere Welt ist, also wissen es vermutlich auch die Griddas. Wenn sie je kommen sollten, sind wir ihnen dann gewachsen?

»Komm mit, Eric«, sagte sie. »Wir gehen nach Hause.«

5

Feuer ohne Wärme

Er hat sich verspätet«, sagte Rachel.

Ihre Mutter drückte ihr die Hand. »Er wird bald da sein, verlass dich drauf.«

Rachel nickte. Sie zog die Knie an, legte die Arme darum und wippte auf dem Küchenstuhl hin und her. Neben ihr auf dem Teller lagen ein paar unangerührte Sandwiches. Wenn Larpskendya kam, konnte Rachel vor lauter Aufregung vorher nie etwas essen.

Eric wirkte lockerer. Er hatte sich auf einen Stuhl gelümmelt und blätterte in einem Comic. Die Prapsys hockten draußen im Garten auf einem Baum und stritten sich mit einer Krähenfamilie herum.

»Was haben die Jungs denn?«, fragte die Mutter irritiert.

»Sie wollen den Krähen klarmachen, dass sie sich andere Gesichter zulegen müssen – Babygesichter wie sie.«

Die Mutter schüttelte den Kopf.

»Bist du eigentlich auch nervös?«, flüsterte Rachel ihr zu. »Ich meine, wenn Larpskendya kommt, fühlst du dich dann auch immer so . . . so . . .«

»Jedes Mal«, bestätigte die Mutter. »Aber es ist eine angenehme Art von Nervosität, findest du nicht?«

Sie lächelten einander an.

Minute um Minute verging. Rachel strich sich den Rock

glatt. Die Mutter kochte Tee, aber niemand außer Eric wollte davon trinken. Die Prapsys pressten ihre Näschen an die Fensterscheibe, zum Zeichen, dass sie ins Haus wollten. Rasch vergewisserte sich die Mutter, dass sie nichts Ekliges in den kleinen Krallen hatten. Dann ließ sie die Vogelwesen herein, die sogleich zu Eric hinflogen.
»Na Jungs, wie geht's euch?«, fragte er, als sie auf seinen Schultern gelandet waren.
»Die hören nicht auf uns«, sagte eines der Prapsys enttäuscht. »Die wollen keine richtigen Gesichter.«
»Habt ihr ihnen ordentlich ins Gewissen geredet?«
»Klar, Eric. Aber die sind einfach weggeflogen. Wie sie's immer machen.«
»Ich sag euch, warum sie das machen. Sie schämen sich, weil sie ganz gewöhnliche Krähen sind. Ihr beide könnt pfeilschnell fliegen und noch eine ganze Menge mehr. Wenn die Krähen euch sehen, dann werden sie ganz verlegen, weil sie genau wissen, dass sie lange nicht so gut sind wie ihr.«
Die Prapsys strahlten. Auf diese Erklärung wären sie nie gekommen.
Der Verandatür ging auf und Paps betrat die Küche – groß, schlaksig und mit leicht angegrautem Haar. Er kam aus der Garage und wischte sich mit einem Lappen das Schmierfett von den Händen.
»Bin fast fertig«, sagte er mit zufriedener Miene und ging zur Spüle hinüber. »Bald läuft der Motor wieder. Ein paar Stunden noch, dann ist es so weit.«
Rachel hätte das Auto mühelos mit Magie reparieren können, aber sie tat es wohlweislich nicht. Ihr Vater bastelte nun mal gern am Auto herum.

Nachdem er sich sorgfältig die Hände gewaschen hatte, setzte er sich zu den anderen an den Küchentisch. »Er ist überfällig, was?«, fragte er.
Die Mutter nickte. Paps brauchte keinen Namen zu nennen: Alle wussten, wen er meinte. Er beugte sich vor, um nach der Kanne zu greifen – doch plötzlich hielt er mitten in der Bewegung inne. Er hatte den Tee vollkommen vergessen. Auch die anderen merkten es und lächelten einander glücklich an: Spannung lag in der Luft, sie begann zu vibrieren.
Rachel flüsterte: »Er kommt!«
Paps stand auf und räusperte sich. Die Prapsys sprangen wie Hüpfbälle auf dem Heizkörper hin und her. Eric flitzte ins Wohnzimmer, um durchs Fenster einen Blick auf Larpskendya zu erhaschen, wenn dieser durch die Wolken brach.
Doch er kam zu spät. Larpskendya stand bereits in der Diele.
Die Prapsys bemerkten ihn als Erste. Aufgeregt suchten sie nach einem passenden Willkommensgeschenk für den Großen Zauberer. Zwei Wollmäuse, die sie unter einem Schrank fanden, schienen ihnen geeignet. Larpskendya nahm das Geschenk huldvoll an, dann wandte er sich Rachel zu, die durch den Flur gerannt kam. Ganz weit breitete er die Arme aus und Rachel barg glücklich das Gesicht an seiner Brust.
»Larpskendya, endlich bist du da!«
Rachels sämtliche Zauber drängten sich in ihren Augen zusammen – alle wollten den Zauberer sehen. Larpskendya warf den Kopf zurück und lachte. Dann begrüßte er Eric und die Eltern mit einem Kuss auf die Wange.

Paps konnte wie immer den Blick nicht von ihm wenden. Nicht etwa, weil der Zauberer ungewöhnlich ausgesehen hätte – Gestalt und Gesicht glichen denen eines gewöhnlichen Mannes, wenngleich Larpskendya viel größer war. Das Faszinierende an ihm waren die Augen: Sie schillerten in allen Farben.
Rachel hielt einen Zipfel von Larpskendyas cremefarbenem Gewand fest, während sie ihm berichtete, was sich in letzter Zeit getan hatte. Er schien alles bereits zu wissen, unterbrach sie aber nicht.
Anschließend sprach er eine Weile mit Rachels Eltern, dann wandte er sich wieder den Kindern zu. Die Prapsys surrten wie Fliegen um seinen Kopf herum – offenbar spürten sie, dass etwas Besonderes bevorstand. Mit einer blitzschnellen Bewegung fing Larpskendya die beiden ein und steckte sie in Erics Hemd.
»Heute musst du gut auf die beiden aufpassen«, sagte er zu ihm.
»Warum?«
»Dort, wo wir jetzt gleich hingehen, könnten sie ihr Herz an jemand anderen verlieren. Yemi hat sich sehr verändert, seit ihr ihn zum letzten Mal gesehen habt.«
Eric warf Rachel einen fragenden Blick zu.
»Seid ihr so weit?«, fragte der Zauberer. Eric knöpfte seine Jacke zu und schob die Prapsys, die auskneifen wollten, in sein Hemd zurück.
»Wohin will Larpy uns bringen?«, fragte eines der Vogelwesen neugierig.
»Pssst! Nenn ihn nicht so!«, zischte Eric.
»Warum nicht?«
»Weil ich's nicht gut finde – darum.«

»Ach, man hat mich schon mit schlimmeren Namen bedacht«, warf Larpskendya ein. Er lachte – und weg waren sie.

Im nächsten Moment fanden Rachel und Eric sich mehrere tausend Kilometer weit weg. Um sie herum war es dämmrig.

Sie befanden sich unter der Erde, in einer Höhle. Einst dürfte es eine ganz gewöhnliche Höhle gewesen sein, aber nun hatte Yemi sie mit Zauberei verändert. Die Höhle hatte keine Fenster, trotzdem bot sie nach allen Richtungen endlose Sicht. Zu ihrer Rechten sah Rachel ein Feuer flackern, das keinerlei Wärme abgab. Und über Erics Kopf ergoss sich ein Wasserfall, der ihn nicht nass machte.

Wie aus dem Nichts tauchten Brüllaffen auf, stießen ein durchdringendes Kreischen aus, verschwanden und waren urplötzlich wieder da.

Die Höhle war von Lauten und Düften erfüllt, die Yemi gern hatte: die Laute und Düfte seiner afrikanischen Heimat, des Dorfes Fiditi. Es war warm und feucht in der Höhle, es roch nach leckerem Essen und nach Holzfeuer. Immer wieder erklangen schrille Rufe von Vögeln und Nachttieren. Ein Geräusch aber übertönte alle anderen und schien von überallher zu kommen: Es war das unablässige Rascheln und Rauschen der Blätter des Regenwaldes.

»Hier hat sich Yemi eine Heimstatt eingerichtet«, erklärte Larpskendya, während er die Kinder weiter in die Höhle hineinführte. »Und es ist bei weitem nicht die einzige. Wohin er auch kommt, überall bildet er seine vertraute Umgebung nach.«

Sie bogen um eine Ecke und gelangten in den Hauptraum. Dort stand ein kleiner Junge.
»Yemi!«, rief Rachel und rannte auf ihn zu.
Kaum hatte Yemi ihre Stimme gehört, lag er auch schon in ihren Armen. Vor drei Monaten hatte Rachel den Jungen zum letzten Mal gesehen. Äußerlich hatte er sich seitdem kaum verändert – nach wie vor hatte er kurzes Kraushaar, tiefschwarze Haut und sanfte braune Augen. Zu leuchtend blauen Shorts trug er ein orangefarbenes T-Shirt; Yemi liebte Kleidung in lebhaften Farben. Rachel achtete gar nicht auf seine Kleidung, denn sie hatte die Tiere entdeckt. Unbemerkt waren sie näher gekommen und Yemi war nun von dutzenden von Tieren umgeben: Mäuse, Hunde, ein Krallenaffe, ein Elch und verschiedene Raubkatzen, darunter ausgewachsene sibirische Tiger.
»Ich weiß nicht, wie Yemi an all die Tiere kommt und warum er sie um sich sammelt«, sagte Larpskendya. »Es scheint ganz so, als könnte kein Tier ihm widerstehen.«
Beunruhigt lugte Eric in sein Hemd: Die Prapsys guckten ihn treuherzig an.
Rachel wiegte Yemi sacht hin und her. Währenddessen sprang ihr ein Gibbon auf die Schulter und begann sie zu lausen. Es kitzelte fürchterlich und Rachel musste lachen. Sie beugte sich vor und gab Yemi einen herzhaften Kuss auf den Mund.
Der Kleine reagierte heftig: Er schrie auf, riss sich los und rannte so weit wie nur möglich von ihr weg.
»Tut mir Leid«, kam eine Stimme aus der Dunkelheit. »Ich hätte dich warnen sollen.«
Fola, Yemis Schwester, trat auf Rachel zu. Die beiden

Mädchen waren etwa gleich alt, doch Fola war größer. Ihr schwarzes Haar war zu vielen Zöpfchen geflochten und sie lächelte freundlich wie meist. Nachdem sie Rachel und Eric begrüßt hatte, ging sie zu Yemi hinüber, schloss ihn liebevoll in die Arme und strich ihm über das Kraushaar. »Er mag sich nicht mehr küssen lassen. Das geht schon eine ganze Weile so.«
Yemi tapste zu den sibirischen Tigern hin, stellte sich zwischen sie und legte ihnen die Hände aufs Fell, ganz so, als suchte er Trost bei ihnen.
Nach einer Weile kam er wieder zu Rachel und schaute sie mit einem Blick an, der um Verzeihung zu bitten schien. Sie zog den Jungen an sich und sagte: »Ich glaube, ich weiß, warum er nicht geküsst werden will. Es ist wegen Heebra. Sie hat ihm ihren Todeszauber in den Mund gehaucht. Er hat Angst, das ist es!«
Yemi begann zu zappeln. Nachdem Rachel ihn losgelassen hatte, klatschte er laut in die Hände.
»Mann, oh Mann!«, stieß Eric hervor.
Außer den Tieren, die sie bereits gesehen hatte, waren plötzlich noch weitere da. Wie auf Kommando kamen sie aus den dunklen, bewachsenen Bereichen der Höhle hervor. Mäuse huschten neben Katzen her, eine Kobra hatte sich locker um den langen Hals eines Schwans gewunden, ein Habicht strich über ein Küken hinweg, ohne auch nur den Versuch zu machen, es zu schnappen.
Auf einmal platschte es und aus einem kleinen Teich tauchte ein weiteres Tier auf. Es hievte sich aus dem Wasser und watschelte auf den Vorderflossen zu Eric hin.
»Eine junge Weddell-Robbe aus der Antarktis«, erklärte

Larpskendya. »Die Tiere kommen von überallher und folgen Yemi, wohin er auch geht.« Der Zauberer bückte sich und hob das speckige Robbenbaby hoch. »Das Kleine hier war vollkommen erschöpft, als es ankam. Es muss viele Tage und Nächte unterwegs gewesen sein. Einen halben Ozean hat es durchquert, nur um bei Yemi zu sein. Könnt ihr euch das vorstellen?«

Eric war tief beeindruckt. »Wie viele Tiere hat Yemi inzwischen?«, fragte er.

»Nicht allzu viele. Yemi ist rastlos, er versetzt sich ständig irgendwo anders hin. Nur wenn die Tiere schnell sind, haben sie eine Chance, ihn zu erreichen, bevor er wieder weg ist.«

Eric beugte sich zu dem Habicht hinab. Diese Gelegenheit nutzten die Prapsys und schlüpften unter seinem Hemd hervor. »He, ihr beiden! Zurück mit euch!«, rief Eric – doch die Vogelwesen dachten nicht daran. Sie hatten sich auf seinen Schultern niedergelassen und guckten sich neugierig um.

Kaum hatte Yemi die beiden erblickt, streckte er verlangend die Arme nach ihnen aus. Als die Prapsys nicht sofort zu ihm hinflogen, wunderte er sich. »Komm, komm!«, lockte er. »Haben!«

»Auf keinen Fall!«, sagte Eric.

»Haben!«

»Mir ist egal, was du haben willst. Die Prapsys kriegst du nicht.«

»Bitte, bitte!« Yemi versuchte ein Lächeln.

Eric setzte die Prapsys auf den Boden und sagte zu ihnen: »Ihr habt die Wahl, Jungs. Geht zu Yemi, wenn ihr mögt. Ich halte euch nicht auf.«

Sofort flogen die Prapsys wieder auf Erics Schultern.
»Wir wollen bei dir bleiben«, sagte das eine.
Eric sah Yemi mit festem Blick an. »Die Jungs haben sich entschieden, dabei bleibt es.«
Yemi war verunsichert: So etwas hatte er noch nie erlebt. Er versuchte alle Mögliche, um die Prapsys doch noch für sich zu gewinnen. Er schnitt Grimassen, stampfte mit den Füßen auf, drohte mit den kleinen Fäusten, bat und bettelte. Als auch das nichts nützte, brach er in Tränen aus. Einer der sibirischen Tiger trat auf ihn zu und stupste ihn zärtlich mit der Schnauze an.
Larpskendya sagte: »Eric, du musst mir verraten, wie du das gemacht hast. Kein Tier hat Yemi je widerstehen können.«
»Ich hab gar nichts gemacht«, sagte Eric. »Absolut nichts.«
»Das kann nicht sein. Yemi hat bisher immer seinen Willen bekommen.«
»Mag sein«, sagte Eric. »Ich jedenfalls finde es nicht richtig, wenn kleine Kinder immer alles kriegen, was sie wollen. Das ist nicht gut für sie.«
Er sah Yemi an, der seinen Blick erwiderte. Ganz kurz hatte Rachel den Eindruck, dass zwischen ihrem Bruder und Yemi eine Art Kräftemessen stattfand.
Fola umarmte Yemi. »Ganz ruhig, mein Kleiner. Man kann nun mal nicht alles haben, weißt du.«
Yemi sah weiterhin bekümmert drein, bis einer der sibirischen Tiger ihm mit der Zunge übers Gesicht fuhr und ihn so zum Lachen brachte. Sogleich war er wieder das gewohnt heitere Kind. Er kletterte auf den Rücken des Tigers und klopfte ihm auf die Flanke, zum Zeichen, dass er einen kleinen Ritt unternehmen wollte.

»Yemi ist kein gewöhnliches Kind mehr«, sagte Rachel. »Er ist viel mehr als das.«
»Er ist vieles«, antwortete Larpskendya, »auch wenn er sich meist wie ein Kind seines Alters verhält. Er mag Süßigkeiten und Spielzeug und auch die althergebrachten Spiele wie Verstecken.«
»Das stimmt«, mischte sich Fola ein. »Er wird wütend, wenn er seine Tiere nicht gleich findet. Aber umgekehrt dürfen sie ihn nicht finden. Er ist immer noch ein Baby, ein *pikin*.« Sie zog ihn von dem Rücken des Tigers und ließ ihn auf ihrem Knie reiten, bis er sich vor Lachen ausschüttete. »Das mag er«, erklärte sie. »Aber er hat auch Launen und muss immerzu seinen Willen durchsetzen. Wegen nichts und wieder nichts fängt er zu weinen an.«
Rachel beobachtete die sibirischen Tiger. Das Verhalten des einen hatte sie stutzig gemacht. Er ging ungewöhnlich liebevoll mit Yemi um, bewegte sich gemessen und sehr gezielt und jedes Mal, wenn sie zu ihm hinschaute, hielt er inne und blickte aufmerksam zurück. Rachel fand, dass er etwas Menschliches an sich hatte.
Als Yemi später etwas zu dem Tiger sagte und dieser daraufhin seine feuchte Schnauze ans Ohr des Jungen legte, konnte Rachel ganz deutlich geflüsterte Worte hören.
»Das ist kein Tier!«, rief sie aufgeregt.

6

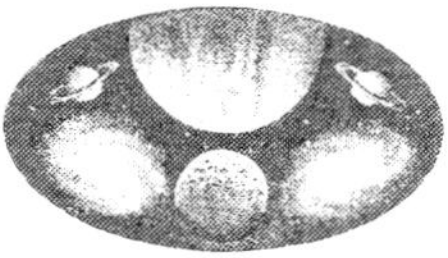

Serpantha

Rachel zog Eric rasch hinter sich und aktivierte ihre Abwehrzauber.

»Ihr braucht keine Angst zu haben«, sagte der Tiger. Im gleichen Augenblick begann er sich zu verwandeln.

Rachel hatte erwartet eine Hexe vor sich zu sehen, doch es war ein Zauberer. Er trug ein schlichtes aquamarinblaues Gewand und war wie Larpskendya etwas über zwei Meter groß. Rachel konnte seinem Blick nur wenige Sekunden standhalten: Er hatte die in allen Farben schillernden Augen der Zauberer. Sie merkte, dass es Eric ebenso erging.

»Ich bin Serpantha«, sagte der Zauberer. Seine Stimme klang voll und deutlich jünger als die Larpskendyas. Ob er tatsächlich jünger war? Wie schon des Öfteren überlegte Rachel, wie alt die Zauberer wohl sein mochten.

Serpantha verbeugte sich vor Rachel und Eric und sagte: »Es ist mir eine Ehre, euch endlich zu treffen, auch wenn ich das Gefühl habe, euch schon lange und gut zu kennen. Larpskendya hat Recht: Ihr beide besitzt außergewöhnliche Kräfte, wie sie in dieser Welt und auch in anderen ihresgleichen suchen.«

Yemi zupfte Serpantha am Ärmel. Anscheinend wollte er mit dem Zauberer spielen.

»Du und Larpskendya, ihr seid Brüder, stimmt's?«, sagte Rachel.
Larpskendya sagte zu Serpantha: »Habe ich dir nicht gesagt, dass sie es weiß? Vor ihr kann man nichts geheim halten.«
»Aber du bist älter als Larpskendya«, meinte Eric. »Deine Stimme klingt zwar, als wärst du jünger, aber in Wirklichkeit bist du viel älter. Das merke ich an deiner Magie.«
Serpantha sah Eric an. In seinem Blick mischte sich Erstaunen mit Angst. »Wie kannst du das wissen?«, fragte er bestürzt.
»Deine Zauber sind müde, daran merke ich es«, erklärte Eric. »Sie haben so lange kämpfen müssen und jetzt sind sie erschöpft. Sie können und wollen nicht mehr.«
Serpantha streckte die Arme aus und legte seine Hände auf Erics Schultern. »So ist es«, gab er zu, »in den letzten Jahren habe ich ihnen viel abgefordert, mit jedem Jahr mehr. Keinen Augenblick hat es Ruhe gegeben, weder für mich noch für Larpskendya.« Er senkte den Blick und sagte dann mit schiefem Lächeln. »Eric, kannst du mir sagen, wie viel Kraft meine Zauber noch haben? Ich bin mir nicht sicher, denn sie machen mir etwas vor, weißt du.«
»Sie lassen dich noch nicht so bald im Stich«, sagte Eric.
»Das freut mich«, sagte Serpantha erleichtert. Er hob Yemi hoch und setzte ihn auf seine breiten Schultern. »Ich bin schon eine ganze Weile hier bei dem Kleinen.«
»Um ihn vor den Griddas zu schützen?«, fragte Rachel.
»Auch deshalb. Die Griddas würden Yemi nicht am Leben lassen – es sei denn, er schiene ihnen für irgendeinen

Zweck nützlich. Aber es gibt noch einen anderen Grund, weshalb ich auf Yemi aufpassen muss. Nicht etwa, weil er Böses im Sinn hätte, dem ist keineswegs so – aber ein spontaner Einfall von ihm könnte viel Wertvolles auf dieser Welt zunichte machen.« Serpantha gab Yemi einen Kuss, dann flüsterte er ihm zu: »Selbst wenn sie den besten Absichten entspringen, können deine Einfälle gefährlich werden, mein Kleiner . . .«

Rachel musste an den Vorfall mit den Braunbären denken. Fola hatte Yemi zu seinem zweiten Geburtstag ein Bärenjunges geschenkt. Der Kleine war vor Freude völlig aus dem Häuschen gewesen; am liebsten hätte er alle an seinem Glück teilhaben lassen. Am nächsten Morgen waren tatsächlich alle – jedes Kind und jeder Erwachsene auf der Erde – mit einem niedlichen Bärenjungen neben sich im Bett aufgewacht.

»Dieses Problem«, fuhr Serpantha fort, »macht sich bei außergewöhnlich begabten Kindern bemerkbar.« Er tauschte einen viel sagenden Blick mit Larpskendya. »Yemis Fähigkeiten übertreffen alles, was ich je gesehen habe, selbst bei Zauberern. Ich habe versucht ihm beizubringen, was für ihn am schwierigsten ist: Er muss einsehen, dass er nicht immer alles haben kann, was er will. Allmählich begreift er es. Außerdem hat er eine liebevolle Schwester, die ihm dabei hilft.« Serpantha zog Fola an sich. Mit einem schüchternen Lächeln blickte sie zu ihm auf. »Fola kann aber nicht, so wie ich, in immer wieder anderer Gestalt als Spielkamerad in Yemis Nähe sein«, sagte Serpantha, zu Rachel gewandt. »Deshalb wirst du ihr helfen müssen, wenn ich demnächst fort bin.«

»Fort?« Rachel standen die Tränen in den Augen, obwohl es dafür eigentlich keinen Grund gab.

»Es hat sich etwas ergeben, mit dem wir niemals gerechnet hätten«, sagte Serpantha. »Die Oberhexen wollen sich mit uns treffen und verhandeln.«

»Ich dachte, die Griddas hätten sie alle umgebracht.«

»Nicht alle. Einige werden gefangen gehalten, andere wiederum leben versteckt in unterirdischen Tunnels. Von den Letzteren konnte eine Ool unbemerkt verlassen und mir eine Botschaft überbringen. Die Botschaft jedenfalls war von Ondra.«

»Ondra? Das ist doch Heebras Tochter!«, sagte Rachel. »Ihre Mutter ist hier auf der Erde umgekommen. Sie muss uns abgrundtief hassen. Meinst du wirklich, du kannst ihr trauen?«

»Du hast schon Recht mit deinem Einwand«, sagte Serpantha. »Normalerweise würde ich ihr niemals trauen. Und wer weiß, ob es jetzt angebracht ist. Seit ich mich erinnern kann, haben die Hexen mit allen Mitteln gegen uns gekämpft, deshalb fällt es mir keineswegs leicht, mein Misstrauen zu überwinden. Aber es muss sein.« Er kitzelte Yemi, um ihn zum Lachen zu bringen. Dann sah er Rachel wieder ernst an. »Du ahnst ja nicht, in welch erbärmlichem Zustand die Hexen sind. Sie sind vollkommen verzweifelt, das steht fest. Deshalb werde ich mich mit ihnen treffen.«

»Allein?«, wollte Rachel wissen.

»Wenn es eine Falle sein sollte, könnten zehn Zauberer nicht mehr ausrichten als einer. Ich . . .«

»Geh nicht«, sagte Eric. »Bitte, bleib hier!«

»Warum?«

»Ich weiß nicht. Aber geh auf keinen Fall, ich will das nicht.«
Minutenlang herrschte Stille in der Höhle.
»Ich *muss* gehen, Eric«, sagte Serpantha dann. »Unser Kampf gegen die Hexen währt schon so lange. Nun haben wir vielleicht die Möglichkeit, ihn zu beenden. Die Griddas könnten uns gefährlich werden und ich glaube nicht, dass ihre Anführerin Gultrathaca verhandlungsbereit ist. Außerdem ist da noch etwas, das ich euch sagen muss: Die Griddas sind auf dem besten Wege, Ithrea zu finden. Wir haben den Planeten abgeschirmt, aber ob wir sie damit dauerhaft fern halten können, ist nicht sicher.«
Morpeth!, dachte Rachel erschrocken.
»Wie ihr seht, geht es um mehr als um das Wohl eurer eigenen Welt«, sagte Serpantha. »Mir ist klar, dass ich ein Risiko eingehe. Dennoch werde ich mich allein auf den Weg machen.« Bekümmert wandte er sich an Larpskendya. »Es ist Zeit für mich, zu gehen, Bruder. Auch Yemi ist nicht glücklich darüber, aber er hat versprochen tapfer zu sein – sei auch du tapfer.«
Larpskendya schwieg. Er fasste seinen Bruder an den Händen, konnte ihm dabei aber nicht in die Augen sehen.
»Ich hätte gern mehr Zeit mit euch verbracht«, sagte Serpantha zu Rachel und Eric. »Aber ganz gewiss haben wir uns heute nicht zum letzten Mal gesehen.«
Dann nahm er Yemis Hand und ging mit dem kleinen Jungen den anderen voran aus der Höhle.
Draußen war es warm. Ein Getreidefeld, rot-blau gesprenkelt von Mohn und Kornblumen, lag in der strah-

lenden Sonne vor ihnen. Rachel nahm die friedvolle Umgebung kaum wahr. Der Gedanke, dass Serpantha fortmusste, ließ sie nicht los.
»Du kannst nicht fort«, sagte sie zu ihm. »Wer soll Yemi beschützen, wenn du gehst?«
»Fola«, antwortete Serpantha, »und noch ein zweites Mädchen. Du kennst sie gut.«
Er deutete zum Himmel, auf ein Mädchen, das gerade angeflogen kam. Sie hatte weißblondes Haar und ihre Augen waren von einem unvorstellbar hellen Blau.
»Heiki!«, rief Rachel.
Heiki landete neben ihr. Die Mädchen umarmten einander – sie waren mittlerweile gute Freundinnen geworden. Serpantha stellte mit Genugtuung fest, wie herzlich sie miteinander umgingen. »Früher einmal wart ihr erbitterte Gegnerinnen«, sagte er zu ihnen. »Das ist zum Glück anders geworden, denn jetzt kommt es darauf an, dass wir alle zusammenhalten.«
Heiki wechselte rasch ein paar Worte mit Rachel und Eric, dann stellte sie sich neben Yemi und begann sofort den Himmel nach möglichen Gefahren abzusuchen.
»Bist du bereit, Bruder?«, fragte Serpantha. »Ich brauche jetzt deine ganze Kraft.«
Die Zauberer legten die Köpfe aneinander. Rachel spürte, wie um die beiden ein ungeheuer starkes Energiefeld entstand, das Serpantha gleich weit, weit forttragen würde.
Die Tiere hatten sich respektvoll zurückgezogen; offenbar fühlten sie, dass etwas Ungewöhnliches geschehen würde. Nun begriff auch Yemi, dass der Abschied unmittelbar bevorstand, und er vergaß, dass er eigentlich tapfer

hatte sein wollen. Er klammerte sich an Serpanthas Bein, so fest, als wollte er ihn nie mehr loslassen.

Unendlich sanft löste der Zauberer Yemis Finger. Ein letztes Mal ließ er den Blick über das Kornfeld und die grünen Hügel dahinter schweifen.

»Ich liebe diese Welt«, sagte er zu Eric und Rachel. »Und auch euch Erdenkinder liebe ich. Ihr tut so viel Gutes mit eurer Zauberkraft. Das ist nicht überall so.«

»Ich wollte, ich könnte verstehen, warum du gehst«, sagte Eric.«

»Eines Tages wirst du es verstehen«, versicherte ihm Serpantha.

Im nächsten Augenblick war er verschwunden.

7

Verrat

Mit vorsichtigen Schritten ging Serpantha durch die Tunnels von Ool.
Schon eine ganze Weile folgte er dem magischen Geruch der Hexen und war dabei immer tiefer unter die Erde gelangt. Inzwischen war der Geruch überwältigend stark und Serpantha konnte bereits das unterdrückte Flüstern der Hexen hören.
An den Wänden der Tunnels hatten sich kleine Lebewesen angesiedelt, die ein trübes gelbliches Licht abgaben, sodass Serpantha den Weg vor sich einigermaßen sah. Die meiste Zeit musste er gebückt gehen, weil die Tunnels sehr niedrig waren. An ihren glatten Wänden konnte er sich kaum festhalten, deshalb überwand er steile Abwärtspassagen fliegenderweise.
Der Tunnel, den der Zauberer gerade entlangging, mündete in eine Höhle. Er richtete sich zu voller Größe auf und trat entschlossen ein.
Zu zehnt saßen die Hexen im Kreis. Als sie Serpantha erblickten, zogen sich die meisten mit ihren angstvoll zischenden Herzensschlangen in den hintersten Bereich der Höhle zurück. Ein paar aber blieben sitzen und pressten die Kiefer zusammen, damit sie nicht automatisch nach dem Zauberer schnappten.

Dieser hatte damit gerechnet, dass er nicht begeistert empfangen würde. Um die Hexen nicht zu provozieren, hielt er einen gewissen Abstand zu ihnen ein und wartete ab.
Anfangs wagten sie sich nicht näher. Dann aber stürzten sie sich unvermittelt auf ihn, packten ihn und zerrten ihn in einen Tunnel.
Serpantha überraschte es nicht allzu sehr, dass er hart angefasst wurde. Er setzte sich wohlweislich nicht zur Wehr, obwohl ihm der harte Steinboden die Haut aufschürfte.
Nachdem die Hexen ihn durch mehrere Tunnels geschleppt hatten, ließen sie ihn schließlich in einer kleineren Höhle zu Füßen einer weiteren Hexe fallen. Im Gegensatz zu den anderen blieb sie bei seinem Anblick vollkommen gelassen. Die gelbe Herzensschlange tat es ihrer Herrin nach und verfolgte mit unverhohlener Neugier, wie der Zauberer sich aufrappelte.
»Sei gegrüßt Serpantha«, sagte die Hexe schließlich.
»Sei gegrüßt, Ondra.«
Eine ganze Weile fiel kein weiteres Wort. Zum ersten Mal seit vielen tausend Jahren standen eine Oberhexe und ein Zauberer einander gegenüber, ohne dass es um Kampf ging. Schließlich verneigte Serpantha sich vor Ondra. Wie vor Urzeiten üblich streckte er ihr die Arme entgegen, zum Zeichen, dass er bereit war einen Bund mit ihr zu schließen.
Ondras Herzensschlange Nylo zuckte erst zurück, doch die Hexe gebot ihr sich um die Handgelenke des Zauberers zu schlingen. Weder Serpantha noch Ondra waren auf das Gefühl vorbereitet, das sie in diesem Moment

durchflutete. Beide waren so überwältigt, dass sie minutenlang stumm verharrten und den eigentlichen Zweck ihres Treffens vergessen zu haben schienen.
Zeit ihres Lebens hatte Ondra sich gefragt, wie es wohl sein würde, sich mit dem legendären Serpantha zu messen. Nun stand er vor ihr und sie erkannte, dass sie einem irrwitzigen Wunsch nachgehangen hatte. Bereits ein flüchtiger Blick offenbarte ihr die ungeheure Macht des Zauberers. Nicht einmal ihre Mutter Heebra war ihm je ebenbürtig gewesen.
Serpanthas Augen ruhten auf Ondra, aufrichtig und schön. Schön? Ondra rief sich selbst zur Ordnung. Wie konnte sie seine Augen nur schön finden!?
Nylo starrte den Zauberer unverwandt an, obwohl Ondra ihr bedeutet hatte, sie möge sich zurückziehen.
Verunsichert machte Ondra ein paar Schritte rückwärts und versuchte der Gefühle Herr zu werden, die der Blick des Zauberers in ihr ausgelöst hatte.
Auch Serpantha hatte mit widerstreitenden Gefühlen zu kämpfen. Er bemühte sich um Fassung. Indem er den Staub von seinem Gewand klopfte, sagte er trocken: »Ich hatte auf eine freundlichere Begrüßung gehofft.«
»Das kann ich mir vorstellen!«, gab Ondra zurück. »Trotzdem werde ich jetzt die Tunnels kontrollieren lassen. Ich muss sicher sein, dass da keine weiteren Zauberer sind.«
»Ich bin allein gekommen«, beteuerte Serpantha.
»Es dürfte dich kaum wundern, wenn ich mich nicht auf dein Wort verlasse.« Mit einer Handbewegung gab Ondra ihren Hexen zu verstehen, dass sie rasch die angrenzenden Tunnels durchsuchen sollten.

Scheinbar gelassen wartete sie. Innerlich jedoch war sie aufgewühlt wie nie zuvor und fühlte sich unsicher. Lange, sehr lange hatte sie sich auf die Verhandlung mit dem Zauberer vorbereitet. Von ihrem Ergebnis hing es ab, ob sie und die Ihren überleben würden.

Nachdem die Hexen berichtet hatten, dass sich in den Tunnels keine weiteren Zauberer verbargen, wurde sie ruhiger und richtete den Blick auf Serpantha.

»Es freut mich, dass du hier bist«, begann sie. »Aber sag mir eines: Sprichst du im Namen aller Zauberer?«

»Jeder von uns spricht im Namen aller. Wir sind uns immer einig.«

»Wenn das ein hinterhältiger Trick sein sollte, dann ...«

»Du selbst hast mich hergebeten.«

Ondra versuchte ein Lächeln. »Von Heebra weiß ich, dass jegliches Gespräch mit einem Zauberer sinnlos ist.«

»Woher sollte sie das wissen?«, entgegnete Serpantha. »Heebra hat sich nie mit uns getroffen, obwohl wir sie dazu aufgefordert haben. Deine Mutter hatte offenbar zu große Angst vor uns.«

Ondra schwieg. Serpanthas Blick irritierte sie immer mehr. Seine Augen waren kleiner als ihre, nur wenig größer als die eines Menschen.

Serpantha überlegte, ob Ondra ihm überhaupt eine Antwort geben konnte. Möglicherweise hatten die Hexen im Laufe der vielen Jahre verdrängt oder vergessen, was der Anlass für ihren Hass auf die Zauberer war.

»Weißt du eigentlich, dass Zauberer und Hexen früher einmal in ein und derselben Welt gelebt haben?«, fragte er. »Wir haben gemeinsame Vorfahren.«

Ondra wurde es unbehaglich zu Mute. »Das glaube ich

nicht!«, stieß sie hervor. Wieder trat sie ein paar Schritte zurück und maß ihn mit feindseligen Blicken. Er konnte unmöglich die Wahrheit sprechen: Die Kiefer und Zähne der Zauberer waren doch viel kleiner als die der Hexen. »Wir hatten nie solch kleine Kiefer wie ihr«, sagte sie.

»Das stimmt«, sagte Serpantha. »Eure waren viel kleiner als unsere, bevor ihr sie verändert habt.«

»Du lügst!«

»Meinst du? Welchen Vorteil sollte ich davon haben?«

Während Ondra nach Worten suchte, musterte Serpantha ihre Gefährtinnen. Normalerweise waren die Hexen enorm stolz auf ihr Aussehen. Selbst wenn sie vom Kampf vollkommen erschöpft waren, tarnten sie noch ihre Verletzungen mit Magie, um den Schein zu wahren. Die Hexen, die nun vor ihm standen, sahen erbärmlich aus, ihre schwarzen Gewänder waren schmutzig und zerfetzt. Manchen hingen die Kiefer herab, weil ihre Muskeln durch die Entbehrungen in der Höhle erschlafft waren. Sie sahen aus, als wären sie dem Tod nahe.

Womöglich spiegeln sie mir das nur vor, dachte Serpantha.

Sofort wurden seine Informationszauber aktiv. Nein, die Hexen waren tatsächlich in einem schlimmen Zustand, meldeten sie. Serpantha wusste, dass er seinen Informationszaubern trauen konnte. Nicht ein einziges Mal in seinem langen Leben hatten sie ihn im Stich gelassen. Er strich der Hexe, die ihm am nächsten stand, über den verletzten Arm – zu seinem Erstaunen zuckte sie nicht sofort zurück.

»Ich sehe, ihr habt entsetzlich gelitten«, murmelte er.

»Unterschätze uns nicht! Wir sind noch lange nicht am Ende!«, rief Ondra.

»Das ist mir klar.«

Indem Ondra ihre Klauen über Nylos schuppigen Leib gleiten ließ, überlegte sie ihre nächsten Schritte. Im Grunde ihres Herzens wusste sie, dass Serpantha die Wahrheit sagte, was ihre gemeinsame Vergangenheit anging. Die Vorstellung, dass Zauberer und Hexen einst friedlich in ein und derselben Welt gelebt hatten, fand sie einerseits abstoßend, andererseits aber auch faszinierend. Trotzdem – was sollte sich dadurch ändern? Auf keinen Fall durfte sie jetzt einen Fehler machen. Sie bemerkte, dass die Wachsamkeit ihrer Hexen nachgelassen hatte. Sie hatten sich Serpantha genähert, schienen Vertrauen zu fassen. Eine streckte sogar den Arm nach ihm aus . . . Wieder wallten die unterschiedlichsten Gefühle in ihr auf.

Währenddessen hatte Serpantha gezählt, wie viele Hexen sich in der Höhle befanden. »Seid ihr als Einzige noch am Leben?«, wandte er sich an Ondra.

»Nein. Es leben noch welche in anderen Tunnels und an Orten, die ich nicht kenne. Jedenfalls bin ich nach wie vor ihre Anführerin.«

Serpantha nickte. »Da du Heebras Tochter bist, haben die Griddas zweifellos eine hohe Prämie auf deinen Kopf ausgesetzt.«

Ondra ließ ein bitteres Lachen hören. »Das will ich doch hoffen! Ich wäre enttäuscht, wenn es nicht so wäre!«

»Wie schafft ihr es, den Griddas aus dem Weg zu gehen?«

»Wenn wir ihren Geruch rechtzeitig wahrnehmen, flie-

hen wir«, sagte Ondra. »Ist keine Flucht möglich, dann kämpfen wir. Wie du siehst, haben wir des Öfteren kämpfen müssen. Seit die Griddas die Hexen vernichtend geschlagen haben, sind sie an uns Übriggebliebenen lange nicht so interessiert, wie du glaubst. Ihnen ist viel mehr an jemand anderem gelegen – an Yemi.«
Serpantha versuchte sich sein Erschrecken nicht anmerken zu lassen.
»Wer hat ihnen von dem Jungen erzählt?«, fragte er Ondra.
»Wenn man es wirklich will, kann man selbst Hexen zum Sprechen bringen. Die Griddas wollten wissen, weshalb über fünfhundert von Heebras besten Kämpferinnen geschlagen von der Erde zurückgekehrt sind, und so haben sie schließlich von Yemis Weckzauber erfahren.«
»Was wissen die Griddas sonst noch über Yemi?«
»Alles, was auch wir wissen. Sie kennen seinen magischen Geruch und seine Fähigkeiten. Außerdem wissen sie, dass er ein harmlos wirkendes, vertrauensseliges Kind ist.« Sie sah ihm fest in die Augen. »Die Wachsamkeit von euch Zauberern lässt offenbar zu wünschen übrig, Serpantha. Die Griddas haben Späherinnen ausgeschickt, die euer Tun und Lassen beobachten. Sie wissen genau, wann ein Zauberer die Erde besucht und wann er sie wieder verlässt. Es überrascht mich, dass du nicht mehr deiner Gefährten zum Schutz des Jungen abgestellt hast.«
»Zwei sind völlig ausreichend«, sagte Serpantha.
»Nur zwei? Hochinteressant«, erklang eine neue Stimme.

Noch nie war Serpantha von einem Angriff derart überrascht worden, aber für langes Überlegen blieb keine Zeit. Der Zauberer sandte eine ganze Garbe seiner wirksamsten Zauber aus: Sie sollten sämtliche Zugänge zu dem unterirdischen Raum verschließen, seine Gestalt und seinen Geruch verändern und die Griddas ablenken, um ihm Gelegenheit zur Flucht zu geben.
Doch zu Serpanthas Entsetzen funktionierte kein einziger Zauber.
Die Griddas umzingelten ihn. Im nächsten Moment sprang eine Gestalt von der Höhlendecke herab in den Kreis.
Sie richtete sich zu voller Größe auf. »Ich bin Gultrathaca«, sagte sie.
»Ich weiß, wer du bist«, antwortete Serpantha.
»Weißt du auch, was ich mit dir machen werde?«
Auch das wusste Serpantha. Verzweifelt versuchte er sich an einen anderen Ort zu versetzen, aber auch das gelang nicht.
»Ein Hemmzauber«, erklärte Gultrathaca. »Er wirkt durch Hautkontakt – in diesem Fall dadurch, dass Nylos Haut deine berührt hat. Aber das konntest du nicht wissen. Keine Hexe hat diesen Zauber je eingesetzt – sie kannten ihn nicht einmal und waren vollkommen überrumpelt, als wir ihn erstmals benutzten.«
Serpantha sah ihr fest in die Augen. »Was auch immer du tust, von mir erfährst du kein Wort.«
»Das wird sich zeigen.«
Mehrere Griddas fesselten ihn mit Zauberschnur.
Serpantha wandte das Gesicht Ondra zu. »Was hast du nur angerichtet?«, fragte er sie mit bebender Stimme.

»Glaubst du etwa, die Griddas werden dir das je lohnen?«
Ondra ging nicht auf ihn ein, was ihr sichtlich schwer fiel. Sie sah Gultrathaca an und sagte: »Ich habe getan, was du verlangt hast. Jetzt ist es an dir, dein Versprechen einzuhalten. Lass meine Hexen frei.«
Gultrathaca hob den Arm und schlug Ondra ins Gesicht.
»Aber du hast es versprochen!«, schrie Ondra außer sich. »Wir haben uns verbündet. Du musst dich an deine Zusage halten!«
»Bildest du dir etwa ein, ein Bündnis mit euch würde mich kümmern?«, fuhr Gultrathaca sie an. Verächtlich betrachtete sie Ondra. »Du hast mir deine Hexen ausgeliefert.«
»Aber wir haben zugelassen, dass ihr uns verwundet habt! Damit der Zauberer glaubt . . .« Ondras Ausdruck wurde hart. »Niemals wirst du uns alle finden! Wir sind mehr, als du glaubst!«
»Nichts leichter als das!«, sagte Gultrathaca geringschätzig. »Wir wissen genau, wo die anderen sich verborgen halten. Ihr Hexen macht so viel Lärm, dass selbst eine junge, unbedarfte Gridda euch schon von weitem hört.«
Bevor Ondra weggeführt wurde, warf sie Serpantha einen Blick zu. Er sah vollkommen verändert aus. Sein Gesichtsausdruck war leer, die Augen glasig.
»Was ist mit ihm los?«, fragte eine Gridda und kniff Serpantha in die Wange.
»Der Zauberer zieht sich in sein Inneres zurück«, sagte Gultrathaca. »Er glaubt, dass wir ihn dort nicht erreichen können, aber da täuscht er sich. Letztendlich wird er uns

alles sagen, was wir über diesen Yemi wissen müssen. Vielleicht führt er uns sogar nach Orin Fen.«
Mit geschlossenen Augen und vollkommen reglos stand Serpantha da. Ein friedlicher Ausdruck malte sich auf sein Gesicht. Gultrathaca schob seine Lider auf: Von den schillernden Farben war nichts mehr zu sehen.
Auf ein Zeichen von ihr packten die Griddas den Zauberer und schleppten ihn aus der Höhle.

8

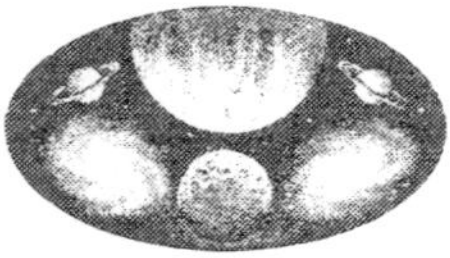

Schwebende Koalas

Entschlossen ging Eric einen Pfad entlang, der sich an alten Buchen vorbeischlängelte.

Er befand sich in einem abgelegenen Wald, viele hundert Kilometer von zu Hause entfernt. Die Prapsys begleiteten ihn. Immer wieder flogen sie ein Stück voraus, um dann wieder zu ihm zurückzukehren.

Eric hatte Rachel aus einem ganz bestimmten Grund gebeten ihn hierher zu bringen: Er war auf der Suche nach Albertus Robertson.

Seit Larpskendya die Erde verlassen hatte, um zu erkunden, weshalb Serpantha nicht von Ool zurückgekehrt war, hatte sich das Verhalten der Spektren auffallend geändert. Bisher hatten sie meist irgendwo gestanden und sich tagelang nicht vom Fleck gerührt. Nun aber waren sie ständig in Bewegung. Die Spannungssucher, die sich bislang, wenn auch meist außer Sichtweite, in ihrer Nähe aufgehalten hatten, übernahmen Transportdienste und brachten sie an jeden gewünschten Ort.

Eric verließ den Pfad.

»Sind wir bald da?«, fragte eines der Prapsys.

»Pssst«, machte Eric. »Wir wollen ihn doch nicht erschrecken!« Auf Zehenspitzen schlich er um einen Busch herum.

Auf einer kleinen Lichtung dahinter stand Albertus Robertson.
Er balancierte auf einem Bein. Das andere war erhoben und ausgestreckt – es sah aus, als wäre Albertus mitten in einem großen Schritt erstarrt.
Eric hielt sich noch eine Weile halb hinter dem Busch verborgen – er brauchte Zeit zum Überlegen. Was zog ihn eigentlich so stark zu den Spektren hin? Im Grunde genommen, war es wohl das, was andere Kinder unheimlich an ihnen fanden.
Albertus schien Eric nicht bemerkt zu haben. Seine schmalen Schultern und der dünne Hals wirkten so zerbrechlich, dass Eric sich unwillkürlich fragte, wie sie den schweren Kopf tragen konnten. Ein heftiger Windstoß müsste ihn wegwehen können ...
Eigentlich wollte Eric den Jungen ansprechen, aber er ließ es sein, weil Albertus nicht allein war. Zwei halbwüchsige Mädchen, unverkennbar Spannungssucherinnen, standen neben ihm. Das war ungewöhnlich: Noch nie hatte Eric ein Spektrum mit mehr als einem Spannungssucher zusammen gesehen. Die Mädchen hatten die Arme nach Albertus ausgestreckt, bereit ihn auf ein Zeichen hin zu ergreifen und sich mit ihm in die Lüfte zu erheben.
Das eine Mädchen warf Eric aus den Augenwinkeln einen ärgerlichen Blick zu.
»Hallo«, sagte Eric unsicher.
Als keine Reaktion kam, begannen die Prapsys zu kreischen: »Aufwachen! Eric hat was zu euch gesagt!«
»Schon gut, Jungs«, sagte Eric. »Regt euch nicht auf.«
Das Mädchen drehte sich ein Stück zu Eric hin und sagte: »Du störst. Geh bitte weg.«

»Ich will euch nicht lästig fallen, nur was fragen.«
»Von uns kriegst du keine Antwort.«
»Warum nicht?«
»Wenn wir mit dir sprechen, lenkt das unsere Aufmerksamkeit ab.«
»Du meinst, von Albertus?«, fragte Eric.
»Was sonst? Bitte, geh jetzt. Du störst, und das ist nicht gut, weil Gefahr droht.«
»Was für eine Gefahr?« Eric ging ein paar Schritte auf die kleine Gruppe zu. Das Mädchen, das ihm am nächsten stand, drehte sich nun ganz um und er spürte, dass ihre Angriffszauber sich bereitmachten. Im gleichen Moment fasste das andere Mädchen Albertus um die Mitte, um notfalls mit ihm davonzufliegen.
»Ich bin keine Gefahr für euch«, versicherte Eric. »Das wisst ihr doch.«
»Geh endlich!«
Die Prapsys umschwirrten die Mädchen und beschimpften sie lauthals, was die beiden allerdings wenig kümmerte.
Eric war enttäuscht. Er wollte Blickkontakt mit Albertus Robertson aufnehmen, aber der Junge reagierte überhaupt nicht.
»Nun sprich doch mit mir«, sagte Eric zu Albertus. »Meine Schwester Rachel und ich wollen, dass die Menschen auf der Erde in Sicherheit leben können. Du willst das auch, das spüre ich. Aber wir müssen miteinander reden. Du musst mir sagen, wonach ihr Spektren sucht. Warum ihr plötzlich alle in Bewegung seid.«
Albertus Robertson zuckte. Erst glaubte Eric, der Junge reagiere damit auf seine Worte, doch er merkte rasch,

dass dem nicht so war. Albertus' Blick war nun auf den Himmel gerichtet und er wirkte, als hätte er Angst. Mehrmals klappte er den Mund auf und zu: Er schien etwas sagen zu wollen. Die beiden Mädchen tauschten einen Blick, dann zogen sie Albertus in die Höhe und flogen mit ihm über die Bäume davon.
»Was ist los?«, rief Eric ihnen nach. »Was in aller Welt . . .«
Plötzlich rang er nach Luft und wich zurück – mit einem Mal wusste er, worum es ging.
Verständnislos guckten die Prapsys ihn an.
»Eric! Was hast du, Eric?«
»Schnell!«, keuchte er. »Fliegt los! Ihr müsst Rachel suchen!«

Neun Griddameuten tauchten in die Erdatmosphäre ein. Dank ihrer Späherinnen wusste Gultrathaca, dass Larpskendya die Erde verlassen hatte. Sie hatte versucht von Serpantha mehr zu erfahren, aber er hatte nichts preisgegeben und auf alle Fragen beharrlich geschwiegen. Selbst als die Griddas ihn mit ganzen Garben von Zaubern traktierten, hatte er keine Miene verzogen. Offenbar hatte er sich tatsächlich an einen Ort zurückgezogen, an dem die Griddas ihm nichts anhaben konnten . . .
Da aus Serpantha nichts über Yemi herauszubekommen war, hatte Gultrathaca beschlossen sicherheitshalber eine große Anzahl Griddas auszusenden. Unbemerkt drangen hunderte Griddas durch eine Lücke in dem Sicherheitsgürtel, den die Kinder um die Erde gelegt hatten, und verteilten sich über die Kontinente.
Sie konzentrierten sich darauf, Yemis magischen Geruch

auszumachen, den die Hexen ihnen beschrieben hatten. Mit diesem Vorgehen hätten sie keinen Erfolg gehabt, hätte nicht Yemi den Zauber, den Larpskendya zur Tarnung seines Geruchs angelegt hatte, mutwillig gebrochen.

Dass die Griddas ihn schließlich fanden, war noch einem weiteren Zufall zu verdanken. Heiki hatte den Jungen bereits mehrere Tage nicht mehr ins Freie gelassen. Der Kleine langweilte sich in der Höhle und versetzte sich deshalb kurzerhand hinaus auf eine Wiese voller Sommerblumen. Heiki konnte ihn nicht dazu bewegen, wieder mit ihr in die Höhle zu kommen. So fanden ihn die Griddas im hellen Sonnenschein vor, wie er fröhlich mit seinen Tieren spielte.

Heiki bemerkte sie als Erste und war vollkommen perplex. Sie hatte abgrundhässliche Wesen mit vorgestreckten Klauen und gefletschten Zähnen erwartet – aber nicht so etwas. Sie rief Fola, die neben Yemi im Gras kniete, beim Namen.

»Was ist?«, fragte diese.

»Sag das Codewort zu Yemi.«

»Stimmt was nicht?«

»Los, mach schon!«

Fola sah sich um. Wären die Griddas in ihrer wahren Gestalt gekommen, so hätte Fola ohne Zögern das Wort in Yemis Ohr geflüstert, das sie ihm immer und immer wieder vorgesagt hatte und von dem er wusste, dass es Gefahr bedeutete.

Gultrathaca hatte anfangs vorgehabt Yemi in Angst und Schrecken zu versetzen und ihn so gefügig zu machen. Doch als sie daran dachte, wie mühelos der Kleine vor einem Jahr mit den Hexen fertig geworden war, änderte sie ihren Plan.

Von den Hexen wusste sie, was kleine Kinder gern mochten, und dieses Wissen machte sie sich zu Nutze. Die Griddas hatten die Gestalt von Tieren angenommen: Hundewelpen mit treuherzigem Blick, verspielte Kätzchen, putzige Koalas und Delfine, die fröhlich die Schwanzflosse schwangen.

Fola reagierte zu spät auf Heikis Zuruf. Bevor sie den Mund öffnen konnte, hatte ein Zauber ihr die Lippen verschlossen. Daraufhin versuchte sie Yemi ein Zeichen zu machen, aber er war so fasziniert, dass er es nicht merkte.

Yemi wusste durchaus, dass es keine echten Tiere waren, die da auf ihn zugeschwebt kamen, aber gerade das fand er spannend, hatte doch Serpantha beim Spielen mit ihm immer wieder die Gestalt von Tieren angenommen.

Heiki packte eine Gridda, als diese an ihr vorbeischwebte. Ganz kurz verschwand das niedliche Kätzchengesicht und ihre wahren Züge waren zu sehen. Sofort war Heiki klar, dass sie diesem Wesen nicht gewachsen war.

Die getarnten Griddas mischten sich unter Yemis Tiere und begannen ausgelassen mit ihnen herzumzutollen.

Plötzlich ergriff ein plüschiger Hundewelpe den Jungen und zog ihn mit sich in die Höhe. Im Nu hatten die anderen Griddas einen Kreis gebildet, damit Yemi nicht merkte, dass seine echten Tiere zurückblieben. Gemeinsam stiegen sie auf.

Eric und Rachel kamen zu spät.

Sie fanden Heiki völlig verstört auf der Blumenwiese

vor. Um sie herum suchten die Tiere im Gras vergeblich nach Yemi.
Sofort sandte Rachel ein Notsignal an Larpskendya.
Heiki war so außer sich, dass sie kein Wort hervorbrachte; in einem fort starrte sie die vorbeiziehenden Wolken an, als wären diese an allem schuld.
Während Heiki endlich berichtete, was sich zugetragen hatte, durchkämmten die Tiere die angrenzenden Felder nach Yemi. Manche gruben sogar in der Erde, weil sie glaubten, er habe sich versteckt.
Plötzlich stellten alle wie auf ein geheimes Kommando hin ihre Suche ein. Regungslos und mit erwartungsvoll erhobenen Köpfen saßen sie da.
»Was ist los?«, fragte Eric. »Was haben die Tiere auf einmal?«
Rachels Informationszauber suchten die Umgebung ab, fanden aber nichts Außergewöhnliches.
»Yemis Schmetterlinge«, fiel Heiki ein. »Normalerweise würden sie jetzt über uns hinwegfliegen.«
Nicht ein einziger Schmetterling tauchte am Himmel auf.
Erneut sandte Rachel ihre Informationszauber aus: Sie suchten auf der ganzen Erde, konnten aber nirgendwo einen Schmetterling entdecken. All die Milliarden und Abermilliarden Schwalbenschwänze waren verschwunden und überall auf der Erde blickten die Tiere sehnsüchtig zum Himmel empor.
»Wenigstens ist Yemi nicht allein«, sagte Eric heiser.
»Sie haben auch Fola mitgenommen. Irgendwie wundert mich das, schließlich hat sie nicht allzu viel Zauberkraft.«
Rachel tauschte einen Blick mit Heiki.

»Sie brauchen Fola, weil sie noch nicht wissen, wie sie auf Yemi Einfluss nehmen können«, sagte Heiki.
Rachel nickte düster. »Aber das werden sie bald herausfinden.«

9

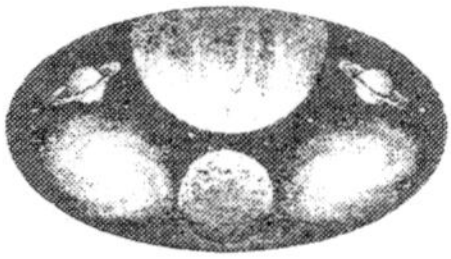

Die Spektren

Dass Yemi entführt worden war, löste auf der ganzen Welt Bestürzung aus.

Buchstäblich über Nacht war es vorbei mit den munteren Spielen der Kinder, denn Heiki hatte ihnen klargemacht, dass es Wichtigeres zu tun gab. Unablässig perfektionierten sie ihre Verteidigungszauber, bis sie vor Müdigkeit und Erschöpfung fast vom Himmel fielen.

Die Tiere waren untröstlich, seit Yemi nicht mehr da war. Viele wollten nicht wahrhaben, dass mit ihm auch seine Schmetterlinge verschwunden waren. Überall suchten sie nach ihnen: am Himmel, an Land und in den Tiefen der Meere. Vögel aller Arten schlossen sich zu gigantischen Schwärmen zusammen.

Am meisten trauerten diejenigen Tiere, die in Yemis unmittelbarer Nähe gelebt hatten. Sie verloren das Interesse an allem und wollten nicht einmal mehr fressen.

Noch auffälliger aber war die Reaktion der Spektren. Kurz nach Yemis Entführung strömten sie aus allen Ländern zum Äquator. Dort verteilten sie sich in etwa gleich großen Abständen und bildeten eine Art Gürtel um die Erde. Die Spannungssucher leisteten ihnen mittlerweile nicht nur Transportdienste, sondern versorgten sie auch mit Essen, Trinken und Kleidung.

Den Grund für diese Veränderung kannte niemand, denn die Spektren hüllten sich nach wie vor in Schweigen. Sie beschränkten sich aufs Beobachten des Himmels von ihren genau bemessenen Positionen aus.
Eines Abends jedoch begannen sie alle in bestimmten Intervallen Energieimpulse auszusenden, zum Teil hinaus ins All und zum Teil untereinander. Sie hatten ganz offenbar Kontakt miteinander aufgenommen. Das Summen und Knistern ihrer blitzschnellen Kommunikation störte die Funktion fast aller elektronischen Anlagen auf der Erde.
Rachel und Eric verfolgten all diese Entwicklungen, ihre Hauptsorge aber galt Larpskendya und Serpantha, denn keiner der beiden Zauberer war bisher zurückgekehrt. Inzwischen waren mehrere Wochen vergangen, ohne dass sie ein Lebenszeichen von ihnen erhalten hatten.
Da Eric Magie in extrem weiter Entfernung wahrnehmen konnte, flog Rachel jeden Tag stundenlang mit ihm im obersten Bereich der Atmosphäre umher, in der Hoffnung, dort eine Spur des magischen Geruchs der Zauberer zu entdecken.
Heiki organisierte währenddessen die Verteidigung auf der Erde. Dass die bisherigen Vorkehrungen nicht ausreichten, hatte die Begegnung mit den Griddas gezeigt.
Überall auf der Erde lebten die Menschen in banger Erwartung. Eines Nachmittags, als Rachel mit ihrem Bruder und ihren Eltern beisammensaß, wurde Eric plötzlich unruhig.
»Larpskendya!«, rief er und verzog im gleichen Augenblick schmerzlich das Gesicht.
»Was ist, Eric?«

»Er kommt, aber er scheint Probleme mit dem Fliegen zu haben.«
Sofort schickte Rachel ihre Informationszauber auf den Weg, die den Zauberer tatsächlich ausmachten.
»Er ist verletzt!«, rief sie.
»Schlimm?«, fragte ihr Vater.
»Sehr schlimm!«
»Larpskendya kann sich nicht mehr von einem Ort an den anderen versetzen«, sagte Eric. »Auch fliegen kann er kaum noch.«
Rasch traten sie ans Fenster. Larpskendyas Ankunft vollzog sich sonst so blitzschnell, dass sie ihn noch nie hatten kommen sehen. Diesmal flog er langsam und unbeholfen auf das Haus zu.
Rachel rannte hinaus in den Garten, dem Zauberer entgegen. Er war so erschöpft, dass er unmittelbar nach der Landung zusammensackte. Mühsam rappelte er sich ein wenig auf und versuchte ein Lächeln.
Rachel schob ihre Schulter unter seinen Arm, der Vater und Eric eilten herbei und mit vereinten Kräften schleppten sie den Zauberer über den Rasen.
»Rachel, lass mich nicht los«, stöhnte Larpskendya.
»Aber nein, ich stütze dich!«
Einen Augenblick lang lehnte er sich mit seinem ganzen Gewicht auf ihre Schulter. Dann versuchte er ohne Hilfe aufrecht zu stehen, geriet aber immer wieder ins Wanken. Rachel streckte beide Arme aus, um ihn notfalls auffangen zu können. Dass der Große Zauberer so sehr auf sie angewiesen war, brachte sie völlig aus der Fassung. Sie konnten die Tränen kaum noch zurückhalten.
»Nicht weinen«, murmelte Larpskendya.

»Aber ich hab Angst um dich!«
»Das ist nicht nötig. Alles wird gut.«
Rachels Informationszauber hatten mittlerweile herausgefunden, dass die Griddas kaum eine Stelle am Körper des Zauberers heil gelassen hatten. Es grenzte an ein Wunder, dass er noch lebte und den Weg bis zu Rachel geschafft hatte.
Der Zauberer schluckte mehrmals, dann sagte er: »Yemi ist nach Ool entführt worden.«
Rachel erschrak. »Haben die Griddas ihm etwas angetan?«
Larpskendya schüttelte den Kopf. »Nein, fürs Erste dürfte ihm nichts geschehen. Es hat die Griddas viel Mühe gekostet, ihn zu entführen, deshalb glaube ich nicht, dass sie ihm etwas antun wollen, zumindest nicht gleich. Mehr Sorgen mache ich mir um Serpantha.«
»Lebt er noch?« Erics Frage war kaum zu verstehen.
»Ja«, sagte Larpskendya, »aber falls er den Griddas in die Hände gefallen sein sollte, ist das nicht unbedingt ein Vorteil.« Ein Zittern durchlief den Zauberer. »Ich hätte selbst nach Ool gehen sollen«, sagte er. »Aber Serpantha hätte das nicht zugelassen. Von jeher hat er mich beschützt. Er . . .«
Plötzlich verfiel der Zauberer in Zuckungen. »Mein Bruder!«, rief er verzweifelt. »Was haben sie dir angetan? Was musst du erdulden?«
Als Rachel ihm sanft über den Arm strich, kamen ihm die Tränen.
Larpskendya hob das tränenüberströmte Gesicht. »Da es nun so weit gekommen ist«, sagte er langsam, »will ich euch alles erklären. Ich habe zwar nicht gelogen, euch aber auch nicht die ganze Wahrheit gesagt.«

Rachel sah den Zauberer mit großen Augen an.
»Die Wesen, die ihr als Hexen kennt, sind gar nicht so verschieden von uns Zauberern, wie ihr glaubt«, fuhr Larpskendya fort. »Vor sehr langer Zeit gehörten wir und sie sogar derselben Art an. Damals waren die Hexen uns Zauberern so ähnlich wie bei euch Erdenmenschen die Frauen den Männern oder die Mädchen den Jungen.«
Wieder suchte Rachel seinen Blick – und wich entsetzt zurück. Der Zauberer verschleierte die Wahrheit nicht mehr: Seine Augen wiesen die gleichen Tätowierungen auf wie die der Hexen. Rachel meinte Dragwena, Heebra, Ondra und all die anderen grausamen Hexen vor sich zu sehen.
Larpskendya trat auf sie zu, um sie zu besänftigen. Als sie angstvoll aufschrie, blieb er abrupt stehen.
»Ich weiß, die Wahrheit ist schwer zu ertragen«, sagte er. »Es tut mir von Herzen Leid, dass ich sie euch vorenthalten habe, dass ich vor allem dir, Rachel, nicht alles gesagt habe. Ich hoffe, du kannst mir verzeihen.«
Rachel war sprachlos. Sie fühlte sich hintergangen und hatte den Blick gesenkt, um dem Zauberer nicht in die tätowierten Augen sehen zu müssen. Langsam ging sie ein paar Schritte rückwärts und klammerte sich Hilfe suchend an ihre Mutter.
Eric hatte keine Miene verzogen. Er wirkte vollkommen gelassen und schien keinerlei Angst vor dem Zauberer zu haben.
Larpskendya sah ihn an. »Eric, hast du das alles etwa gewusst?«
»Nicht so richtig, aber ich hab was geahnt. Manchmal

hast du Zauber benutzt, die denen der Hexen sehr ähnlich waren. Das hat mich gewundert. Jetzt weiß ich, warum.«

»Bitte, erzähl uns auch noch den Rest«, forderte der Vater den Zauberer auf.

»Unsere Art war wahrscheinlich die erste, bei der sich Magie entwickelt hat«, fuhr Larpskendya fort. »Eines Tages entdeckten wir, dass wir fliegen können. Wir machten uns daran, unsere zahlreichen weiteren Fähigkeiten und auch unsere Welt zu erkunden. Irgendwann wagten wir uns in andere Welten: Wir gingen auf Reisen.« Larpskendya schwieg sekundenlang und sah zu Rachel hin, die noch immer den Blick abgewandt hielt.

»Sehr lange haben wir alle friedlich zusammengelebt«, fuhr er fort. »Die ganze Zeit über entwickelte sich unsere Zauberkraft weiter, aber irgendwann kam es zu Auseinandersetzungen darüber, wie sie einzusetzen sei. Mehrere sehr begabte und einflussreiche Hexen taten sich zusammen und beschlossen, dass sie sich nicht länger den Gesetzen, die für das Zaubern erlassen worden waren, fügen wollten. Sie verließen unseren Planeten und viele Jahrhunderte lang hörten wir nichts mehr von ihnen. Dann aber fanden wir in anderen Welten ihre Spuren – und immer waren es Spuren der Zerstörung. Sie schienen nicht bereit sich zu besinnen und von ihrem bösen Tun abzulassen. Damals begann der endlose Kampf.«

Der Vater räusperte sich. »Warum sehen die Hexen heute so anders aus als ihr?«

»Zum einen, weil sie uns nicht mehr ähnlich sehen *wollten*«, antwortete Larpskendya. »Und zum anderen ging es ihnen darum, dass ihr Äußeres ihrem Wesen entsprach: Sie wollten nicht nur gefährlich sein, sondern auch so aussehen.«

»Warst du damals dabei?«, fragte Eric. »Ich meine, als der Kampf begonnen hat?«

»Nein. Ich bin zwar alt, habe den Kampf aber nur zu einem kleinen Teil erlebt. Der Kampf hat mein ganzes Leben bestimmt, Eric, oder besser gesagt, die Vorbereitungen darauf oder die Angst davor. Auch die Angst um andere, die darin verwickelt wurden, um euch zum Beispiel.«

Rachel hatte mittlerweile ihre Sprachlosigkeit überwunden. »Warum hast du das uns oder zumindest mir nicht schon früher gesagt? Ich hätte es doch verstanden. Warum hattest du kein Vertrauen zu mir?«

»Ich wollte es dir ja sagen«, meinte Larpskendya. »Aber dann dachte ich daran, dass das Schicksal vieler anderer Welten, aller Welten womöglich, von eurer Erde abhängt. Und ich hatte Angst, es könnte ein zweites Mal schief gehen.«

»Ein zweites Mal?«

»Vor sehr langer Zeit kamen wir Zauberer zum ersten Mal auf eure Erde. Doch Dragwena herrschte hier und sie hatte die Kinder so beeinflusst, dass sie vor uns Zauberern entsetzliche Angst hatten. Ach, es fällt mir so schwer, an diese schmerzliche Erinnerung zu rühren ...« Er seufzte tief. »Bitte, versuch mich zu verstehen, Rachel. Ich konnte es nicht riskieren, dir die Wahrheit zu sagen, denn ich wusste, es würden Zeiten kommen, in denen ich dein bedingungsloses Vertrauen brauchte.«

»Aber ich hab dir doch bedingungslos vertraut!«, warf Rachel ein.

»Wirklich?« Der Zauberer trat ein paar Schritte auf Rachel zu, die unwillkürlich zurückwich. »Du merkst selbst, Rachel, dass du die Wahrheit kaum ertragen kannst, obwohl du mich inzwischen gut kennst. Wenn du gewusst hättest, wie nahe verwandt wir Zauberer mit den Hexen sind, hättest du mir dann vor einem Jahr am Nordpol dein Vertrauen geschenkt? Damals, als ich mich damit einverstanden erklärte, dass Heebra dich und Eric tötet, weißt du noch? Hättest du dich in diesem entscheidenden Moment voll und ganz auf mich verlassen, wenn du die Wahrheit gekannt hättest?«
Rachel dachte nach. »Nein, das heißt ja . . . ach, ich weiß nicht! Vielleicht hätte ich dir tatsächlich nicht vertraut. Überhaupt, mir wird das alles zu viel!« Sie begann zu zittern. »Wahrheit und Lügen . . . Lügen und Wahrheit . . . woher soll ich denn wissen, ob du jetzt die Wahrheit sagst?« Sie sah ihm in die Augen. »Du hast Serpantha nach Ool gehen lassen – warum? Er kennt Yemi und weiß, was wir zu seinem Schutz unternehmen. Es dürfte den Griddas nicht schwer fallen, alles aus ihm herauszubekommen. Wenn du so lange gegen die Hexen gekämpft hast, wie konnte dir dann ein so dummer Fehler unterlaufen?«
»Darauf kann ich dir keine Antwort geben. Jetzt nicht und vielleicht überhaupt nie.«
»Hast du etwa noch mehr Geheimnisse?«, fuhr Rachel auf. »Was enthältst du uns noch vor?«
Larpskendya schwieg. Eric spürte, wie traurig und erschöpft der Zauberer war.
»Ich hätte dich alles, aber auch alles glauben machen können, Rachel«, sagte Larpskendya schließlich. »Denn

ich kenne einen Zauber, der genau das bewirkt. Ich will ihn zwar nicht einsetzen, aber manchmal bin ich versucht es doch zu tun, denn von mir hängt mehr ab, als ich dir sagen kann. Ich habe meine Gefährten, die mir lieb und teuer sind, allein gelassen und bin auf die Erde gekommen, um mit dir zu besprechen, wie wir Yemi retten können. Wenn du nun . . .«

»Da ist was!«, unterbrach Eric. »Es müssen die Griddas sein, sie kommen hierher!«

»Ich weiß«, sagte Larpskendya. »Es sind nur ein paar, sie fliegen in der Nähe eures Erdenmondes. Wahrscheinlich gehören sie zu der Gruppe, die mich auf dem Weg hierher überfallen hat.«

»Nein, die meine ich nicht«, sagte Eric. »Viel weiter draußen im All sind ganz viele, irgendwo zwischen Jupiter und Saturn.«

Verblüfft sah Larpskendya ihn an. »So weit reichen nicht einmal *meine* Informationszauber. Weißt du das ganz genau, Eric?«

»Hundertprozentig!«

»Dann muss ich sofort aufbrechen.«

Rachel tat ein paar zögerliche Schritte auf den Zauberer zu. »Larpskendya, du willst doch nicht gehen! Du kannst zwar noch fliegen, aber du bist viel zu geschwächt, um es mit den Griddas aufzunehmen. Auf keinen Fall darfst du . . .«

»Wenn ich hier bleibe, bringe ich euch alle in Gefahr«, sagte der Zauberer. Er lächelte leicht und berührte Rachels Arm. »Und das will ich nicht.«

Mit einem Mal war Rachels Misstrauen wie weggeblasen. Sie warf sich in Larpskendyas Arme. »Du kannst

nicht fort!«, rief sie. »Wir werden dich beschützen. Wir alle!«
»Nein«, sagte der Zauberer mit fester Stimme. »Ihr seid noch nicht so weit, dass ihr den Griddas die Stirn bieten könnt.«
Rachel flehte ihn an seinen Entschluss zu überdenken, aber Larpskendya ließ sich nicht umstimmen.
Als er gerade aufbrechen wollte, hörten sie von draußen ein Geräusch. Ein durchdringender, Unheil verkündender Ton, der sie alle erschauern ließ.
»Was ist das?« Rachels Mutter hielt sich die Ohren zu.
Rachels Informationszauber suchten die Gegend um das Haus ab.
»Es sind die Spektren«, sagte Eric leise. »Sie sprechen.«
Überall auf der Erde hatten die Spannungssucher die Spektren hoch in die Luft hinaufgetragen und so am Himmel verteilt, dass jedes Kind sie hören konnte. Zwar bestand ihre Botschaft nicht aus Silben oder Wörtern, doch es war unverkennbar ein Alarmruf. Die Stimmen der Spektren schwollen an, der Ton wurde immer höher und durchdringender, sodass die Ohren schmerzten.
Kein Kind hatte je eine solche Botschaft vernommen, aber dank ihrer Magie konnten alle sie auf Anhieb verstehen.
Die Eltern im Wohnzimmer sahen Eric fragend an.
»Unsere Welt ist in Gefahr«, erklärte Eric. »Der Ton ist eine Warnung, die erste Warnung der Spektren. Er bedeutet: *Es droht Gefahr. Seid wachsam.* Mehr nicht.«
Kurz darauf veränderte sich der Ton leicht. Rachel und Eric spitzten die Ohren.

Eric warf Larpskendya einen bestürzten Blick zu. »Es geht um dich!«, stieß er hervor. »Du bist in Gefahr!«
Der Zauberer nickte und fragte dann: »Wisst ihr nun, was es damit auf sich hat, dass die Spektren sich so anders verhalten?«
Rachel war sich ganz sicher, seit sie den Ton vernommen hatte: »Sie sind eine Art Beschützer, stimmt's?«
»Genau«, antwortete Larpskendya. »Als sich herausstellte, dass ihr Erdenkinder Magie besitzt, haben sie sich zu dem entwickelt, was sie heute sind: zu euren Beschützern. Ihr werdet merken, dass sie nicht auf ihr eigenes Wohl bedacht sind, sondern auf das eure. Ihre Aufgabe ist es, genau hinzuhören, zu warnen, gute Ratschläge zu geben und notfalls auch zu kämpfen – kurzum: Sie tun alles, was in ihrer Macht steht, um euch Erdenkinder zu schützen.« Larpskendya schwieg eine kleine Weile, dann fuhr er fort: »Es sieht ganz so aus, als hätte die Gefahr, die mir droht, sie auf den Plan gerufen. Sie scheinen zu glauben, dass es für eure Welt schlecht aussieht, wenn ich umkomme. Nun, das wird sich zeigen. Was auch immer geschieht, ich bin zutiefst dankbar dafür, dass ich miterleben durfte, wie die Spektren euch helfen. Das macht mir Hoffnung. So, nun ist aber keine Zeit mehr . . .«
In aller Eile verabschiedete Larpskendya sich von Rachels Eltern.
Dann nahm er Rachels Hände in die seinen. »Du musst Yemi finden«, trug er ihr auf.
»Ohne dich schaffe ich das nie«, sagte Rachel.
»Du weißt doch, dass du stark bist!« Larpskendya hatte die Stimme erhoben. »Niemals habe ich ein Kind erlebt,

das einer Hexe mutiger entgegengetreten wäre als du! Ich habe den Griddas mehr als einmal ein Schnippchen geschlagen, aber ob es mir diesmal gelingt . . .? Hör zu: Yemis Zauberkraft übersteigt alles, was wir Zauberer je erlebt haben. Und er ist noch so klein . . . die Griddas könnten ihn beeinflussen. Deshalb musst du so schnell wie möglich zu ihm. Denk dir etwas aus, du wirst schon eine Möglichkeit finden.«

Er ließ Rachel los und dreht sich zu Eric um: »Von deinen Entscheidungen wird künftig mehr abhängen als in der Vergangenheit, Eric. Womöglich alles. Verlass dich ganz auf dein Gefühl. Du hast ungeahnte Kräfte in dir.«

Ein letztes Mal sah Larpskendya alle im Raum an.

Dann schloss der Zauberer die Augen, bündelte alle Kräfte, die ihm noch geblieben waren . . . und war verschwunden.

10

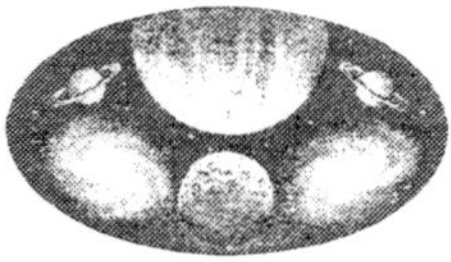

Die Prüfkammer

Bald nach Yemis Ankunft auf Ool befahl Gultrathaca Jarius zu sich.

Am liebsten hätte Jarius sich gedrückt, denn sie war mittlerweile erneut in Ungnade gefallen, weil sie sich geweigert hatte aus dem Augenfenster von Heebras Turm zu springen. Gultrathaca hatte ihr einen kräftigen Stoß versetzen müssen. Es war so demütigend gewesen – die kleinen Griddas hatten sich über sie lustig gemacht.

Diesmal erwartete Gultrathaca sie an einem noch grässlicheren Ort: in der Prüfkammer. Dort mussten die Griddas von Zeit zu Zeit in harten Prüfungen ihre magischen Fähigkeiten unter Beweis stellen. Mit Schaudern erinnerte sich Jarius an das letzte Mal, als sie dort gewesen war.

Während sie langsam in Richtung der Kammer ging, fiel ihr auf, dass außergewöhnlich viele Tiere, die in den Tunnels lebten, ebenfalls dorthin unterwegs waren: Nager, Raubinsekten, sogar scheue Grabtiere, die sich sonst kaum in die Nähe der Griddas wagten.

Jarius wusste, dass solche Tiere in Fallen gefangen wurden und den stets hungrigen jungen Griddas als Nahrung dienten. Sie hörte deren ungeduldiges Kreischen hinter den Wänden des Tunnels, den sie entlangging.

Zur Zeit gab es so viel Nachwuchs wie noch nie. Wenn Jarius aufmerksam lauschte, konnte sie hören, wie die Kleinen die Schalen ihrer Eier sprengten und gleich darauf den ersten Schrei nach Futter ertönen ließen. Die Griddas kamen ausgehungert zur Welt und ihr einziges Interesse war darauf gerichtet, möglichst schnell Muskeln anzusetzen und einer Meute anzugehören.
Jarius setzte ihren Weg fort, bis sie zu einer Tür gelangte.
»Willkommen«, ertönte drinnen Gultrathacas Stimme.
Vorsichtig machte Jarius die Tür einen Spalt auf.
Der Raum war in gleißendes Licht getaucht – noch nie zuvor hatte Jarius solche Helligkeit gesehen. Sie schrie auf und wollte zurückweichen.
Aber Gultrathaca hatte sie bereits am Arm gepackt und zog sie in den Raum. »Das musst du aushalten!«, fuhr sie Jarius an.
Verzweifelt versuchte Jarius einen Verdunklungszauber zu Stande zu bringen, doch da sie damit keine Übung hatte, gelang es ihr in der Aufregung nicht. Hätten sich ihre Augenschilde nicht automatisch geschlossen, wäre sie wohl von dem grellen Licht geblendet worden.
Das intensive Licht verblasste allmählich.
Jarius öffnete ihre Augenschilde ein wenig. »W-w-was war das?«, stotterte sie.
»Yemi hat auf deine Angst reagiert«, erklärte Gultrathaca.
Jarius warf dem Jungen einen scheuen Blick zu. Zwar hatte sie bereits gehört, dass Menschenkinder ungewöhnlich klein waren. Trotzdem war sie überrascht, als sie den Jungen vor sich sah. Er war kaum größer als eine frisch geschlüpfte Gridda und wirkte zierlich und ver-

letzlich – wie ein Gegenstand, der bei der geringsten Berührung zerbricht.
Yemi streckte die Arme nach ihr aus, das kleine Gesicht schmerzvoll verzerrt.
Vorsichtshalber trat Jarius ein paar Schritte zurück. »Was will er von mir?«
»Er bittet dich um Verzeihung, weil er dir einen Schrecken eingejagt hat.«
»Er bittet um Verzeihung?« Jarius blinzelte verblüfft. »Weiß der Kleine denn nicht, wo er hier ist und was wir ihm alles antun können?«
»Nein, das ist ihm nicht bewusst.«
Yemi stand nun vor Jarius. Sie sah, dass er Kleidung trug, wie auch die Hexen.
Jarius sah ihn an. Sein Ausdruck konnte sie nicht deuten, weil sein Gesicht so völlig anders aussah als das der Griddas, aber sie spürte genau, dass er keine bösen Absichten hatte.
Jarius bemerkte ein zweites Kind, das die Hand nach dem Jungen ausstreckte.
»Fola!«, sagte Yemi stolz.
Jarius sah, dass das zweite Kind älter war. Nach allem, was sie bisher über Erdenkinder gehört hatte, musste es ein Mädchen sein. Sie hatte längeres Haar und trug ebenfalls Kleidung: Roter Stoff bedeckte ihren Körper vom Hals bis zu den Füßen.
Fola starrte Jarius an. »Noch eine!«, stöhnte sie. »Hört das denn nie auf? Willst du, dass es dir geht wie den anderen, während die da zusieht!«, und sie deutete auf Gultrathaca.
Jarius verstand Folas Sprache nicht, spürte aber ihren

Zorn. Sie entspannte sich: Solches Verhalten war ihr vertrauter.
»Das Menschenmädchen scheint wütend zu sein«, sagte sie zu Gultrathaca. »Wahrscheinlich hat sie Angst vor uns. Wovor hat der Junge Angst?«
Gultrathaca lächelte: »Vor der Dunkelheit.«
Nun war Jarius vollkommen verwirrt.
»Die Menschen brauchen Licht«, erklärte Gultrathaca.
»Warum hat er das Licht dann vorhin verschwinden lassen?«
»Yemi möchte, dass du dich wohl fühlst, Jarius«, sagte Gultrathaca. »Er sucht deine Freundschaft. Er möchte gern mit dir spielen.«
»Aber er ist doch unser Gefangener! Ist ihm das denn nicht klar?«
Gultrathaca lachte bitter. »Nein, das kapiert er nicht.«
Mit Verwunderung sah Jarius, wie Fola den kleinen Jungen in die Arme nahm und ihm mit ihren klauenlosen Fingern durchs Haar strich. Yemi lachte und versuchte sich zu befreien.
»Ich weiß nicht, was ihre Gesten zu bedeuten haben«, sagte Jarius, »aber das Mädchen hat offenbar nicht allzu viel Zauberkraft. Soll sie dem kleinen Yemi als Nahrung dienen?«
»Das nicht. Aber die beiden sind Geschwister, das heißt, sie gehören auf eine bestimmte Art zusammen, so etwa wie bei uns die Meuten. Deshalb hat er sie gern und sie ihn. Das drücken die beiden aus, indem sie einander in den Arm nehmen.«
Voller Abscheu starrte Jarius Fola an. Sie konnte es nicht fassen, dass jemand an ein kümmerliches Wesen,

ganz gleich welcher Art, Aufmerksamkeit verschwendete.
»Unterschätze das Mädchen nicht«, sagte Gultrathaca zu Jarius. »Ich dachte anfangs, dass sie leicht zu beeinflussen sei, aber bisher hat sie keinerlei Entgegenkommen gezeigt – das macht es für mich sehr schwierig, Yemis Vertrauen zu gewinnen.«
»Wenn Fola uns im Wege ist, warum töten wir sie dann nicht einfach und nehmen direkt auf den Jungen Einfluss?«
»Das haben wir bereits versucht. Als Fola angegriffen wurde, hat Yemi zum ersten Mal zornig reagiert.«
»Hat er zurückgeschlagen?«
»Ja, und zwar auf ganz erstaunliche Weise. Seine Rache hat nicht nur die Griddas getroffen, die Fola angreifen wollten, sondern alle aus ihrer Meute. Ich glaube, das sollten wir als Warnung verstehen: Yemi duldet nicht, dass seiner Schwester etwas geschieht.«
»Bist du denn auf eine andere Weise weitergekommen?«
»Nein«, murmelte Gultrathaca. In ihrer Stimme klang Resignation mit. »Ich hatte gehofft, dass ich Yemis Vertrauen gewinnen oder ihn zumindest dazu bringen könnte, dass er seine Zauber zu unserem Nutzen einsetzt. Aber er reagiert völlig anders als üblich. Wenn ich ihm drohe, fasst er das als Spaß auf. Er tut einfach, was er mag.«
»Was er mag? Aber irgendwie muss man ihm doch beikommen können . . .«
»Falls dem so ist, dann muss ich es noch herausfinden.«
Im selben Augenblick tauchten nahezu lautlos zwei Huraks auf.

Unwillkürlich wich Jarius zurück.
Von all den Tieren von Ool fürchteten die Griddas eigentlich nur die Huraks. Sie waren größer als alle anderen Tiere, so groß wie Jarius selbst. Sie glichen Raubkatzen, hatten aber wesentlich kräftigere Kiefer. Am gefährlichsten aber war ihr Atem: Er enthielt einen giftigen Stoff, der wie ein Schlafmittel wirkte.
Die beiden Huraks setzten sich vor Yemi und Fola hin und ließen sich zu Jarius' Erstaunen von dem Jungen das dunkelblaue Fell streicheln.
In Gultrathacas Stimme klang etwas wie Respekt mit, als sie sagte: »Irgendwie zieht Yemi die Huraks an. In seiner Nähe sind sie friedlich und zahm. Sie schützen ihn sogar, wenn eine Gridda ihm nahe kommt. Diese beiden sind übrigens erst heute Morgen zu ihm gekommen.«
Jarius starrte Yemi an. Er lächelte.
»Hat er denn schon einmal versucht aus der Kammer zu entkommen?«, erkundigte sie sich.
»Aber ja, er versucht es die ganze Zeit. Er will ganz eindeutig fort und es wird immer schwieriger, ihn festzuhalten. Ständig durchbricht er die Bannzauber. Ein gutes Dutzend Griddas ist ständig dabei, neue Zauber um die Kammer anzulegen, damit der Kleine uns nicht entwischt.«
»Irgendwie muss man ihn doch einschüchtern können.«
»Ich fürchte, das gelingt uns nicht«, sagte Gultrathaca. »Er ist hier glücklich und zufrieden.«
»Hier, in dieser Kammer? Was hast du denn ausprobiert?«
»So gut wie alles. Aber er sieht darin nur ein Spiel.«
»Das kann ich mir nicht vorstellen!«

»Nun«, Gultrathaca trat ein paar Schritte beiseite, »dann versuch du dein Glück bei dem Jungen. Die Kammer steht dir zur Verfügung. Vielleicht hast du mehr Erfolg als alle vor dir.«
Fola wusste, was geschehen würde. Vor Jarius hatte Gultrathaca bereits eine ganze Reihe Griddas kommen lassen. *»Iro!* Nicht!«, rief sie Jarius zu. »Du darfst Yemi nicht herausfordern!«
Ihre Warnung war vergeblich. Wie die anderen Griddas wagte auch Jarius nicht sich Gultrathaca zu widersetzen.
»Yemi kann dir weh tun!«, rief Fola. »Nicht mit Absicht, aber trotzdem! Lass ihn in Frieden!«
Jarius' Blick wanderte von dem aufgeregt gestikulierenden Mädchen zu Gultrathaca. Diese hatte sich ans andere Ende der Kammer zurückgezogen.
Aufs Neue fragte Jarius sich, weshalb sie herzitiert worden war. Zu ihrer Meute gehörten höherrangige Griddas, die Yemi bisher noch nicht gesehen hatten. Warum also hatte Gultrathaca ausgerechnet sie zu sich gerufen? Etwa, weil sie am ehesten verzichtbar war?
Das musste es sein, ein anderer Grund fiel Jarius nicht ein. Offenbar wollte Gultrathaca ihr eine letzte Chance geben. Deshalb durfte sie sich auf keinen Fall weigern. Zitternd ging sie durch die Kammer und machte den Bereich mit den Angriffszaubern aus. Sie konnten entweder einzeln oder auch zu mehreren ausgelöst werden. Die Kammer bot den Vorteil, dass sich darin weit mehr Zauber gleichzeitig einsetzen ließen als draußen.
Als Yemi sah, was Jarius vorhatte, begann er auf- und abzuspringen.
»Sere! Sere! Sere!«, rief er aufgeregt.

»Ich glaube, das heißt, dass er spielen will«, sagte Gultrathaca.
Immer wieder klatschte Yemi in die Hände; er konnte es nicht erwarten.
Jarius wandte sich ab, um ihre Nervosität zu verbergen. Wie sollte es ihr gelingen, den Jungen einzuschüchtern, wenn nicht einmal Gultrathaca das geschafft hatte? Ihr blieb keine Chance, es sei denn . . . Jarius überlegte, ob der Panikzauber, den sie selbst erfunden hatte, funktionieren könnte. Sein Zweck bestand darin, Gegner außer Gefecht zu setzen, bevor sie überhaupt angreifen konnten.
Jarius nahm sich zusammen und blickte Yemi entschlossen an. Sofort schlug er die Hände vor die Augen und wich zurück.
Er hat Angst vor mir, dachte Jarius mit Genugtuung. Als sie merkte, dass der Junge zwischen seinen Fingerchen hindurchlugte, wurde ihr klar, dass er nur so tat als ob, damit das Spiel mehr Reiz für ihn hatte.
Ein rascher Blick auf Gultrathaca verriet ihr, dass diese kein Pardon kennen würde, wenn sie jetzt versagte.
Jarius entließ den Panikzauber.
Bevor er Yemi erreichen konnte, hatte dieser ihn aus der Luft aufgefangen. Neugierig betrachtete er ihn.
Gultrathaca hatte sich leicht vorgebeugt, damit sie nichts von dem Geschehen verpasste.
Yemi pustete den Zauber zu Jarius zurück.
»Fangen!«, rief er.
Jarius streckte die Klaue aus.
»Nein!«, schrie Fola. »Nicht anfassen!«
Ihre Warnung kam zu spät. Kaum hatte der Panikzauber

Jarius berührt, erfasste er auch schon ihren Geist und ihr Herz. Im gleichen Moment spürte sie, dass der Zauber sich verändert hatte: Yemi hatte ihn verbessert. Unermessliche Angst überkam sie. Zitternd brach sie zusammen, wand sich verzweifelt am Boden und versuchte ihr Schreien zu unterdrücken.
Yemi erkannte, dass er einen Fehler gemacht hatte. Sofort rannte er zu Jarius hin und löste den Zauber.
Seufzend musterte Gultrathaca Jarius; deren Pein ließ sie kalt.
Wieder hat sie versagt, dachte sie. Sie taugt einfach nicht zur Gridda. Nun denn, es gibt Begabtere als sie ...
Dann wandte sie sich Fola zu, die ihr zornige Blicke zuwarf. »Warum hast du das getan?«, schrie sie.
Gultrathaca gab keine Antwort. Sie schritt ans andere Ende der Kammer, um in Ruhe zu überlegen, was sie noch unternehmen könnte. Hatte sie nicht schon alles versucht? Drohungen und Versprechungen, Zauber aller Art sowie all ihre Überredungskunst hatte sie eingesetzt – nichts hatte gefruchtet! Diese Menschenkinder sind doch seltsam, dachte sie, wie kann man ihnen nur beikommen? Ich müsste mehr über sie wissen, das ist es!
Ich muss mir ein ganz anderes Vorgehen ausdenken, erkannte Gultrathaca. Je länger der Junge sich mir widersetzt, desto misstrauischer und unruhiger werden meine Griddas. Bald werden sie sich fragen, wie ich denn mit den älteren Kindern fertig werden will, wenn ich nicht einmal mit einem so kleinen Kind zurechtkomme. Mit jedem Tag verliere ich mehr Ansehen ...
Gultrathaca verließ die Kammer, um die gefangenen Hexen noch einmal zu befragen. Jarius lag nach wie vor zit-

ternd am Boden. Yemi wollte sie mit zärtlichen Worten trösten, doch sie zeigte keinerlei Reaktion. Er beugte sich vor, zögerte dann aber. Schließlich überwand er sich und hauchte ihr einen Beruhigungszauber ein.
Sofort verflog Jarius' Panik. An ihre Stelle trat ein Gefühl, wie sie es noch nie zuvor erlebt hatte. Unbeschreiblicher Friede durchströmte sie. Sie ließ es zu, dass Yemi die Ärmchen um ihren großen Kopf legte und sie sanft wiegte.

11

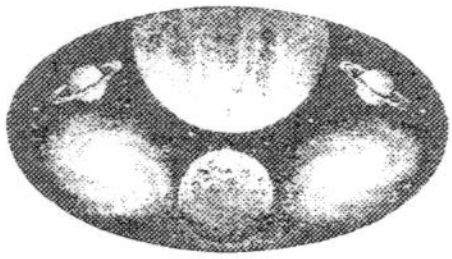

Einladung

Rachel saß im Garten, den Blick zum fast wolkenlosen Himmel gerichtet. Drei Wochen war es nun her, dass Larpskendya sie verlassen hatte.
»Mir gefällt das nicht«, sagte sie zu Eric. »Nirgends sind Kinder zu sehen. Irgendwie war das keine gute Idee, dass Heiki eine Sperrzone eingerichtet hat.«
»Ist doch nicht schlecht, wenn zur Abwechslung mal Ruhe herrscht«, meinte Eric. »Außerdem hat Heiki Recht: Du musst abgeschirmt werden.« Er sah seine Schwester viel sagend an. »Bevor die Griddas Yemi entführt haben, ging es den Hexen um *dich*, Rachel.«
Heiki hatte um das Haus herum und in den angrenzenden Straßen ihre besten Wachen postiert. Rachels Fans hatten es dadurch schwer: Sie kamen nicht einmal mehr in die Nähe des Objekts ihrer Bewunderung.
Rachel schielte zum Dach hin und sah Albertus Robertson neben dem Kamin. Gleich nach Larpskendyas Aufbruch hatte er seine Position über dem Hausdach eingenommen und sich seitdem kaum bewegt. Neben Albertus schwebten seine zwei ständigen Begleiterinnen. Sie hielten ihn abwechselnd fest, und wenn ihm ein Windstoß das Haar ins Gesicht blies, strichen sie es wieder nach hinten. Rachel fand seine Anwesenheit beruhigend. Sie

vertraute ihm, ohne dass sie den Grund dafür hätte sagen können. Wie ihr erging es allen Kindern: Die Spektren genossen ihr Vertrauen und standen nun in hohem Ansehen.

»Albertus ist einfach super«, sagte Eric. »Ich könnte ihm den ganzen Tag zusehen.«

»Genau das machst du ja«, lachte Rachel. »Den ganzen Vormittag sitzen wir nun schon hier im Garten und er hat sich noch nicht ein einziges Mal bewegt. Nicht mal geblinzelt.«

»Warum sollte er?«, gab Eric zur Antwort. »Wenn er was Interessantes feststellt, teilt er uns das schon irgendwie mit. Seine Ohren sind total irre, findest du nicht? Er kann damit nicht nur hören, sondern auch Röntgen-, Gamma- und Funkstrahlen jeder beliebigen Wellenlänge aufnehmen.«

»Schön und gut, aber warum sagt er nie seine Meinung? Es nervt mich, dass die Spektren sich ständig in Schweigen hüllen. Seit ihrer ersten Botschaft haben sie keinen Laut mehr von sich gegeben.«

»Wenn wir ihren Rat brauchen, werden sie schon den Mund aufmachen«, sagte Eric.

»Ich frage mich, warum die Spektren sich ausgerechnet mit den Spannungssuchern zusammengetan haben«, sinnierte Rachel.

»Wie, das weißt du nicht?«, sagte Eric. »Ich dachte, das hättest du inzwischen kapiert. Es ist wegen der Gefahr. Nur die Spannungssucher trauen sich die Spektren dort hinzubringen, wo sie sein müssen.« Er sah Rachel ernst an. »Gefahr, Rachel, einzig und allein darum geht es, Rachel. Die Spektren rechnen jederzeit damit; sie denken an nichts anderes. Deshalb kommen sie mit ganz normalen Alltagsdingen wie Essen und Sichwaschen so schlecht klar. Das würde sie nur vom Wesentlichen ablenken.«

Rachel merkte, dass Eric keine Vermutung aussprach, sondern sich offenbar ganz sicher war. »Sag mal, Eric, stehst du irgendwie mit den Spektren in Verbindung?«

»So könnte man's nennen«, sagte Eric leise. »Aber immer nur ganz kurz. Ich will dir was verraten, Rachel: Die Spektren mögen uns sehr, sie haben ständig Angst um uns. Der Gedanke, dass uns was zustoßen könnte, ist ihnen unerträglich. Und Albertus . . . nun ja, Albertus mag dich besonders gern.«

»Mich?«

»Genau, dich!«

Verwundert sah Rachel ihn an. »Echt wahr? Warum?«

»Das weiß ich nicht. Aber ich spüre, dass es so ist.«

Rachel hob den Blick zu Albertus, über den gerade eine Gruppe Kinder hinwegflog. Es waren Wachen; sie gehörten zu der Gruppe, die Heiki aus den begabtesten Kindern zusammengestellt hatte. Vor allem nachts drehten sie ihre Runden am Himmel, weil sie wussten, dass die Griddas bisher in Tunnels gelebt hatten und deshalb vorzugsweise bei Dunkelheit angreifen würden.

Rachel sah ihnen zweifelnd nach. »Eric, glaubst du, dass Kinder, selbst wenn sie so mutig sind wie Heikis Wachen, eine Chance gegen die Griddas haben? Schließlich haben wir gesehen, was sie Larpskendya angetan haben. Und er ist ein Zauberer, Eric, er . . .«

»Sei mal eben still!«

Albertus Robertson hatte sich bewegt. Die beiden Mädchen begannen ihn rasch im Kreis herumzudrehen. Eric presste die Hände an die Schläfen. Er spürte, wie die Kommunikation zwischen den Spektren auf der ganzen Welt sich intensivierte. Eine Gruppe Wachen in nächster Nähe änderte die Flugrichtung und steuerte auf Rachel und Eric zu. Bald darauf tauchte auch Heiki am Himmel auf.

Eric sah Rachel an: »Die Griddas!«

»Ich weiß«, sagte sie. »Sie sind da.«

Heiki flog geradewegs auf Rachel zu. »Es ist so weit!«, rief sie mit schreckgeweiteten Augen. »Oh Rachel, sie kommen!«

Albertus Robertson schwebte nach wie vor über dem Dach. Unzählige Botschaften von Spektren rund um die Welt schienen gleichzeitig bei ihm einzutreffen, denn sein Kopf zuckte ständig hin und her.

Eric stieß einen Seufzer der Erleichterung aus. »Drei!«, rief er. »Es sind nur drei Griddas!«

»Ganz bestimmt?«, fragte Rachel. »Meinst du, da sind nicht noch mehr, weiter draußen im All vielleicht?«

»Nein, mit Sicherheit nur drei.«

»Wenn es so wenige sind, kann es kein Angriff sein.«

Eric rief die Prapsys herbei und barg sie unter seinem Hemd. Heiki postierte ihre Wachen um Rachel und Eric herum und flog dann rasch davon, um Verstärkung zu holen.

»Die Griddas fliegen langsam«, sagte Eric. »So langsam, dass uns jede Menge Zeit bleibt, sie auszumachen.«

»Vielleicht *wollen* sie von uns bemerkt werden«, meinte Rachel. Sie eilte ins Wohnzimmer, informierte ihre Eltern über die Griddas und beschwor sie im Haus zu bleiben.

»Die Griddas haben Kurs auf uns genommen«, sagte Eric.
»Ich weiß. Sie halten genau auf uns zu. Komm, wir fliegen wenigstens ein Stück vom Haus weg.«
Sie nahm Erics Arm und flog mit ihm ein paar Kilometer nach Süden. Dort landeten sie auf einem brach liegenden Feld. Vier Wacheneinheiten, angeführt von Heiki, hatten sich ihnen unterwegs angeschlossen. Auch ein paar Spektren mit ihren Spannungssuchern fanden sich ein.
»Ob die Griddas mit uns reden wollen?«, fragte Eric. »Dass sie sich anschleichen, kann man ja nicht gerade behaupten.«
»Davon solltest du nicht ausgehen«, sagte eine Stimme, die sie bisher noch nie gehört hatten.
Albertus Robertson hatte gesprochen.
Von seinen Begleiterinnen gehalten, war er direkt über Rachels Schulter aufgetaucht. Alle starrten ihn verblüfft an. Rachel hatte sich des Öfteren vorgestellt, wie Albertus' Stimme sich anhören mochte: irgendwie roboterhaft, hatte sie vermutet, und so abgehackt wie seine ruckartigen Bewegungen. Doch dem war nicht so: Albertus sprach vollkommen normal.
»Wie . . . wie meinst du das?«, fragte sie.
»Ich . . .«, Albertus' Stimme versagte, weil er sie so lange nicht benutzt hatte; seine weiteren Worte waren ein kaum hörbares Flüstern. Er hustete, und als er wieder richtig sprechen konnte, sprudelten die Worte wie ein Wasserfall aus ihm hervor.
»Wenn ich eine Gridda wäre«, sagte er, »und wollte die Erde überfallen, ohne selbst große Verluste zu erleiden, dann würde ich als Erstes die gefährlichsten Kinder aus-

schalten. Diese Kinder sind – abgesehen von Yemi – Rachel und Eric, dann Heiki und wir Spektren, außerdem die Tieftaucher, die Wachen, die . . .«
Eines der Mädchen machte Albertus ein Zeichen, damit er nicht vergaß Luft zu holen. Zu Rachel sagte sie: »Spricht er zu schnell? Dann sag mir's.«
»Nein . . . ich verstehe alles.«
»Wenn sie euch töten wollen«, fuhrt Albertus fort, »und damit meine ich dich, Rachel, und dich, Eric, dann müssen die Griddas erst einmal in eure Nähe kommen. Und wie stellen sie das am besten an? Sie versuchen euch in Sicherheit zu wiegen, deshalb kommen sie nicht alle auf einmal, sondern nur zu dritt. Sie nähern sich der Erde nicht heimlich, sondern ganz offen, nicht schnell, sondern langsam. Damit man sie für eine Abordnung hält, die in friedlicher Absicht . . .« Albertus musste nach Luft schnappen.
»Und was sollen wir deiner Meinung nach tun?«, fragte Rachel.
»Ich werde mir etwas ausdenken!«
Sekundenlang zuckte Albertus' Kopf hin und her; offenbar holte er den Rat der anderen Spektren ein. »Zu viele unbekannte Faktoren«, sagte er schließlich. »Die meisten von uns glauben, dass die drei Griddas entweder ein Killerkommando sind oder aber Späherinnen, die unsere Bereitschaft erkunden sollen.«
»Unsere Bereitschaft wozu?«, fragte Eric.
»Zur Verteidigung, zum Angriff, zum Kampf.«
»Also holen wir am besten möglichst viele Kinder hierher«, sagte Eric. »Damit sie merken, dass wir keine Angst haben.«

»Das muss nicht sein«, sagte Albertus. »Warum sollten wir gegen nur drei Griddas viele Kinder aufbieten? Beeindrucken wird sie das kaum.«
»Aber wir können doch nicht so tun, als würden wir sie nicht bemerken!«, wandte Heiki ein.
»Das könnten wir durchaus«, meinte Albertus, »allerdings würden die Griddas das wahrscheinlich als Schwäche auslegen. Oder aber sie würden sich beleidigt fühlen . . . was auch immer wir machen, kann falsch sein. Deshalb schlage ich Folgendes vor: Rachel und Eric sollten sich den Griddas nicht zeigen. Ich fliege ihnen entgegen, zusammen mit ein paar wenigen Wachen. So gewinnen wir Zeit und erfahren vielleicht, was sie wirklich wollen. Außerdem sind Rachel und Eric dann geschützt und wir bringen möglichst wenige andere Kinder in Gefahr – sofern es eine Falle sein sollte, meine ich.«
»Hältst du das Ganze denn für eine Falle?«, fragte Eric.
»Ja«, sagte Albertus mit unbewegter Miene. »Zumindest könnte es eine sein.«
Rachel ließ den Blick über die anderen Kinder schweifen. »Nein«, entschied sie, *»niemand* darf sich um meinetwillen in Gefahr begeben.«
»Du musst tun, was für *uns alle* am besten ist!«, widersprach Albertus. »Zusammen mit den Wachen werde ich es schon schaffen. Es bleibt bei dem, was ich gesagt habe.«
»Die Griddas sind schneller geworden«, sagte Heiki in diesem Augenblick. »Los, ihr müsst ihnen entgegenfliegen! Sie dürfen Rachel und Eric nicht zu Gesicht bekommen!«
»Zu spät! Sie sind da!«, rief Eric.

Albertus beugte sich rasch zu Rachels Ohr: »Du darfst Serpantha mit keinem Wort erwähnen«, flüsterte er warnend. »Vielleicht wissen die Griddas nichts von ihm.«
Drei Griddas waren zwischen den Wolken aufgetaucht. Ihre orangefarbenen Köpfe und ihre braun behaarten Körper waren nun deutlich sichtbar.
»Mann, oh Mann, wie sehen die denn aus?!« Unwillkürlich fasste Eric nach den Prapsys.
»Kein Wort über ihr Aussehen! Lasst euch nichts anmerken!«, zischte Albertus Robertson den anderen zu.
Das gelang nur den Spektren. Die anderen Kinder konnten ihr Entsetzen nicht verbergen, als die Griddas mit ihren knochigen Schädeln und den riesigen, muskelbepackten Körpern näher kamen. Wie Teufel sehen sie aus oder wie Drachen, dachte Rachel, ein klein wenig auch wie die Hexen. Aber selbst Dragwena hatte noch etwas Weibliches an sich gehabt, während diese Wesen wahre Monstergesichter besaßen. Nur die Augen waren als solche erkennbar, obwohl sie einen weit größeren Bereich des Gesichts als bei Menschen einnahmen.
Rachel drückte Erics Hand, als die Griddas vor ihnen landeten.
Minutenlang maßen Kinder und Griddas einander mit Blicken. Dann trat die größte vor und sprach Rachel an: »Ich bin Gultrathaca, die Anführerin aller Griddameuten von Ool. Sei gegrüßt.«
Der Klang ihrer Stimme überraschte Rachel. Sie hörte sich nicht rau und hart an, wie man es bei diesem Aussehen hätte erwarten können, sondern melodisch wie eine angenehme Frauenstimme. Rachel merkte, wie sich die anderen um sie herum etwas entspannten.

»Sie macht dir was vor«, wisperte Albertus Robertson ihr ins Ohr. »Kein Wesen, das so aussieht, hat eine natürliche Frauenstimme. Es gibt nur einen Grund für diese Verstellung: Sie will, dass wir uns in Sicherheit wiegen. Bleib auf der Hut. Lass dich auf keinen Fall anfassen.«

Gultrathaca hielt Rachel die Klaue hin. »Willst du mich nicht begrüßen?«

Händeschütteln? Das war eine so entwaffnend menschliche Gebärde, dass Rachel Gultrathaca um ein Haar die Hand gereicht hätte.

Die Griddas kennen uns bereits, dachte sie. Sie sprechen wie wir und wissen sogar, wie man sich hier auf der Erde begrüßt. Was aber wissen wir über die Griddas? Was weiß Larpskendya über sie? So gut wie nichts!

»Warum habt ihr Yemi entführt?«, fragte sie.

»Zu unserem eigenen Schutz. Einen anderen Grund gibt es nicht.« Gultrathaca sprach mit ruhigem, zurückhaltendem Tonfall. »Für uns bestand kein Zweifel daran, dass Larpskendya den Jungen gegen uns einsetzen will. Das konnten wir nicht zulassen.«

»Und das sollen wir euch glauben?«, fragte Rachel.

»Nun, ich kann verstehen, dass ihr uns nicht glaubt. Larpskendya hat euch gegen uns aufgehetzt. Ihm glaubt ihr offenbar alles, auch wenn es – wie in unserem Fall – nicht stimmt.«

Rachel zögerte. Gultrathaca redete so völlig anders, als sie es erwartet hatte.

»Wo ist Larpskendya?«, fragte Eric. »Ist er . . .«

»Noch am Leben – das willst du doch wissen, oder? Ja, er ist uns entkommen.«

Rachel und die anderen Kinder atmeten erleichtert auf.

Gultrathaca sagte: »Ich merke, ihr liebt den Zauberer. Er erzählt euch die tollsten Geschichten. Und ihr glaubt ihm jedes Wort, weil ihr nur das Äußere wahrnehmt. Wahrscheinlich hat er euch gesagt, wir Griddas seien grausam und erbarmungslos, aber das stimmt nicht. Ihr empfindet unser Aussehen als scheußlich und deshalb denkt ihr, wir müssen auch so sein.«

Rachel suchte nach Worten. Sie spürte Albertus' Hand auf ihrer Schulter, das machte ihr Mut.

»Wir sind ein großes Risiko eingegangen, indem wir hierher gekommen sind«, fuhr Gultrathaca fort. »Oder glaubt ihr etwa, wir wären leichten Herzens in eine Welt geflogen, die unter dem Schutz von Larpskendya und seinen Gefährten steht?«

»Kein Wort über die Zauberer, vor allem keine Zahlen«, flüsterte Albertus. »Halte dich bedeckt!«

»Larpskendya würde nie jemandem etwas Böses antun«, sagte Eric.

»Tatsächlich?« Gultrathaca sah ihn an. »Wenn du je einen Zauberer im Kampf erlebt hättest, würdest du anders reden! Kein Wesen ist so grausam wie die Zauberer! Was wisst ihr überhaupt von ihnen?«

»Wir wissen, dass wir ihnen vertrauen können!«

»Vertrauen, so, so. Ihr vertraut Larpskendya also. Aber wo ist er denn jetzt, da ihr ihn braucht?«

»Ihr habt ihn verjagt!«, sagte Eric wütend.

»Aus gutem Grund! Aber sagt mir eines: Warum ist er nicht wiedergekommen? Zeit wäre genug gewesen. Wenn ihm wirklich an euch gelegen wäre, müsste er doch jetzt hier sein – er oder einer seiner Gefährten. Auf Orin Fen leben Millionen Zauberer. Aber Larpskendya hat nicht einen geschickt, damit er euch schützt, während er selbst seinen geheimnisvollen Geschäften nachgeht. Findet ihr das richtig?«

Rachel warf Eric einen raschen Blick zu. Er wirkte nachdenklich.

»Wir sind zur Verteidigung von Ool gezüchtet worden, deshalb unser abstoßendes Aussehen«, sagte Gultrathaca. »Aber nun, da wir die Hexen besiegt haben, gibt es keinen Grund mehr zum Kämpfen. Der endlose Kampf zwischen Zauberern und Hexen geht uns nichts an. Wir Griddas wollen Frieden mit euch schließen.«

Gultrathacas riesige Augen starrten Rachel unverwandt an. »Auch mit den Zauberern wollen wir Frieden schließen, wenn sie darauf eingehen. Wir sind nicht an Eroberungen interessiert und werden auf Ool bleiben.« Abwartend musterte sie die Kinder. »Wie ich sehe, glaubt ihr mir nicht, weil Larpskendya euch vor uns gewarnt hat. Aber lasst euch eines gesagt sein: Dieser Zauberer weiß so gut wie nichts über uns. Dass er uns hasst, kommt durch den jahrhundertelangen Kampf gegen die Hexen. Ich aber will ein freundschaftliches Verhältnis mit eurer Welt, Rachel. Seid auch ihr dazu bereit?«

Rachel blickte aus den Augenwinkeln zu Albertus Robertson.

»Sprich nicht länger mit ihr als nötig«, flüsterte er.

»Die ganze Zeit redest du von friedlichen Absichten«, mischte Heiki sich ein. »Dabei habt ihr Yemi entführt!«

»Yemi ist in Sicherheit«, antwortete Gultrathaca. »Weder ihm noch seiner Schwester haben wir etwas getan. Hiermit lade ich euch nach Ool ein, damit ihr euch selbst davon überzeugen könnt.« Sie sah die Kinder auffor-

dernd an. »Kommt ihr mit nach Ool? Wir werden euch einen ehrenvollen Empfang bereiten.«
»Wie können wir wissen, ob das die Wahrheit ist?«, sagte Rachel. »Warum sollten wir dir glauben?«
»Was spricht dagegen?«, sagte Gultrathaca. »Larpskendya glaubt ihr doch auch unbesehen. Warum also nicht mir? Aber gut, ich werde meine Begleiterinnen hier auf der Erde zurücklassen, als Pfand sozusagen. Und bedenkt: Wenn ihr mit mir kommt, muss ich euch den Weg nach Ool offenbaren. Ihr könntet dann später ein Heer dorthin senden. Dieses große Risiko gehe ich ein, wenn ihr das kleinere auf euch nehmt. Larpskendya hat euch gewiss noch kein solches Angebot gemacht. Oder hat er euch etwa schon einmal nach Orin Fen mitgenommen?« Gultrathaca musterte die Kinder neugierig.
»Warum bringst du Yemi und Fola nicht wieder auf die Erde?«, fragte Albertus Robertson. »Wenn es dir ernst ist mit deinem Friedensangebot, dann bring sie her.«
»Das geht nicht«, sagte Gultrathaca. »Wenn ich Yemi wieder auf die Erde bringe, schnappen ihn womöglich die Zauberer, und wer weiß, was dann passiert.«
»Wenn wir einverstanden sind, wer soll dann mit nach Ool?«, fragte Eric.
»Ihr seid alle eingeladen. Das heißt, alle, die sich von einem Ort an den anderen versetzen können. Ansonsten wäre der Weg zu weit.«
Ob das eine Lüge ist?, überlegte Rachel. Fast hätte sie gesagt, dass nur Heiki und sie sich auf diese Weise fortbewegen konnten. Ein warnender Blick von Albertus Robertson hielt sie im letzten Moment davon ab, der Gridda zu viel zu verraten. Rachel musterte Gultrathaca: Sie

würde wohl nie solch einen dummen Fehler machen.
»Und was passiert, wenn niemand von uns mitgeht?«, fragte sie.
»Nun, die meisten Griddas sind ohnehin schon der Meinung, dass die Zauberer euch versklavt haben«, sagte Gultrathaca. »Wenn wir drei allein zurückkehren, bestätigt das ihren Eindruck. Vor allem wenn du, Rachel, nicht mitkommst. Dir haben wir es zu verdanken, dass wir Heebra los sind. Dafür ist dir die Bewunderung und Dankbarkeit aller Griddas gewiss.«
Bevor Rachel antworten konnte, sagte Albertus Robertson: »Vielen Dank. Wir werden uns das Ganze überlegen.«
»Mehr hatte ich fürs Erste auch nicht erwartet«, sagte Gultrathaca. Sie neigte den Kopf und verbeugte sich fast anmutig, was mit dem muskelbepackten Körper ein kleines Kunststück war. Offenbar hatte sie lange geübt.

12

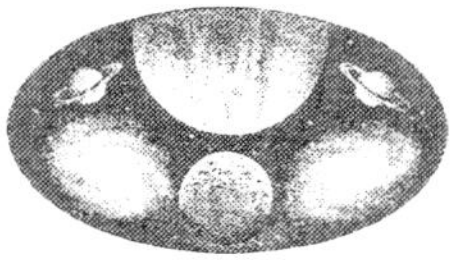

Vertrauen

Heiki trug den Wachen auf die Griddas im Auge zu behalten und flog dann mit Rachel und Eric sowie Albertus Robertson und seinen Begleiterinnen zu Rachel nach Hause.

Der Vater zog sie rasch ins Haus und die Mutter schloss die Tür hinter ihnen. Rachel berichtete, was sich ereignet hatte. »Was haltet ihr von den Griddas?«, fragte sie schließlich.

Heiki meinte kopfschüttelnd: »Sie sehen grausig aus, findet ihr nicht? Eines allerdings gefällt mir an ihnen: dass sie die Hexen nicht leiden können. Und Gultrathaca ist irgendwie faszinierend. Aber ich glaube eher nicht, dass ihr zu trauen ist. Mir ist nämlich etwas aufgefallen. Etwas, das du auch bemerkt haben müsstest, Rachel: Während sie von ihren friedlichen Absichten gesprochen hat, hab ich die ganze Zeit gespürt, dass ihre Todeszauber sich regten.«

»Das hab ich auch bemerkt«, gab Rachel zu. »Andererseits: Wir waren in der Überzahl, vielleicht hat sie sich bedroht gefühlt. Ich bin mir nicht sicher, ob die Griddas so sind wie die Hexen. Schließlich sind sie nur entfernt miteinander verwandt.«

»Spinnst du?«, warf Heiki ein. »Hexen sind Hexen, die ändern sich nie!«

»Meinst du?« Rachel sah Heiki nachdenklich an. »Du hast dich doch auch geändert.«
Heiki senkte den Blick. »Trotzdem . . .«
Rachel begann im Zimmer auf- und abzugehen. »Es stimmt schon, dass sie Furcht einflößend sind«, sagte sie, »und eigentlich traue ich ihnen nicht über den Weg. Aber wer hat den Griddas bislang eine echte Chance gegeben? Niemand, nicht einmal Larpskendya. Außerdem hat Gultrathaca so manches Interessante über die Zauberer gesagt . . .«
»Mir scheint es besser, zu warten, bis wir Larpskendya selbst fragen können, statt jetzt sofort nach Ool zu gehen«, sagte Eric.
»Ganz meine Meinung«, sagte die Mutter. »Es wäre der reine Wahnsinn, den Griddas zu trauen.«
»Wie denkt ihr Spektren darüber?«, wollte Rachel von Albertus Robertson wissen.
»Wir sind unschlüssig«, sagte Albertus. »Während Gultrathaca mit uns gesprochen hat, haben wir Spektren Schwankungen in ihrer Körpertemperatur und Änderungen ihres Herzschlags wahrgenommen. Bei Menschen kann man anhand solcher Veränderungen leicht feststellen, ob sie lügen oder nicht die ganze Wahrheit sagen. Aber bei den Griddas ist das schwieriger. Ihre Körpertemperatur ist ständig extrem hoch und ihr Herz schlägt sehr unregelmäßig.«
»Jedenfalls war das nicht ihre echte Stimme«, sagte Eric.
»Richtig«, bestätigte Albertus. »Vielleicht hat Gultrathaca aber auch aus Rücksicht auf uns ihre Stimme verstellt. Vielleicht ist ihre wirkliche Stimme so anders als die eines Menschen, dass wir sie sonst gar nicht verstanden hätten.«

Rachels Mutter ging nun ebenfalls nervös im Zimmer auf und ab. »Sicher ist also gar nichts«, sagte sie. Unvermittelt blieb sie vor Rachel stehen: »Du hast dich bereits entschieden, stimmt's? Diesen Ausdruck hab ich nämlich schon öfter an dir gesehen. Hörst du mir überhaupt zu, Rachel?«
»Ja, ich hör dir zu«, antwortete Rachel. »Aber ich denke auch daran, was Larpskendya gesagt hat, bevor er fortgegangen ist. Er hat uns aufgetragen Yemi in Sicherheit zu bringen, bevor die Griddas ihm etwas Schlimmes antun können.« Ihre Mutter wollte etwas einwenden, aber Rachel schnitt ihr das Wort ab: »Auf keinen Fall dürfen wir Yemi und Fola auf Ool ihrem Schicksal überlassen. Bisher haben wir nichts tun können, aber jetzt ist es möglich.«
Bei diesen Worten verlor Rachels Mutter vollends die Fassung. Ihr Vater hob beschwichtigend die Hände. »Hört mir zu!«, sagte er. »Ihr beruhigt euch jetzt erst mal, vor allem du, Rachel. Keiner von uns will, dass Yemi oder Fola etwas zustößt, wir alle wollen ihnen helfen.«
Rachel nickte. »Ja, Paps. Entschuldige bitte. Ich weiß ja, dass . . .«
»Fein. Damit wären wir wieder bei der Frage, ob Gultrathaca zu trauen ist. Ich weiß allerdings nicht, wie wir das herausfinden sollten.«
»Außerdem ist da noch was anderes zu bedenken«, mischte sich Eric ein. »Wenn du erst einmal weit weg bist von der Erde, Rachel, kann keiner von uns dir helfen. Das wissen die Griddas. Sie könnten dich also irgendwo im All umbringen.«
»Daran hab ich auch schon gedacht«, sagte Rachel.

»Aber kannst du dir vorstellen, dass sie nur deswegen den ganzen weiten Weg hierher gekommen sind? Das ergäbe doch überhaupt keinen Sinn.«
Die Mutter ging auf Rachel zu, fasste ihre beiden Hände und sah ihr fest in die Augen: »Bitte, geh nicht«, sagte sie leise.
»Ich *will* ja nicht gehen, Mami!«, beteuerte Rachel. »Aber soll ich denn Yemi dort lassen? Das bring ich einfach nicht über mich.«
»Ich weiß genau, was du denkst, Rachel«, sagte Albertus. »Du hast ein Bild im Kopf: ein Bild, wie Yemi und Fola und auch Serpantha an einem schrecklichen Ort leiden, ohne dass jemand ihnen zu Hilfe kommt. Das kannst du nicht ertragen. Du glaubst ihnen helfen zu können, indem du mit nach Ool gehst. Vielleicht ist das so, vielleicht aber auch nicht. Hast du dir schon mal überlegt, dass Gultrathaca *dich* in ihre Gewalt bekommen will? Womöglich hat sie auf Yemi keinen Einfluss nehmen können und will jetzt dich für ihre Zwecke einspannen, damit . . .«
»Genau! So ist es!«, rief Rachels Mutter dazwischen. »Albertus hat vollkommen Recht. Ich nehme seinen Rat an. Du auch, Rachel?«
Rachel war unschlüssig.
»Nun, was ist?«, drängte ihre Mutter.
Langsam nickte Rachel.
Albertus sah die Mutter mit ernster Miene an. »Ich fürchte, Sie haben mich missverstanden. Dass Rachel Gefahr droht, wenn sie die Griddas nach Ool begleitet, ist richtig. Aber es gibt wichtige Gründe, dass sie mitgeht. Wir Spektren sind allesamt der Meinung, dass sie gehen sollte.«

Die Mutter wurde leichenblass.
»Wenn Rachel getötet wird«, fuhr Albertus fort, »wäre das entsetzlich. Aber falls die Griddas es irgendwann schaffen, Yemi gegen uns einzusetzen, würde das eine Katastrophe für die Erde bedeuten. Wenn es eine Möglichkeit gibt, eine solche Katastrophe zu verhindern, müssen wir sie nutzen. Es fällt mir schwer, das zu sagen, Rachel, weil ich dein Spektrum bin und weil du mir wichtig bist. Dein Wohl liegt mir am Herzen, aber noch mehr das Wohl aller Kinder. Wenn du mit nach Ool gehst, kommt es vielleicht nicht zum Kampf gegen die Griddas, den wir ohnehin nicht gewinnen könnten. Und wer weiß, vielleicht stellt sich am Ende sogar heraus, dass Gultrathaca es ehrlich meint. Aber selbst wenn sie lügt und deine Reise nach Ool den Kampf nur hinauszögert, dann hat sie doch einen Zweck erfüllt, denn wir hätten dann mehr Zeit, uns auf den Angriff vorzubereiten.«
Rachels Mutter wandte sich an Albertus. »Wie stehen die Chancen, dass die Griddas Rachel am Leben lassen?«
Albertus sah ihr fest in die Augen und sagte offen: »Niemand weiß, ob sie je zurückkommen wird.«
»Trotzdem bist du der Ansicht, ich sollte gehen?«, fragte Rachel.
»Ja, es ist notwendig.«
»Dann gehe ich«, sagte Rachel entschlossen.
Eine ganze Weile versuchte ihre Mutter noch sie von ihrem Vorhaben abzubringen. Nachdenklich beobachtete Eric, wie sie auf Rachel einredete. Er musste ihr jetzt ebenfalls seinen Entschluss mitteilen, später würde sie es nur noch schlechter verkraften.
»Ich geh auch«, sagte er.

»Wie bitte? Das kommt nicht in Frage, Eric!«, fuhr sein Vater auf. »Du bleibst hier!«
»Aber ich könnte doch mit meinen Antizauber-Fingern etwas gegen die Griddas ausrichten. Sie wissen doch nichts von meinen Fähigkeiten . . .«
Rachel schüttelte den Kopf. »Nein, Eric. Du darfst dich nicht selbst in Gefahr bringen.«
»Albertus soll entscheiden«, sagte Eric.
Albertus blickte Eric an, eine seiner Begleiterinnen ebenfalls. Zum ersten Mal zeigte sich auf ihrem sonst so beherrschten Gesicht eine Regung: Angst.
»Du bist der Große Vernichter«, sagte das Mädchen leise.
»Was meinst du damit?«
»Diesen Namen haben dir die Spektren gegeben«, erklärte Albertus. »Du hast die Fähigkeit, Zauber zu vernichten. Zu unseren Aufgaben hier auf der Erde gehört es, die Magie zu schützen und zu fördern. Was du kannst, macht uns Angst. Aber ob du Rachel begleiten oder hier bleiben sollst, kann ich nicht sagen.«
Eine ganze Weile sprach niemand ein Wort.
»Der Große Vernichter . . .«, murmelte Eric. »Das klingt, als wäre ich eine Art Ungeheuer.«
»Nein«, sagte Albertus. »Das bist du auf keinen Fall. Aber was du tust, musst du selbst entscheiden.«
Gedankenverloren streichelte Eric die Prapsys und sagte dann: »Larpskendya hat gesagt, von mir könne mehr abhängen als je zuvor. Ich solle mich auf mein Gefühl verlassen. Und mein Gefühl sagt mir, dass ich mit nach Ool muss.«
Seine Mutter schwankte. Der Vater, selbst zutiefst erschrocken, legte beruhigend den Arm um sie.

»Ich geh auch mit«, sagte Heiki. »Wenn ihr . . .«
»Nein, mach das nicht«, bat Rachel. »Du wirst hier auf der Erde gebraucht. Die Wachen kommen nicht ohne dich aus.«
Heiki nickte.
Alle Blicke wandten sich nun Albertus zu.
»Ich würde euch wenig nutzen«, sagte dieser sachlich. »Wir Spektren können unsere Fähigkeiten zum Wohl der Erde und ihrer Bewohner nur gemeinsam entfalten. Von den anderen getrennt, bin ich ein ganz gewöhnliches Kind. Außerdem besitze ich keine Zauberkraft. Und wenn ich mich nicht irre, dann kannst nicht einmal du, Rachel, dich mit mehr als einem Begleiter über längere Strecken fortbewegen.«
»Dann bleibt es dabei, dass Eric und ich gehen«, sagte Rachel.

Nun galt es, Vorbereitungen für die Reise nach Ool zu treffen. Dank ihrer Zauber hätte Rachel zwar unterwegs Kleidung aller Art beschaffen können, aber was wäre, wenn ihre Zauberkraft auf Ool versagte?
Sie entschied sich für praktische leichte Overalls, in denen man sich gut bewegen konnte, die innen jedoch pelzgefüttert waren, außerdem wasserdicht und gut gegen Kälte isoliert. Eric brauchte natürlich einen Overall mit besonders großer Brusttasche, denn die Prapsys würde er unter keinen Umständen zurücklassen.
Nachdem sie und Eric sich von allen verabschiedet hatten, war die Zeit zum Aufbruch gekommen.
Die Griddas waren bereits aufgestiegen. Wie eine schwarze, drohende Wolke waren sie am Himmel zu erkennen.

Alle waren zu ergriffen, um auch nur ein Wort zu sagen.
»Ich pass gut auf deine Eltern auf«, flüsterte Heiki Rachel zu.
»Ich weiß«, entgegnete diese. »Halt uns die Daumen.«
Dann stiegen sie in den Sommerhimmel auf. Rachel kam es vor, als wäre der Himmel noch nie so wunderbar blau gewesen. Unzählige Kinder hatten sich eingefunden, um ihnen Lebewohl zu sagen. Viele flogen so lange mit, bis ihre Zauberkraft nicht mehr ausreichte, um noch höher zu steigen; sie winkten Rachel und Eric nach, bis diese außer Sichtweite waren.
Zum Schluss war nur noch ein Kind bei ihnen.
»Ach, Rachel«, sagte Heiki. »Ob du wohl das Richtige tust?«
Rachel gab keine Antwort. Sie berührte nur leicht Heikis Wange, dann wandte sie sich an Gultrathaca und fragte: »Wohin jetzt?«
»Folge mir«, sagte Gultrathaca.
Rachel hüllte sich und Eric in eine Schutzschicht aus Wärme und Sauerstoff und flog hinter ihr her.

13

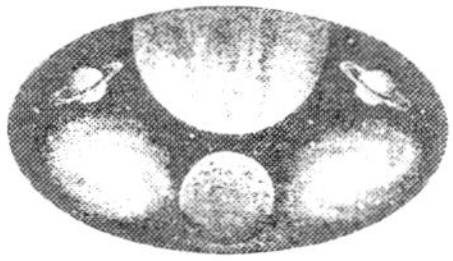

Huldigung

Rachel hatte sich schon oft von einem Ort an einen anderen versetzt, aber noch nie über so weite Strecken hinweg und noch nie im Weltraum.

Erstaunlicherweise zeigten ihre Ortswechselzauber keinerlei Anzeichen von Ermüdung, ganz im Gegenteil: Nachdem sie Eric einen halben Tag lang ohne Pause mitgetragen hatten, waren sie bereit für neue Herausforderungen. Gultrathaca, die dies merkte, steigerte das Tempo und versetzte sich in immer größeren Abständen durchs All.

Sie will mich testen, erkannte Rachel. Aber ich kann den Spieß auch umdrehen, Gultrathaca. Wenn du die meiste Zeit deines Lebens unter der Erde verbracht hast, dann sind deine Flugkünste nicht unbegrenzt.

Jedes Mal, wenn Gultrathaca beschleunigte, hielt Rachel mühelos mit. Zwischendurch flogen sie Seite an Seite und behielten einander genau im Auge, um auch die kleinste Schwäche zu erkennen.

Rasend schnell passierten sie helle Sonnen, Sternbilder und Planetensysteme, ohne sie richtig wahrzunehmen.

Seit sie die Erde verlassen hatten, war Gultrathaca weit weniger gesprächig als zuvor. Sie wirkte irgendwie abwesend. »Jetzt ist es nicht mehr weit bis Ool«, murmelte

sie hin und wieder. Auf Rachels oder Erics Fragen reagierte sie einsilbig.
»Wo ist denn ihr Charme geblieben?«, flüsterte Eric. »Ich dachte, sie wollte uns während der Reise mehr über Ool erzählen. Was ist los mit ihr?«
»Keine Ahnung.«
Eric wisperte: »Glaubst du, sie will uns umbringen? Ist sie deshalb so schweigsam?«
»Wenn sie das wollte, wären wir längst tot.«
»Die Prapsys kriegen allmählich Hunger«, sagte Eric nach einer Weile zu Gultrathaca. »Ich hab kein Essen von zu Hause mitgenommen, weil du gesagt hast, das sei nicht nötig. Wie weit ist es denn noch?«
»Wir sind da!«, rief Gultrathaca: »Willkommen in der Welt der Griddas!«
Aus dem Dunkel vor ihnen tauchte der Planet Ool auf, schwach dunkelrot schimmernd, sodass er sich kaum gegen den schwarzen Hintergrund abzeichnete. Zwar wurde er von einer Sonne beschienen, aber die dichte Wolkenschicht um den Planeten ließ kaum Licht durch – sie bildete eine Festung gegen Helligkeit und Wärme.
Rachel hätte gern gewusst, wie die Oberfläche des Planeten aussah, doch bevor ihre Informationszauber etwas in Erfahrung bringen konnten, deutete Gultrathaca auch schon nach unten. »Da kommt unser Nachwuchs«, sagte sie.
Unzählige kleine Griddas waren von Ool aufgestiegen und kamen, leicht unsicher in Schlangenlinien fliegend, auf sie zu.
Rachel schauderte. Das konnte unmöglich ein freundlicher Empfang sein. Die jungen Griddas wirkten eher wie ein Killerkommando. Sollte denn jetzt schon alles zu En-

de sein, bevor sie herausbekommen konnten, ob Yemi noch am Leben war?
Die Prapsys in Erics Overall wurden immer unruhiger. Nur mit Mühe konnte er sie am Herausfliegen hindern.
»Sieht ganz so aus, als müssten wir uns verteidigen«, sagte Eric.
Dafür sind es zu viele, dachte Rachel.
Gultrathaca hatte Erics Worte gehört. »Unsere Kleinen wollen euch nichts tun«, versicherte sie ihm und Rachel. »Sie wollen euch lediglich anfassen. Durch Berührung lernen sie einander nach dem Schlüpfen kennen, so sind sie es gewohnt.«
Rachel versuchte die Fassung zu wahren, als die ersten Junggriddas herankamen.
Fast schüchtern streckten sie die Klauen nach ihr aus. Dass Rachel nicht plump und knochig war wie sie, schien sie zu faszinieren. Was für jämmerlich kleine Augen hatte dieses Wesen! Und wo waren seine Kiefer? Sie bestaunten Rachels helle Haut und machten sich daran, ihr langes Haar zu befingern.
Eric schloss die Augen, als die kleinen Griddas ihn von Kopf bis Fuß begafften und beschnüffelten. Vorsichtig betasteten sie seinen Overall, der so ganz anders war als ihr Fell.
»Weg da!«, schnauzte Eric, als eine Gridda nach einem Prapsy griff. Erschrocken wichen die vordersten zurück, aber sogleich waren neue zur Stelle.
Nachdem sich herausgestellt hatte, dass sie von den beiden seltsamen Wesen nichts zu befürchten hatten, wagten immer mehr sich näher. Rachel und Eric wurde unbehaglich zu Mute.

»Sie sollen weg!«, rief Eric, der es nicht mehr aushielt. »Sag ihnen, sie sollen abhauen!«
Gultrathaca gab einen Laut von sich, der wie Zungenschnalzen klang, und sofort setzten sich sämtliche Junggriddas in Richtung Ool in Bewegung.
Rachel und Eric folgten Gultrathaca, die nun ebenfalls auf Ool zusteuerte. Wie groß mochte der Planet sein? Rachels Informationszauber ermittelten seinen Umfang: Er betrug mehr als das Dreißigfache der Erde.
Sie tauchten in die Atmosphäre ein. Ein Himmel, der die Farbe von stumpfem Metall hatte, spannte sich über ihnen. Dann stießen sie durch die Wolken.
Kilometer um Kilometer führte Gultrathaca sie dicht unter der Wolkendecke entlang. Nicht einmal auf Ithrea hatte Rachel so heftige Schneefälle erlebt. Die großen schweren Flocken fielen dicht an dicht, sodass Rachel kaum etwas sehen konnte und das Gefühl hatte, der Schnee drücke im Fallen wie eine Last auf sie.
Allmählich wurden die Wolken spärlicher und sie flogen unter dem mattgrauen Himmel.
»Der Mortikon«, sagte Gultrathaca, indem sie nach unten deutete. »Hier lauert der Tod: Keine Gridda kann hier lange überleben.«
Beim Anblick der Berge verschlug es Rachel die Sprache. Über den gesamten Süd- und Westkontinent von Ool erstreckte sich eine gewaltige Gebirgskette, ein scheinbar endloses Meer aus hohen Gipfeln.
»Das bewegt sich ja!«, schrie Eric in diesem Moment. »Rachel, guck doch! Das Gebirge lebt!«
Ein ungeheures Beben durchlief den Mortikon, wie eine gewaltige Flutwelle schien er nach Norden zu streben und

kam dennoch nicht vom Fleck. An seinem Nordende waren die Gipfel nicht himmelwärts gerichtet, sondern nach unten gewandt und extrem spitz zulaufend: Es sah aus, als wollten sie sich jeden Augenblick ins Erdreich bohren.
»Siehst du, was ihn festhält?«, rief Rachel. »Es sind Sturmwirbel!«
Sturmwirbel kannte Rachel von Ithrea. Dort hatte die Hexe Dragwena mit ihrer Magie gewaltige Wirbelstürme geschaffen. Die Wirbel von Ool jedoch waren harmlos gegen das, was Rachel vor sich sah: Hunderte Sturmwirbel bildeten eine Wand, eine Barriere, die den Mortikon am Vorwärtskommen hinderte.
»Ein ewiger Kampf, der zu nichts führt«, erklärte Gultrathaca. »Das Gebirge und die Wirbel sind Lebewesen. Es gab sie bereits lange vor der Zeit der Hexen auf Ool. Die Hexen mussten anfangs ständig vor dem Mortikon fliehen, aber dann gelang es ihnen, sich die Sturmwirbel gefügig zu machen. Jetzt gehorchen die Wirbel uns!«
»Weshalb mussten die Hexen vor dem Mortikon fliehen?«, fragte Rachel. »Und warum müssen die Wirbel ihn weiterhin festhalten?«
»Damit unsere Siedlungen vor ihm sicher sind«, antwortete Gultrathaca. »Er hasst uns, deshalb strebt er nach Norden, um unsere Städte zu zerstören.«
Während sie über den Gipfeln des Mortikons dahinflogen, warf Rachel hin und wieder einen verstohlenen Blick nach unten. Erst schien es ihr kaum vorstellbar, dass es zwischen den verschneiten Bergzacken Leben geben sollte, aber sie täuschte sich. Ihre Informationszauber entdeckten Lebewesen und sogar Magie, sowohl im Schnee wie auch im Innern des Mortikons.

Während Rachel darüber nachsann, hörte sie Eric sagen: »Yemi ist hier, noch ziemlich weit weg und tief unter der Erde. Fola ist bei ihm.« Er lächelte. »Sie sind beide am Leben!«
Verblüfft starrte Gultrathaca Eric an. »Wie? Kannst du etwa Folas schwachen Geruch aus der Entfernung wahrnehmen? Was hast du sonst noch entdeckt?«
»Nichts weiter«, knurrte Eric. Er warf einen Blick auf die Prapsys, die ihn ängstlich anguckten. Sie sind ungewöhnlich still, dachte er. Seit wir auf Ool sind, haben sie keinen Laut von sich gegeben. Er strich ihnen über die Köpfchen und spürte ihr Zittern.
»Eric«, sagte das eine Prapsy nervös. »Gib Acht, der Schnee.«
»Ich weiß«, sagte Eric. »Der Schnee ist überall. Lasst schön die Köpfe drin, Jungs. Ich pass auf euch auf.«
»Nein, Eric. Mit dem Schnee stimmt was nicht. Der fällt verkehrt herum.«
Aus den Gipfeln des Mortikons entwichen mächtige Schneewolken, sie stiegen auf und kamen auf Gultrathaca und die Kinder zu. Rachel sah mit einem Blick, dass es kein gewöhnlicher Schnee war. Er wurde nämlich nicht vom Wind getragen, sondern kämpfte sich gegen den Wind in ihre Richtung.
Der Schnee lebte!
»Was ist das?«, rief Rachel.
»Essa«, gab Gultrathaca zur Antwort. »Essa heißen die Diener des Mortikons. Vor ihnen müsst ihr euch in Acht nehmen.«
Sofort aktivierte Rachel ihre Abwehrzauber.
Gultrathaca stieg in größere Höhen auf, wo der Wind

heftiger wehte. Die Essa folgten ihr: Millionen und Abermillionen winzige Lebewesen bildeten einen gewaltigen wirbelnden Bogen in der Luft und versuchten ihr den Weg abzuschneiden.

»Was sollen wir tun?«, fragte Eric. »Soll ich meine Antimagie einsetzen?«

»Nein, noch nicht«, flüsterte Rachel.

»Aber sie kommen doch auf uns zu!«

»Moment noch, Eric.«

Mittlerweile waren die ersten Essa herangekommen. Neugierig umschwebten sie die Kinder. Rachel spürte deutlich, dass die kleinen schneeähnlichen Wesen keine bösen Absichten hegten, sondern sich ihr voller Hoffnung näherten.

Auf Gultrathaca dagegen schienen sie es abgesehen zu haben. Sie stieg immer höher und versuchte eine Gruppe Essa, die ihr folgte, abzuschütteln. Sie flog schneller, steuerte auf den Nordrand des Mortikons zu und bedeutete Rachel und Eric ihr zu folgen.

Rachel hatte sich die Essa mittlerweile genauer angesehen. Es waren zarte Wesen, leicht wie Schneeflocken. Als sie sich auf ihrem Gesicht niederließen, spürte sie zu ihrem Erstaunen keine Kälte, sondern Wärme.

Als Rachel sich dem Rand des Gebirges näherte, lösten sie sich von ihrer Haut, um zu den Gipfeln des Mortikons zurückzukehren. Ungern ließ Rachel sie gehen.

»Wie ich sehe, haben die Essa Gefallen an dir gefunden«, sagte Gultrathaca, als die Kinder aufgeschlossen hatten. Sie flog auf die gigantische Wand aus Sturmwirbeln zu und gebot ihnen auszuweichen, was sie unverzüglich taten.

Hinter den Wirbeln dehnte sich eine weite Eisfläche. »Das Prackmeer«, erklärte Gultrathaca. »Ein bevorzugter Jagdgrund der Griddas.« Rachel sandte ihre Informationszauber in das Eis. Sie entdeckten eine Unzahl Fische – Fische mit Panzern, deren Blut kochte, damit sie sich einen Weg durch das Eis bahnen konnten.
Jenseits des Prackmeers erreichten sie eine Gegend aus weiten Schneeebenen. An deren äußerstem Rand erspähte Rachel eine Hügelkette und nicht weit davon Ruinen von Augentürmen.
»Da unten sind Hexen, aber nur wenige«, sagte Eric leise zu Rachel.
Gultrathaca hatte seine Bemerkung gehört und sagte: »Wir halten uns ein paar für unseren Nachwuchs. Die anderen sind alle tot.«
Sie schwebten nun über den Trümmern der Augentürme am Rand der Hexenstadt und Rachel versuchte das Ausmaß der Zerstörung abzuschätzen. »Was ihr da seht, ist Thûn. Als Heebra noch auf Ool herrschte, lebten hier die Oberhexen. Noch größer als Thûn waren die Hexenstädte Gaffilex und Tamretis – auch sie haben wir dem Erdboden gleich gemacht.«
Kein einziger Augenturm schien intakt geblieben. Als sie etwas tiefer flogen, sah Eric junge Griddas zwischen den Trümmern. Sie flogen durch tunnelartige Zugänge in unterirdische Räume oder kamen daraus hervor, wobei sie in einem fort gellende Schreie ausstießen – ob aus Angst oder Erregung vermochte er nicht zu sagen.
Mitten in Thûn drehte sich ein einzelner Sturmwirbel. Er war kleiner als die anderen, die sie zuvor gesehen hatten. »Ein junger Wirbel«, erklärte Gultrathaca. »Er dient un-

serem Nachwuchs zum Üben.« Sie deutete auf den unteren Bereich des Wirbels, wo die Winde langsamer rotierten und junge Griddas unbeholfene Flugversuche unternahmen.

Weiter oben sah Rachel ältere Griddas in kleinen Gruppen gegeneinander kämpfen – offenbar übten auch sie.

»Richtig gekämpft wird ganz oben, wo die Winde am stärksten sind«, erklärte Gultrathaca. Rachel sah eine Gridda von ganz oben abstürzen. Als sie auf den Boden aufschlug, versammelten sich die Junggriddas um sie – doch nicht um zu helfen. Mit den übelsten Beschimpfungen verhöhnten sie die Schwerverletzte.

»Warum machen sie das?«, fragte Rachel mit brüchiger Stimme.

»Warum nicht? Wer versagt, muss bestraft werden.« Gultrathaca warf Rachel einen verständnislosen Blick zu – für sie war das offenbar selbstverständlich.

Gewalt ist hier an der Tagesordnung, erkannte Rachel. Unwillkürlich dachte sie an Yemi und Fola und hoffte inständig, dass die Griddas ihnen nichts Schlimmes angetan hatten.

Vom unteren Rand des Wirbels löste sich nun eine Gruppe junger Griddas. Gemeinsam stiegen sie auf und kamen in ihre Richtung. Eine der Griddas sagte etwas zu Gultrathaca.

»Sie bewundern dich«, sagte Gultrathaca zu Rachel, »weil du Heebra besiegt hast.«

Die jungen Griddas musterten Rachel von Kopf bis Fuß. Schließlich verneigten sie sich vor ihr – Rachel spürte, dass ihre Bewunderung echt war.

»Bitte, bring uns jetzt zu Yemi«, wandte sie sich an Gul-

trathaca, nachdem die Junggriddas lärmend in Richtung Osten davongeflogen waren.
»Ein wenig Geduld noch«, sagte Gultrathaca. Eine Gruppe erwachsener Griddas näherte sich: In einer elegant geschwungenen Linie flogen sie heran, würdevoll und ohne jede Eile. Rachel sah, dass Gultrathaca jede einzeln begrüßte.
Auch sie starrten Rachel unverwandt an. Auf ein Zeichen von Gultrathaca neigten sie nacheinander die Köpfe.
Was mochte das bedeuten? Rachels Informationszauber meldeten, dass es sich um Gultrathacas Meutenführerinnen handelte, die ihr Anerkennung zollten und zum Zeichen der Unterwerfung ihre verletzlichste Körperstelle – den Hals – darboten.
Nach einer Weile hoben die Meutenführerinnen die Köpfe und Gultrathaca sagte: »Ihr seht die ranghöchsten Griddas vor euch. Sie haben sich eingefunden, um euch beiden ihren Respekt zu bezeigen. Wir schätzen dich sehr, Rachel, und auch dich, Eric. Dass Heebra tot ist, bedeutet uns mehr, als ihr ahnt.« Sämtliche Meutenführerinnen verneigten sich.
Rachel war überwältigt. Eine solche Ehrung hatte sie nicht erwartet. Sie wollen uns nichts Böses, dachte sie. Weder im All noch bei der Ankunft auf Ool bin ich bedroht worden.
»Nun ist es an unserem Nachwuchs, euch zu ehren. Begrüßt haben die Kleinen euch ja schon«, sagte Gultrathaca. Sie flog Rachel und Eric voran zum östlichen Rand von Thûn. Die Meutenführerinnen folgten in gebührendem Abstand.

Außerhalb der Ruinenstadt wurde Gultrathaca plötzlich langsamer und verhielt schließlich.
Plötzlich erblickte Rachel ein riesiges, ovales Gebilde, mehrere hundert Meter hoch und breit. Die Junggriddas, die sie zuvor so neugierig umringt hatten, legten soeben letzte Hand daran.
»Du liebe Güte!«, entfuhr es Rachel.
Was sie da sah, war ihr eigenes Abbild: ein Denkmal aus Schnee!
Die Augen der Skulptur blickten skeptisch: Genauso hatte Rachel die kleinen Griddas vorhin angesehen.
Minutenlang herrschte Schweigen. Gespannt warteten alle, ob Rachel das Kunstwerk gutheißen würde. Plötzlich zerriss ein ohrenbetäubendes Gebrüll die Stille. Tausende und abertausende Griddas hatten sich auf Gultrathacas Befehl hin eingefunden. Sie drängten sich am Boden und erfüllten den Himmel. Mit weit aufgerissenen Kiefern brachten sie Rachel ihre Huldigung dar.

14

Trennung

Der Lärm war so ungeheuer, dass Rachel und Eric sich die Ohren zuhielten. Jedes Mal, wenn die Griddas leiser wurden, spornte Gultrathaca sie zu neuerlichem Brüllen an. Schließlich erhoben die Meutenführerinnen die Klauen und alle wurden still.

Gultrathaca wandte sich an Rachel. »Und nun zum zweiten Teil der Ehrenbezeigung«, begann sie. »Jede Gridda wünscht sich als Erste gegen dich anzutreten. Such dir eine würdige Gegnerin aus.«

»Ich soll kämpfen?«

»Natürlich. Was hattest du denn erwartet?«

»Aber . . . aber das ist doch unnötig. Wir sind doch hergekommen, weil du Frieden schließen willst.«

Geringschätzig sah Gultrathaca sie an. »Du hast also wirklich geglaubt, ich wollte Frieden schließen?«

»Wie auch immer, ich kämpfe auf keinen Fall«, beharrte Rachel.

Die Meutenführerinnen warfen ihr verächtliche Blicke zu und begannen zu murren. Gultrathaca konnte sie mit Mühe beruhigen. »Rachel, gib dir keine Blöße!«, sagte sie warnend.

»Ich tu's nicht!«

»Du hast keine Wahl. Es gibt kein Zurück mehr.«

Rachel tauschte einen schnellen Blick mit Eric: Sie wollte sich dem Ganzen durch einen Ortswechsel entziehen. Gultrathacas Augen blitzten auf. »Versuch's nur!«, sagte sie. »Aber glaub ja nicht, dass du mit deinem Bruder als Passagier schnell genug bist, mir zu entkommen. Lass ihn hier, dann hast du eine Chance.«

»Wir hätten dir schon auf der Erde den Garaus machen sollen!«, schimpfte Eric.

»Stimmt, das war ein Fehler«, räumte Gultrathaca ein. »Ich habe sehr wohl gemerkt, wie schwach ihr im Grunde genommen seid. Aber wie sollte ich meine Griddas davon überzeugen? Schließlich wissen sie, dass du Heebra getrotzt hast, Rachel. Das macht ihnen Angst. Ich muss dir also die Flügel stutzen, damit die anderen sehen, wie leicht mit dir und folglich mit allen Erdenkindern fertig zu werden ist.«

»Bitte . . .«, begann Rachel. Sie brach ab, denn Gultrathaca war anzusehen, dass mit Bitten bei ihr nichts zu erreichen war.

»Was ist mit Eric?«, sagte Rachel stattdessen. »Wenn ich bereit bin zu kämpfen, wirst du ihn dann . . .«

»Verschonen? Auf keinen Fall! Auf ihn wartet das Vergnügen, sich mit unserem Nachwuchs zu messen.«

»Das darfst du nicht . . . ich . . .«

»Was ich darf, bestimme allein ich«, beschied ihr Gultrathaca. Auf ein Zeichen von ihr packten mehrere Griddas Eric. Er riss die Hände los, damit er seine Antimagie einsetzen konnte. Die Prapsys hüpften auf seine Schultern.

»Warte einen Moment«, sagte Rachel zu Gultrathaca. »Lass Eric in Ruhe und nimm mich an seiner Stelle.«

»Meinetwegen«, sagte Gultrathaca gleichgültig. »Schließlich habe ich den Kleinen ein Versprechen gegeben. Der erste Wettkampf für dich steht morgen an. Und nun verabschiede dich von Eric. Du wirst ihn nämlich nie wieder sehen.«
»Nein!« Rachel streckte die Arme nach ihrem Bruder aus.
»Was ist?«, sagte Eric gehetzt. »Soll ich jetzt meine Antizauberkraft einsetzen? Sag schon!«
Rachel war vollkommen verunsichert. »Ja . . . nein . . . noch nicht, Eric.«
Gultrathaca trennte die beiden. Bevor Rachel ein weiteres Wort sagen konnte, verscheuchten zwei Griddas die Prapsys, packten Eric mit ihren Fußklauen an den Schultern und flogen mit ihm davon. Wüste Beschimpfungen ausstoßend, folgten ihnen die Prapsys.
Eric wurde am Himmel südwärts getragen. Er war inzwischen außer Rufweite.
Als Gultrathaca nach Rachel griff, versuchte diese sich an einen anderen Ort zu versetzen. Es funktionierte nicht.
»Du hast es wenigstens versucht«, höhnte Gultrathaca.
»Was hast du mit mir gemacht?«, rief Rachel empört.
»Ich habe einen Hautkontaktzauber benutzt«, sagte Gultrathaca. »Er schränkt deine Fähigkeiten ein, damit die Kleinen eine Chance gegen dich haben. Du kannst dich nirgendwohin versetzen. Fliegen ist auch nicht mehr möglich, ebenso wenig die Gestalt wechseln. Deine übrigen Zauber hast du weiterhin zur Verfügung.«
»Du hast mir nichts gelassen!«
»So kann man das nicht sagen. Immerhin hast du noch die Todeszauber. Du wirst sie bald brauchen.«

Rachel erschauerte. Die Todeszauber waren von Anfang an Teil ihrer Magie gewesen, aber sie hatte sie stets weggeschoben und auch verabscheut – dennoch waren sie da.
Gultrathaca packte Rachel am Arm und flog mit ihr in den westlichen Teil von Thûn. Hier ragte – unversehrt – Heebras Augenturm in den Himmel.
»Eine passende Unterkunft für dich«, bemerkte Gultrathaca. »Wärest du eine Hexe, so könnte es für dich keinen größeren Triumph geben, als in Heebras Turm zu residieren, hoch über allen anderen!«
»Was geschieht mit Eric?«, fragte Rachel mit bebender Stimme.
»Das wird sich zeigen.« Gultrathaca flog mit Rachel durch ein Augenfenster ins Turmzimmer. »Möglicherweise haben wir eine Verwendung für ihn. Von den Hexen weiß ich, dass er Zauber zerstören kann, aber vielleicht hat er ja noch andere Fähigkeiten, die ihnen entgangen sind.« Mit diesen Worten verließ Gultrathaca den Raum.
Rachel blickte aus dem Fenster und sah die kleinen Griddas durch den Schnee auf den Turm zukommen.

15

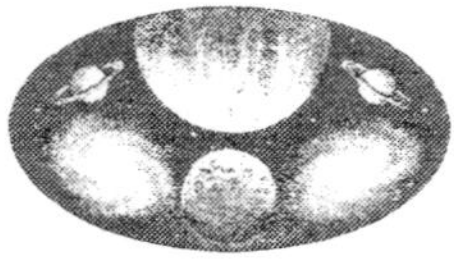

Die lange Nacht von Ool

Rachel stand am Augenfenster und spähte hinab. Solange es noch Tag war, hielten sich die Junggriddas am Eingang zum Turm auf und begnügten sich damit, Rachel zu beobachten.
Dann brach die Nacht herein, ohne Dämmerung. Von einem Moment zum anderen herrschte absolute Finsternis. Wie jemand, der im Dunkeln zu Grunde gehen muss, der ausgehungert ist und dessen einzige Nahrung das Licht darstellt, suchte Rachel den Horizont nach einem Mond oder Sternen ab. Vergeblich. Es war, als hätte sich ein riesenhafter Schatten über Ool gelegt, der alles einhüllte. Mehr denn je spürte sie die unbeschreibliche Kälte.
Die Dunkelheit schien sämtliche Geräusche verschluckt zu haben. Nur noch die eigenen gehetzten Atemzüge hörte Rachel.
Bald aber drangen andere Laute an ihr Ohr: Die kleinen Griddas hatten begonnen am Turm hochzuklettern.
Um ihre Augen an die Dunkelheit zu gewöhnen, blinzelte Rachel mehrmals. Sie war so verängstigt, dass ihr sogar das smaragdgrüne Licht, das einst vom Augenfenster von Heebras Turm ausgegangen war, tröstlich erschienen wäre.
Verzweifelt wandte sie sich an ihre Zauber. Sie erzeug-

ten ein Licht von der Helligkeit einer Kerze. Vor dem Fenster erschienen die ersten Griddas. Rachel verstärkte das Licht und hoffte sie dadurch zu verscheuchen.
Fliegen konnte sie nicht, den Augenturm über die Treppe verlassen ebenso wenig, denn unten lauerten nach wie vor weitere kleine Griddas. Fieberhaft überlegte sie, wo sie am sichersten war. Sie stellte sich in die Mitte des Turmzimmers – von da aus konnte sie das Fenster und die Tür im Auge behalten. Weit öffnete sie ihre Nachtaugen, die im reinsten Silber erstrahlten. Noch nie hatte ein solches Leuchten die Nacht von Ool erhellt.
Nach anfänglicher Scheu hatten sich die Griddas bald an das Silberlicht gewöhnt und drangen weiter vor. Schon standen die ersten in der Tür, andere spähten zum Fenster herein. Ein wenig zögerlich näherten sie sich Rachel, um sie in Augenschein zu nehmen.
Rachel wandte keine Sekunde die Augen von den Eindringlingen. Sie hatte Hunger und Durst, sie fror und war unsäglich müde – doch an all das durfte sie jetzt nicht einmal denken. Unermüdlich errichteten ihre Zauber Dämme und Schilde um sie und trieben ein Verwirrspiel mit den kleinen Griddas, indem sie eine Illusion nach der anderen erzeugten.
Rachel war bewusst, dass sie es bislang nur mit einer Vorhut zu tun hatte: Sie wagte nicht daran zu denken, was ihr noch bevorstand ...
Stunde um Stunde verging und Rachel dachte schon, es würde nie mehr Tag werden. Die Griddas bedrängten sie unablässig. Mitten in der Nacht konnte eine ihren Schild durchbrechen. In diesem Augenblick tat Rachel etwas, von dem sie sich geschworen hatte es niemals zu tun: Sie

rief ihre Todeszauber auf den Plan und sofort verdunkelten sich ihre Augen.
Die Todeszauber jagten den Griddas Angst ein; eine Zeit lang zogen sie sich zurück.
Rachel war den Tränen nahe: Was war aus ihrem edlen Vorsatz geworden, die Todeszauber niemals einzusetzen? Eine einzige Junggridda bedrohte sie und schon war er dahin!
Sie dachte an Eric, doch da waren bereits die Griddas wieder, weit mehr als zuvor.
Schließlich war es so weit, dass Rachel nicht mehr wusste, wie sie sich die kleinen Angreiferinnen vom Leibe halten konnte. Umzingelt von Griddas, stand sie im Turmzimmer.
Irgendeine Möglichkeit musste es doch geben! Rachel überlegte fieberhaft. Sie warf einen Blick aus dem Fenster, hinaus in die Dunkelheit, den Schnee und die Kälte. Mit einem Mal wusste sie, was zu tun war. Sie bahnte sich einen Weg in eine Ecke des Zimmers und rief einen bestimmten Zauber auf.
Urplötzlich schoss aus ihren Augen ein gleißender Lichtstrahl hervor, der von den Wänden, vom Fußboden und vom zersplitterten Glas des Fensters vielfach zurückgeworfen wurde, sich bündelte, hell aufloderte und schließlich als orangefarbenes Flackern das Turmzimmer erfüllte.
Zum ersten Mal in der Geschichte von Ool brannte in Heebras Augenturm ein Feuer.

Eric hatte sich erschöpft an die Steinwand gelehnt. Die Prapsys kauerten auf seinen Schultern und schmiegten

sich an seine Wangen. Er spürte das unglaublich schnelle Pochen ihrer kleinen Herzen.
Seine Zelle war ein kreisrundes Loch im Felsgestein unterhalb von Thûn. Eric konnte sich nicht aus dem steinernen Gefängnis befreien: Um ihn festzuhalten, brauchte es keine ausgefeilten Zauber wie bei Yemi.
Lange Zeit schon saß er regungslos da und bemühte sich wach zu bleiben – auf keinen Fall durfte er einschlafen. Zum ersten Mal in dieser Nacht gönnte ihm Gultrathaca eine Ruhepause. Warum? Wollte sie ihn foppen? Oder sollte er sich in Sicherheit wiegen, damit ihn der nächste Angriff umso härter traf? Zu gern hätte Eric geschlafen und die Geschehnisse der letzten Stunden vergessen. Aber er musste ständig daran denken.
Gultrathacas Experimente hatten begonnen, kaum dass Eric in der Zelle war. Als Erstes hatte sie ein hundeähnliches Tier mit magischen Kräften in seine Zelle gelassen. Zum Überlegen war keine Zeit geblieben. Ohne über die Folgen seines Handels nachzudenken, setzte er seine geballte Antimagie gegen das Tier ein. So etwas hatte er noch nie zuvor getan, nicht einmal die Möglichkeit erwogen. Bisher hatte er immer nur einzelne Zauber ausgeschaltet, diesmal aber ging er in seiner Panik weiter und löschte die gesamte Magie des Tieres mit einem Schlag aus. Was dann geschehen war, hatte ihn tief bestürzt. Mitten im Sprung schien das Tier jegliche Energie zu verlieren. Es war zusammengesackt und vollkommen entkräftet am Boden liegen geblieben.
Daraufhin hatte Gultrathaca weitere magische Tiere auf Eric gehetzt; er wusste nicht mehr, wie viele.
Dann brachte sie einen anderen, größeren Gegner ins

Spiel: eine Oberhexe, die sie aus dem Verlies hatte holen lassen. Eric hatte keine Ahnung, weshalb sie so kühn auf ihn zugeflogen kam. Die Prapsys sahen sie ebenfalls kommen und starteten ihr erprobtes Ablenkungsmanöver.

»Fang mich!«, kreischte das eine und flog kreuz und quer durch die Zelle.

»Fang uns!«, fiel das andere ein.

»Los, fang uns!«

Bei den Tieren hatte diese Taktik mehrmals funktioniert. Sie hatten sich ablenken lassen und Eric war genug Zeit geblieben, ihre Zauber einzeln auszuschalten, sodass die Tiere keinen Schaden nahmen.

Die Hexe aber ließ sich nicht ablenken. Ohne die Prapsys zu beachten, hielt sie direkt auf Eric zu.

Wie alle Oberhexen strotzte sie geradezu vor Magie. Ihre Magie machte ihre gesamte Stärke aus, sie steuerte ihr Denken und Fühlen: Kurzum, sie war ihr Lebenselixier.

Beim Gedanken daran, was dann passiert war, schauderte Eric. Warum nur war sie wie besessen auf ihn zugeflogen? Warum hatte sie nicht innegehalten, wenigstens ein paar Sekunden? Eric hatte weder Zeit zum Nachdenken noch zum Reden gehabt. In Notwehr hatte er ihre gesamte Magie ausgelöscht und gelähmt vor Entsetzen gesehen, wie ihr mächtiger Körper langsam in sich zusammensank.

Der ersten Hexe waren weitere gefolgt, manchmal mehrere zugleich, denn Gultrathaca wollte herausfinden, wo die Grenzen von Erics Fähigkeiten lagen. Nachdem sich seine anfängliche Panik gelegt hatte, fand er Mittel und

Wege, die Hexen außer Gefecht zu setzen, indem er nur bestimmte Zauber auslöschte.
Über eine Stunde lang hatte Gultrathaca ihn nun in Ruhe gelassen – vermutlich sann sie nach, wie sie ihm weiter zusetzen könnte.
Eric streckte sich auf dem kalten Steinboden aus. Gultrathaca wollte ihn nicht töten, das war ihm mittlerweile klar geworden.
Die Prapsys kuschelten sich an seine Brust. Er war unendlich froh, dass die beiden bei ihm waren, aber noch lieber hätte er es gehabt, wenn sie geflohen wären. Das wäre nicht weiter schwierig gewesen, denn die Zelle war nach oben hin offen. Eric selbst konnte die über drei Meter hohen, glatten Wände nicht überwinden, die Vogelwesen dagegen wären in Sekundenschnelle entkommen. Für sie aber war es undenkbar, Eric in dieser Situation allein zu lassen.
Ganz still lag Eric da und spürte an seiner Brust das Pochen der kleinen Herzen. Das beruhigte ihn so sehr, dass er fast eingeschlafen wäre.
»Schlaf nur«, flüsterte ihm das eine Prapsy zu. »Wir halten Wache.«
»Ihr seid doch auch müde, Jungs«, murmelte Eric.
»Wir schlafen auch, immer abwechselnd.« Das eine Prapsy kuschelte sich an Eric und schloss die Äuglein, während das andere eine Runde nach der anderen um die beiden machte.
»Na gut«, sagte Eric. »Dann schlafe ich also. Eine Stunde, das reicht. Danach übernehme ich die Wache.«
»In Ordnung.«
Fast sofort fiel Eric in einen erschöpften Schlummer. Als

sein Atem tief und regelmäßig ging, schlug das Prapsy auf seiner Brust die Augen wieder auf. Den Rest der Nacht bewachten die beiden Erics Schlaf.

Währenddessen grübelten ganz im Süden von Ool die Essa darüber nach, was sie am Tag zuvor erlebt hatten. Höchst ungewöhnlichen Wesen waren sie begegnet. Es waren keine Griddas gewesen, aber auch keine Hexen, die ohnehin seit längerem vom Himmel verschwunden waren. Völlig unbekannte Wesen, ohne Fell, schmal und zart, freundlich offenbar, aber in Begleitung der Griddas. Was mochte das bedeuten? Waren sie Freunde oder Feinde? Freunde, ganz gewiss!, dachten die Essa hoffnungsvoll. Sie mussten unbedingt mehr herausfinden, aber wie?
Der Mortikon würde nicht zulassen, dass sie nach den Fremden suchten. Er würde ihnen sagen, sie hegten zu große Erwartungen, würden sich unnütz in Gefahr begeben. »Bitte, lass uns nach Thûn fliegen!«, würden sie ihn anflehen. »Nein, der Weg ist zu weit für euch«, würde er sagen und seinen mächtigen Atem anhalten, damit sie blieben. »Aber wir schaffen es, ganz bestimmt!«, würden sie rufen. Er aber würde bei seinem Nein bleiben, obwohl es so lange schon keinen Hoffnungsschimmer mehr für ihn gegeben hatte.
Der Weg nach Thûn war weit, das ließ sich nicht leugnen. Die Essa waren unsicher, ob sie solch eine große Entfernung überwinden und wieder zurückkehren könnten.
Doch da waren diese Fremden, die Hoffnung verhießen . . .

Eine ganze Nacht unterwegs, eine Reise ins Ungewisse – konnten sie es wagen?
Still und leise stahlen sie sich davon. In kleinen, unauffälligen Grüppchen flogen sie nach Norden. Sie kamen nur mühsam vorwärts, da sie nicht vom Atem des Mortikons getragen wurden und der Wind ihnen entgegenwehte. Dennoch waren sie fest entschlossen ihr Ziel zu erreichen. Im Schutz des stetig fallenden Schnees passierten sie die Sturmwirbel. Sie überflogen das Prackmeer und die angrenzenden kalten Ebenen.
Der lange Flug verlangte ihnen das Äußerste ab; etliche waren den Anstrengung nicht mehr gewachsen und kehrten um, zurück zum Mortikon. Viele aber setzten den beschwerlichen Weg fort.
Endlich hatten sie den Rand von Thûn erreicht. Weit unter ihnen waren die Tunnels, in denen die Junggriddas schliefen, die Verliese, in denen die Hexen schmachteten, Gultrathacas Schlafhöhle und die Kammer, in der Yemi und Fola festgehalten wurden.
Der Wind hatte sich mittlerweile gedreht und trieb sie nun auf Heebras Turm zu, von dem ein seltsames orangefarbenes Leuchten ausging.
Durch das zerschlagene Augenfenster sahen sie das größere der beiden Wesen vom Vortag, wie es verzweifelt versuchte, der Griddas Herr zu werden. So nah waren sie und konnten doch nicht helfen!
Am liebsten hätten sie kehrtgemacht, um dem Mortikon zu berichten, was sie gesehen hatten. Doch erst mussten sie mehr herausfinden: Sie machten sich auf die Suche nach dem zweiten Fremden.
Ihm haftete kein magischer Geruch an, das hatten sie bei

der Begegnung tags zuvor festgestellt. Also mussten sie ihre Furcht überwinden und in die Tunneleingänge schlüpfen, um unter der Erde nach ihm zu suchen.
Schließlich entdeckten sie ihn in seinem Gefängnis. Zwei seltsame geflügelte Wesen bewachten ihn und begannen bei ihrem Anblick nervös von einem Fuß auf den anderen zu hüpfen. Um ihnen die Furcht zu nehmen, berührten die Essa ganz sanft die Gesichter der merkwürdigen Geschöpfe.
»Könnt ihr ihn tragen?«, raunten sie.
»Nein, er ist zu schwer.«
Inzwischen dämmerte schon fast der Morgen. Schneeflockenähnliche Wesen so tief unterm Boden würden bei Tag sofort auffallen. Zu gern wären die Essa bei dem kleinen Fremden geblieben, um ihn zu trösten, doch sie hatten keine Zeit zu verlieren. Sie mussten schnellstmöglich zurück zum Mortikon: Er würde wissen, was zu tun wäre.

16

Sturmwirbel

Als der Morgen dämmerte, zogen sich die Junggriddas aus Heebras Turm in ihre unterirdischen Tunnels zurück und Rachel blieb allein im Zimmer. Sie löschte das Feuer, setzte sich in eine Ecke des Raums und massierte sich die schmerzenden Glieder.

Bald war sie eingeschlafen.

Kurz darauf betrat Gultrathaca den Raum. Eine Zeit lang beobachtete sie das schlafende Mädchen, dann legte sie ihr etwas auf die Hand: ein rattenähnliches Nagetier.

Rachel fuhr aus dem Schlaf hoch, starrte das Tier entgeistert an und riss die Hand weg.

Gultrathaca hob es auf und hielt es ihr vor die Nase. »Du bist wohl verwöhnt, was? Magst du es etwa nicht? Wir Griddas essen so was tagtäglich.«

»Aber ich nicht!«

»Du musst essen. Wie willst du dich im Kampf behaupten, wenn du geschwächt bist?«

Rachel warf einen Blick auf das Tier. Sie hatte entsetzlichen Hunger, aber etwas, das wie eine Ratte aussah, würde sie nie und nimmer essen, nicht einmal, wenn sie kurz vor dem Verhungern wäre. Eine Gridda denkt sich nichts dabei, überlegte sie, die Griddas essen alles. Wenn ich eine Chance gegen sie haben will, muss ich das auch können.

Sie streckte die Hand aus, zog sie aber wieder zurück. Nein, sie brachte es einfach nicht über sich. Im gleichen Moment spürte sie, wie das letzte bisschen Mut sie verließ.

Gultrathaca ließ das Nagetier fallen, das sofort davonsauste. »Du hast die Nacht im Turm überstanden«, sagte sie. »Etliche meiner Meutenführerinnen hatten Zweifel, ob du das schaffst. Auch ich hatte nicht damit gerechnet.«

Sollte das etwa ein Kompliment sein? Rachel ging nicht darauf ein. Mühsam stand sie auf. Sie dachte an Heiki und die Spektren, an ihre Eltern und an alle auf der Erde, deren Schicksal von ihr abhing. Sie zwang sich Gultrathaca in die Augen zu sehen. »Wann soll der Wettkampf beginnen?«

»Jetzt gleich. Es sei denn, du willst dich noch etwas ausruhen.«

Ja, dachte Rachel, ausruhen müsste ich mich. Doch stattdessen sagte sie: »Wenn ich gewinne, was geschieht dann?«

»Das weißt du selbst am besten.«

»Dann erwartet mich der nächste Kampf, stimmt's? Und danach der übernächste. Und immer so weiter.«

»Du hast also verstanden. Ich lasse dich jetzt kurz allein, damit du dich vorbereiten kannst.« Gultrathaca verließ das Turmzimmer.

Fieberhaft überlegte Rachel, ob es für sie ein Entkommen gab. Nein – wenn sie nicht fliegen, sich an einen anderen Ort versetzen oder die Gestalt wechseln konnte, war das ein Ding der Unmöglichkeit. Was also sollte sie tun? Um Gnade flehen? Würde sie damit bei Gultrathaca etwas erreichen?

Sie wusste, dass ihr nur eine Möglichkeit blieb: kämpfen – so entschlossen und wild wie nur möglich.
Rachel war unschlüssig. Wenn sie nun mit allen Mitteln kämpfte – dann bedeutete das: Sie würde auch ihre Todeszauber einsetzen. Vielleicht würden die Griddas dann von ihrem Plan, die Erde zu überfallen, abrücken. Oder erst später angreifen, sodass den Kindern auf der Erde mehr Zeit blieb, sich auf den Angriff vorzubereiten. Genau das hatte Albertus doch gesagt, als er ihr riet, mit nach Ool zu gehen.
Rachel fragte sich, wie viele Griddas sie wohl besiegen müsste, um Gultrathaca zu imponieren. Sollte sie es tun? Sollte sie ihre Todeszauber zum Einsatz bringen? Sie schob Zweifel, Erschöpfung und Hunger weit von sich und versuchte sich mit Unbarmherzigkeit zu wappnen.
»Ja.«
»Dann folge mir.«
Während sie die Treppe hinabgingen, sagte Gultrathaca: »Als Erstes wirst du gegen eine Junggridda antreten.«
»Nein«, sagte Rachel. »Ich möchte eine erwachsene Gridda als Gegnerin.«
»Wie du willst.«
Sie verließen den Turm. Unzählige Griddas hatten sich eingefunden, um dem Wettkampf zuzusehen. Ob sie ihr anmerkten, dass sie sich fürchtete? Rachel bemühte sich nach Kräften ihre Angst zu verbergen. Sie reckte das Kinn in die Höhe, streckte den Rücken und schritt durch den Schnee.
Gultrathaca machte eine ausladende Gebärde: »Wähl dir eine Gegnerin!«
Rachel ließ den Blick schweifen. Für sie sahen die Ge-

sichter der Griddas alle gleich aus: hart, kantig und Furcht einflößend. Egal, welche?«

»Egal.«

»Dann wähle ich dich, Gultrathaca.«

Kaum hatte Rachel den Namen Gultrathacas ausgesprochen, da verdunkelten auch schon die Todeszauber ihre Augen. Sie blendete sie nicht aus: Gultrathaca sollte sehen, was sie zu erwarten hatte.

»Es soll mir eine Ehre sein«, sagte diese, »auch wenn ich nicht damit gerechnet habe. Wie ich sehe, sind deine Todeszauber bereit – du selbst wohl eher nicht.«

Mit lauter Stimme, damit möglichst viele Zuschauerinnen es hören konnten, sagte Rachel: »Du hast alle Vorteile auf deiner Seite, Gultrathaca. Wenn dir die Ehre, von der du ständig redest, auch nur das Geringste bedeutet, dann lass mich den Ort des Wettkampfs bestimmen. Ich will dort gegen dich antreten, wo der Mortikon lebt.«

Gultrathaca zögerte. Sie merkte, dass ihre Meutenführerinnen sie erwartungsvoll ansahen. Ihnen war klar, welche Herausforderung Rachel ihr da gestellt hatte.

»Einverstanden«, sagte sie schließlich. »Aber sei gewarnt, Rachel: Falls du glaubst, die Essa könnten dir beistehen, dann irrst du dich. Einer Gridda sind sie nicht gewachsen.«

Gultrathaca trat ein paar Schritte zurück. Ein überlegenes Lächeln malte sich auf ihrem Gesicht.

»Gib mir die Zauber wieder, die du mir genommen hast«, forderte Rachel.

Gultrathaca berührte sie unter dem rechten Auge. »Meinetwegen«, sagte sie,«aber alle bekommst du nicht. Du kannst jetzt wieder fliegen, dich aber nicht an einen anderen Ort versetzen und auch nicht die Gestalt wechseln. Und falls du auf dem Weg zum Mortikon zu entkommen versuchst, wirst du das bitter bereuen.« Gultrathaca wählte ein Dutzend Griddas als Begleiterinnen aus und teilte sechs zu Rachels Bewachung ein. »Nur eine von uns wird den Mortikon lebend verlassen«, fuhr sie fort. »Solltest du heimlich irgendeinen Zauber einsetzen, bevor wir dort sind, werden die Bewacherinnen dich töten. Bist du bereit?«

Nein, dachte Rachel.

»Ja!«, rief sie laut.

Gultrathaca schwang sich zum Himmel empor.

Sie flogen über die Stadtgrenze hinweg und hatten bald die schneebedeckten Ebenen erreicht.

Gultrathaca bewegte sich selbstsicher und schnell durch die Lüfte. Rachel hielt sich die ganze Zeit hinter ihr und schonte ihre Kräfte für den bevorstehenden Wettkampf. Sie überflogen nun die öde Eisfläche des Prackmeers. Inzwischen war es zwar ein wenig heller geworden, aber der Himmel blieb schmutzig grau. Mehr denn je sehnte Rachel sich danach, wärmende Sonnenstrahlen auf ihrer Haut zu spüren und Farben um sich zu sehen.

Endlich tauchten in der Ferne die Ausläufer des Mortikons auf und davor, wie ein Bollwerk, die mächtigen Sturmwirbel.

Die Griddas hielten direkt auf die Wirbel zu, obwohl keine Lücke zwischen ihnen zu sehen war. Erst auf einen barschen Befehl Gultrathacas hin wichen sie zur Seite.

Beim Anblick der gigantischen Sturmwirbel kam Rachel sich klein wie ein Stäubchen vor. Heftige Windböen fuh-

ren ihr ins Gesicht, zerrten an ihrem Haar und an ihrem Overall. Sie senkte den Kopf und schlug schützend die Hände vors Gesicht.
Mit einem Mal legte sich das Tosen der Winde. Alles wurde ruhig, friedlich, kein Windhauch war mehr zu spüren und auch keine Kälte.
Rachel hob den Kopf und blickte sich um. Die Griddas hatten die Wirbel bereits hinter sich gelassen. Nur sie war noch da.
Erst jetzt merkte sie mit Staunen, dass die Wirbel einen Kreis um sie bildeten.
Sie vernahm ein Geräusch. Was war das? Sie streckte die Hände nach einem Sturmwirbel aus und konnte plötzlich die Gefühle der Wirbel wahrnehmen: Sie spürte, dass sie fürchteten, ihr weh zu tun, dass sie Angst vor den Hexen hatten, die sie mit ihrer Magie versklavt hatten, und dass sie die Griddas verabscheuten. Stärker als alles andere aber spürte Rachel ihre bedingungslose Zuneigung zu ihrem Partner seit alten Zeiten, dem Mortikon. Mit ihm hatten sie eine Einheit gebildet, bis die Hexen sie von ihm trennten. Rachel wurde klar, dass der stetige und doch vergebliche Versuch des Mortikons, sich nach Norden zu bewegen, einzig und allein seinem Wunsch entsprang bei seinen Gefährten zu sein.
Rachel hielt ihr Gesicht in einen der Wirbel; am liebsten wäre sie für immer bei ihnen geblieben. Hoffnungsvoll schaute sie nach oben, als wären da menschliche Augen, die ihren Blick erwidern konnten.
»Helft mir!«, rief sie. »Bitte, helft mir! Ich hab solche Angst!«
Wie ein Seufzer flutete unendliche Trauer durch die Wir-

bel. Sacht und tröstend streifte eine Brise Rachels Wange, als die Wirbel sagten: »Wir können dir nicht helfen. Uns binden starke Zauber, die wir nicht durchbrechen können. Und wir können dich auch nicht bei uns behalten, du musst weiter.«

Verzweifelt versuchte Rachel im Kreis der Wirbel zu bleiben, aber die Zauber waren zu mächtig. Mit einem Laut, der wie ein gequältes Stöhnen klang, wichen die Wirbel beiseite und sie fand sich auf der anderen Seite wieder.

Vor ihr lag der Mortikon.

Keine noch so starke Magie hatte ihn je bezwingen können, aber er wusste genau, was die Hexen und später die Griddas seinen geliebten Sturmwirbeln angetan hatten. Als Gultrathaca mit ihren Begleiterinnen herankam, wurden seine Gipfel zu spitzen Stacheln und reckten sich ihnen entgegen.

Um ihn zu verwirren, trennten sich die Griddas und flogen in verschiedene Richtungen. Gultrathaca ließ sich ein Stück tiefer gleiten und hielt Ausschau nach einer Öffnung. Kaum hatte sie eine solche entdeckt, sauste sie senkrecht nach unten und drang ins Innere des Mortikons.

Im selben Augenblick stiegen unzählige Essa auf. Sie bildeten in der Luft gewaltige Wogen und versuchten die übrigen Griddas aus Rachels Nähe zu vertreiben.

Ein ganzer Schwarm hatte sich um sie versammelt. Sie schlugen zur Begrüßung mit ihren winzigen Flügeln und trugen Rachel dann auf den Mortikon zu. »Schnell, hinein mit dir!«, riefen sie.

»Aber da ist doch Gultra . . .«

»Nein! Du kannst uns glauben! Rasch, hinein!«
Rachel spürte, wie sehr die Essa sich wünschten, sie möge ihnen vertrauen. Die kleinen Wesen waren ihr wohlgesinnt. Unwillkürlich fragte sie sich, wie diese zarten Geschöpfe in einer so unbarmherzigen Welt überleben konnten. Es musste ihre Magie sein, wurde Rachel klar, sie allein hielt sie am Leben, ermöglichte ihnen die Fortbewegung und den Kontakt untereinander. Zugleich spürte sie noch eine weitere Kraft: die Hoffnung, von der die winzigen Wesen beseelt waren.
Sie zögerte nicht länger und ließ es zu, dass die Essa sie auf die Öffnung im Mortikon zutrugen.
»Pass gut auf dich auf!«, riefen sie.
»Wie . . . kommt ihr denn nicht mit?«
»Nein!« Die Essa formierten sich vor der Öffnung zu einem Schild und versperrten so den Zugang für die Griddas. »Der Mortikon nimmt sich deiner an. Geh nur! Geh hinein!«
Vorsichtig ging Rachel hinein. Sie fand sich in einer Art Tunnel wieder. Von Gultrathaca war nirgendwo eine Spur zu entdecken.
Ein Strom frischer Luft peitschte ihr ins Gesicht und gleichzeitig spürte sie am Rücken wärmere, abgestandene Luft.
Das ist kein Tunnel, meldeten ihre Informationszauber. Es ist eine Kapillare, ein Gefäß, durch das der Atem im Körper des Mortikons zirkuliert.
Behutsam setzte Rachel einen Fuß vor den anderen. Dabei bemerkte sie am Boden der Kapillare ein sanftes Licht, das den Weg erhellte. Noch ein paar Schritte. Es wurde heller. Weiter. Sie ging die Kapillare entlang und

kam an eine Gabelung. Links oder rechts? Das Licht kam von links.
Es zeigt mir den Weg, erkannte sie. Der Mortikon weiß, dass ich da bin. Ob er mich spüren kann? Was passiert wohl, wenn ich renne? Ich probier's einfach!
Rachel rannte los, im vollen Vertrauen auf den Mortikon. Hätte das Licht sie nicht geführt, hätte sie sich in seinem Innern hoffnungslos verirrt.
Nach einer Weile erweiterten sich die Kapillaren und Rachel eilte nun breitere, gut beleuchtete Durchgänge entlang. Sie bog um eine Ecke und sah plötzlich eine Gestalt vor sich.
Gultrathaca.
Sie wurden von einem so unglaublich hellen Licht beschienen, dass selbst Rachel kaum hinsehen konnte. Die Augenschilde der Gridda waren halb geschlossen.
»Der Mortikon hat sich größte Mühe gegeben, mich auszuschalten«, stieß Gultrathaca hervor. »Aber ich seh dich trotzdem noch!«
Rachel blickte sich nach einem Ausweg um. Vorwärts konnte sie nicht, denn Gultrathaca füllte den Raum vor ihr aus. Dafür gab es schmalere, unbeleuchtete Gänge, die vom Hauptgefäß abzweigten. Als Gultrathaca Anstalten machte, sich auf Rachel zu stürzen, schlüpfte diese rasch in den erstbesten Gang.
Sofort sprossen zu ihren Füßen Dornen aus dem Boden hervor.
Eine Falle.
Rachel stürzte. Sie wollte wieder aufstehen, aber ihre Beine versagten den Dienst. Obwohl sie in die Dornen gefallen war, fühlte sie merkwürdigerweise keinerlei

Schmerz. Außerdem verschwanden die Dornen bereits wieder im Boden und hinterließen kleine Löcher.
Sogleich versuchten Rachels Informationszauber herauszufinden, was mit ihren Beinen los war, aber sie fanden den Weg nicht. Es dauerte eine ganze Weile, bis sie so weit waren, dass sie ihr berichten konnten.
Gift.
Sofort strömten Heilzauber in die Blutgefäße, aber Rachels Geist war bereits benebelt und daher auch ihre Zauber. Sie schlugen den falschen Weg ein.
Es kostete Rachel unendliche Mühe, sich aufzusetzen. Gultrathaca stand vor ihr. »Das ist dein Ende, Rachel«, sagte sie hämisch und entfernte sich.
Noch eine ganze Weile waren ihre Schritte zu hören. Dann aber dachte Rachel nicht mehr an die Gridda, denn ein seltsames Gefühl durchströmte sie, ein Gefühl tiefster Zufriedenheit. Hatte sie sich je so glücklich gefühlt? Ihre Zauber merkten wohl, dass etwas nicht stimmte – aber was?
Gift, erinnerte Rachel sich, das muss die Wirkung des Giftes sein. Merkwürdigerweise verspürte sie nicht den Wunsch, dagegen anzukämpfen. Ihr war alles gleichgültig.
Sie streckte sich am Boden aus und bettete den Kopf auf die Hände. Die Augen wollten ihr zufallen. Sie versuchte es nicht zu verhindern, war zu keiner Bewegung mehr fähig. Auch zu keinem Gedanken mehr – alles war ihr gleichgültig.
Gultrathaca war vergessen. Yemi ebenso. Mami, Paps, Eric . . . jeder und alles.

17

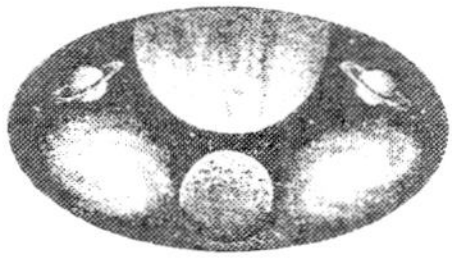

Die Gefängniswelt

Mit gekreuzten Beinen saß Eric auf dem Boden seiner Zelle. Die Prapsys hatten schon eine ganze Weile kein Wort mehr gesagt.

»Was ist los mit euch, Jungs?«, fragte Eric. »Ihr seid so still.«

»Uns geht's gut, Eric«, sagten die beiden im Chor. »Alles in Ordnung.«

»Ihr hättet mich früher wecken sollen, das hatte ich euch doch gesagt.«

»Wir waren nicht müde. Und wir sind auch jetzt nicht müde. Guck doch!«

Die Prapsys spreizten die Flügel, um ihm zu beweisen, wie munter sie noch waren. Seit sie in der Zelle waren, hatten sie sich nicht ein einziges Mal beklagt. Eric kraulte ihnen die Nackenfedern, wie sie es am liebsten hatten. Er dachte an die Essa, die kleinen, schneeflockenähnlichen Wesen. Wenn er sie auf dem Weg nach Thûn nicht selbst gesehen hätte, hätte er den Prapsys kein Wort geglaubt.

Ob er von den Essa Hilfe erwarten konnte?

Nein, dachte Eric. Ich will mich nicht an die Hoffnung klammern, dass irgendwas oder irgendwer mich rettet. Diesmal konnte er sich auch nicht auf Rachel verlassen, das wusste er, denn in einiger Entfernung nahm er ihren magischen Geruch wahr, so schwach, dass er sich die größten Sorgen um seine Schwester machte.

Und da war noch ein zweiter Geruch, weit schwächer noch als der Rachels, sodass das Schlimmste zu befürchten stand: Serpantha.

Was fange ich jetzt an, überlegte Eric. Denn eines ist klar: Ich selbst muss etwas tun.

Immer wieder dachte er an Larpskendya. Was hatte der Zauberer gemeint, als er sagte, von ihm hänge weit mehr ab als je zuvor? Wer bin ich denn?, dachte Eric. Doch nur ein gewöhnlicher Junge ohne Magie. Ich komm ja nicht mal aus dieser lächerlichen Zelle heraus. Jedes Kind bringt heutzutage einen einfachen Wärmzauber zu Stande, bloß ich nicht, deshalb müssen die Prapsys hier in der Kälte ausharren . . .

Eric zermarterte sich das Hirn. Irgendetwas musste er doch gegen diese Griddas ausrichten können! Langsam entstand ein Plan in seinem Kopf, doch er schien ihm so abwegig, dass er ihn zunächst nicht weiterverfolgte.

Den ganzen Morgen über hatte er seine Ruhe gehabt – bis Gultrathaca ziemlich lädiert in seiner Zelle erschienen war. Was auch immer mit ihr passiert sein mochte, es hielt sie nicht davon ab, Eric erneut zu traktieren.

Sie hatte Griddas gegen ihn eingesetzt, wobei diese nicht einmal in seine Nähe gekommen waren, sondern ihre Zauber aus weiter Entfernung auf ihn geschleudert hatten.

Die Prapsys hatten dunkle Schatten unter den Augen. Trotz Erics Drängen hatten sie nicht eine Minute geschlafen und unablässig die Zellentür und die Öffnung in der Decke beobachtet.

»Ich wette, ihr beiden würdet gern ein wenig fliegen, stimmt's?«, sagte Eric, um sie aufzuheitern. »Euch muss doch langweilig sein, wenn ihr hier festsitzt und nicht fliegen könnt. Macht schon! Dreht mal 'ne Runde!«
Um ihm einen Gefallen zu tun, flogen die beiden Vogelwesen ein paar Mal durch die Zelle, dann setzten sie sich wieder auf seine Schultern. Das eine fixierte die Zellentür, das andere rieb sein Köpfchen zärtlich an Erics Wange.
»Bestimmt bist du hungrig«, sagte er.
»Keine Spur«, log das Prapsy. »Du etwa?«
»Eigentlich nicht.«
»Ist dir kalt, Eric?«
»Kein bisschen.«
»Ich könnte mich ein bisschen ankuscheln.«
»Na gut, aber nicht etwa, weil mir kalt wäre.«
Das Prapsy schmiegte sich an Erics Wange. Mit einem Auge sah es ihn an, das andere war zur Decke gerichtet.
»Sie kommt wieder«, flüsterte es, als es dort eine Bewegung wahrnahm. »Gultrathaca.«
»Ich weiß«, sagte Eric. »Macht euch keine Sorgen. Ich werde schon zurechtkommen.«

Gultrathaca näherte sich Erics Zelle. Da sie mittlerweile wusste, was er mit seiner Antimagie anrichten konnte, bewegte sie sich äußerst vorsichtig, um ihn nicht zu erschrecken.
Der Mortikon hatte sie übel zugerichtet. Es grenzte an ein Wunder, dass sie aus seinem Leib entkommen war und hatte fliehen können – die Essa waren ihr noch bis halb über das Prackmeer gefolgt.

Jetzt stand Gultrathaca vor der Öffnung in Erics Zellendecke.
Da saß er. Inzwischen hatte sie den Jungen fast schon gern. Er ließ sich nicht von ihr einschüchtern. Und anders als Yemi lächelte Eric auch nicht ständig und wollte nicht spielen.
Als er zu ihr aufsah, nahm sie mit Genugtuung Wut und Bitterkeit in seinen Zügen wahr.
Der Junge kann weit mehr, als ich mir ausgemalt habe, dachte sie. Vor ihren Augen hatten Erics Fähigkeiten sich entwickelt. Mehr als seine Gabe, Zauber zu vernichten, faszinierte Gultrathaca, dass er Magie selbst in weitester Entfernung wahrnehmen konnte. Keine Hexe und kein Zauberer konnten ihm in dieser Hinsicht das Wasser reichen. Um herauszufinden, wo Erics Grenzen lagen, hatte sie ihre Griddas weit ins All hinausgeschickt und von dort ihre Zauber auf ihn schleudern lassen.
Ganz gleich, wie weit entfernt der Zauber losgeschickt wurde, Eric nahm ihn wahr, kaum dass er ausgelöst wurde.
Nun, da sie Erics Fähigkeiten kannte, überlegte Gultrathaca, wie sie ihn für ihr Vorhaben gewinnen könnte. Er war nicht wie Yemi, den nichts beeindrucken konnte. Eric konnte sie Angst machen, das hatte sie inzwischen ausprobiert. Nun aber war es an der Zeit, ihn von seiner Angst zu befreien, zumal er nicht damit rechnete. Wenn ich ihm sage, dass für seine Schwester noch Hoffnung besteht, dachte Gultrathaca, dann glaubt er mir, weil er sich genau das wünscht. Wenn ich ihm zusage, dass ich weder ihm noch seinen beiden Vogelwesen etwas tue, wird er das dankbar aufnehmen.

Dennoch zögerte Gultrathaca. Dem Jungen ein freundliches Wesen zu zeigen würde nicht leicht sein. Außerdem musste sie die Lügen, vor allem die eine, von der alles abhing, so geschickt mit der Wahrheit kombinieren, dass ihm nichts auffiel.

Gultrathaca spähte hinab in die Zelle.

»Was ist?«, schnauzte Eric bei ihrem Anblick. »Wen willst du diesmal vorschicken? Du bist ein feiges Weib, weißt du das? Selbst traust du dich nicht mich anzugreifen. Wahrscheinlich bildest du dir ein, dass du da oben sicher vor mir bist.«

»Ich weiß sehr wohl, was du alles kannst«, sagte Gultrathaca mit ihrer sanftesten Stimme. »Aber hör mir bitte erst einmal zu: Ich verspreche dir dich von nun an in Ruhe zu lassen, ganz egal, ob du mir nun helfen willst oder nicht.«

»Deine Versprechen kenn ich! Ich glaub dir kein Wort!«

»Ich komme jetzt runter.«

»Das wirst du bereuen!«

»Wenn du gehört hast, was ich dir zu sagen habe, wirst du anders denken. Ich habe nämlich vor dich freizulassen, Eric.«

Zufrieden stellte Gultrathaca fest, dass der Junge hellhörig geworden war. Sie schwebte in eine Ecke der Zelle.

Eric verschränkte die Arme. »Also?«

»Ich werde dich wie gesagt freilassen«, begann Gultrathaca. »Und ich werde dir Rachel übergeben.«

»Tot übergeben, meinst du wohl.«

»Nein. Lebend und unversehrt. Das garantiere ich dir.«

»Ich kann's mir lebhaft vorstellen!«

Erics Stimmte triefte vor Ironie, doch in seinem Innern

flammte neue Hoffnung auf. Er kämpfte sie nieder, war er sich doch sicher, dass Gultrathaca sich lediglich ein neues grausames Spiel ausgedacht hatte. Wie kann sie es nur wagen!, dachte er. Mit einem Mal hasste er sie mehr, als er je im Leben etwas gehasst hatte. Wenn er nun ihre plötzliche Freundlichkeit für bare Münze nahm und auch nur eine Sekunde glaubte, dass es tatsächlich einen Ausweg, womöglich sogar ein glückliches Ende dieses Abenteuers geben könnte, würde er nicht mehr die Stärke aufbringen, seinen halb ausgereiften Plan weiterzuverfolgen.

Nur dieser Plan hatte ihn bisher aufrechterhalten.

»Du hast von mir nichts mehr zu befürchten«, versicherte Gultrathaca. »Ich lasse dich gehen, Eric. Auch Yemi und Fola kommen frei, überhaupt alle. Ihr könnt auf die Erde zurückkehren und die Griddas werden euch für alle Zeiten in Frieden lassen. Ich habe einen großen Fehler gemacht, was euch Erdenkinder angeht. Verzeih mir.«

Eric gab sich den Anschein, zuzuhören, und nickte hin und wieder.

Dass er kein Wort sagte, irritierte Gultrathaca. Deshalb verlegte sie sich auf Schmeicheleien: »Du hast deine Fähigkeiten bisher noch nie in vollem Umfang eingesetzt, Eric, stimmt's? Wenn ich mir vorstelle, was du inzwischen alles kannst! Unglaublich!«

Was Gultrathaca da sagte, traf zu. Aber Eric war keineswegs stolz auf seine neuen Fähigkeiten. Zu gern wäre er wieder der Eric von früher gewesen.

»Als Gegenleistung dafür, dass du freikommst, verlange ich nur eine Kleinigkeit«, fuhr Gultrathaca fort. »Keine Angst, du brauchst dazu auf keinen Fall die Zauberer oder die Kinder auf der Erde verraten. Ich möchte lediglich, dass du mir hilfst die Gefängniswelt der Griddas zu finden.«

»Was soll das sein?«

»Ich habe dich aus einem bestimmten Grund hier eingesperrt«, sagte sie. »Diese Zelle gehört zu dem Tunnelsystem, in das die Griddas von den Hexen verbannt und in dem sie gefangen gehalten wurden.«

Eric war bewusst, dass Gultrathaca die Wahrheit sagte, zumindest teilweise, denn er nahm Spuren alter Griddazauber im Gestein wahr, Zauber, die ihm verrieten, dass die Griddas sich verzweifelt bemüht hatten zu entkommen.

»Viele unserer Schwestern müssen ihr Dasein in einer Gefängniswelt auf einem Planeten fern von hier fristen«, fuhr Gultrathaca, »denn die Hexen wollten nicht zu viele Griddas auf Ool haben.«

»Die Gefängniswelt ist ein schrecklicher Ort«, sagte sie. »Die Griddas sind dort angekettet und wurden bisher von Hexen bewacht. Da wir nun die Herrschaft auf Ool übernommen haben, fürchte ich, dass die Hexen unsere Schwestern ihrem Schicksal überlassen haben. Sie werden sterben, wenn wir sie nicht bald finden.«

Eric beobachtete Gultrathaca genau, sagte aber immer noch nichts.

»Du kannst Magie auf große Entfernungen wahrnehmen, Eric, das weiß ich inzwischen. Deshalb möchte ich, dass du uns hilfst die Gefängniswelt zu finden. Die Hexen haben sie nicht nur getarnt, damit die Zauberer sie nicht aufspüren, sondern auch geheim gehalten, wo der Planet zu finden ist. Weißt du es vielleicht?«

Gultrathaca stellte die Frage wie nebenbei, aber Eric merkte sofort, dass es ihr einzig und allein darum ging. Er suchte in ihrem Gesicht nach einer Regung. Lag da etwas wie Kummer in ihrem Blick? Er vermochte nicht zu sagen, ob der Ausdruck echt war oder ob sie ihm etwas vorspielte. Dann sah er, dass sie zitterte.
Er ließ sich Zeit mit seiner Antwort.
Schließlich sagte er: »Ja, ich weiß es.«
Mühsam unterdrückte Gultrathaca ihre Begeisterung. Sie hatte zwar gehofft, aber letztlich doch nicht erwartet, dass Erics Fähigkeiten ausreichten den fernen Planeten ausfindig zu machen. Es musste Orin Fen sein, der Planet, den die Zauberer so sorgsam verhüllt hatten!
»Wie weit ist die Gefängniswelt entfernt?«, fragte sie mit vor Erregung bebender Stimme.
»Warum sollte ich dir das sagen?«
»Wie . . . du willst es mir nicht sagen?«
»Nein, denn wenn ich es dir sage, hat mein letztes Stündlein geschlagen.«
»Aber nein, Eric. Niemals würde ich . . .«
»Sei still!«, fuhr Eric sie an. »Lass mich nachdenken.« Er ging in der Zelle auf und ab. Er murmelte den Prapsys etwas zu. Er legte sich hin, die Hände hinterm Kopf verschränkt, und tat, als entspannte er sich. Dann stand er wieder auf, ging auf Gultrathaca zu und sagte mit fester Stimme: »Ich sag dir's nicht, aber ich zeig's dir. Allerdings nur unter der Voraussetzung, dass du dein Wort hältst, was Rachel, Yemi, Fola und Serpantha angeht.«
»Selbstverständlich.« Gultrathaca atmete erleichtert auf. Eric merkte, dass sie bereit war ihm alles zu geben, was er verlangte. »Ach nein, vielleicht zeige ich es dir doch

lieber nicht«, sagte er. »Weißt du, was: Ich werde mir das Ganze noch mal in Ruhe überlegen. Das kann ich aber nicht in dieser kalten, ungemütlichen Zelle.«

»Sag nur, was du möchtest, Eric. Du kannst alles . . .«

»Ich werd's dir sagen, du scheußliche Hexe! Erst mal sorgst du dafür, dass es hier wärmer wird, und dann treibst du anständiges Essen für mich und die Prapsys auf!«

Gultrathaca nickte beflissen. »Wird gemacht, Eric. Aber hilfst du mir dann?«

»Meine Antwort kriegst du, wenn ich es für richtig halte. Und jetzt hau ab.«

Noch nie war Gultrathaca so gedemütigt worden. Am liebsten hätte sie Eric den Garaus gemacht, aber damit musste sie sich noch gedulden. Um ihn nicht weiter zu verärgern, hielt sie ihm, mühsam beherrscht, die Klaue zum Abschied hin.

»Lass mich in Frieden und verschwinde«, sagte Eric und wandte sich ab.

Zornentbrannt verließ Gultrathaca die Zelle.

Kaum war sie draußen, wurde Eric von einem Zittern befallen. Was hatte er da nur gesagt?! Er konnte es selbst kaum fassen, dass er das gewagt hatte. Sie hätte sich am liebsten auf ihn gestürzt, das war ihm nicht entgangen. Aber sie hatte sich bezwungen. Das bewies, wie wichtig er für sie war.

Eine ganze Weile ging Eric in der Zelle auf und ab; er musste sich erst einmal beruhigen, um wieder klar denken zu können.

Die Prapsys trippelten unverdrossen hinter ihm her.

»Demnächst kriegen wir was zu essen«, sagte Eric zu ih-

nen. »Was Leckeres. Und mit dem Frieren ist es bald vorbei.«
»Traust du ihr etwa?«, japste das eine Prapsy, das kaum Schritt halten konnte.
»Glaub bloß den fiesen Griddas nichts!«, keuchte das andere.
»Pssst«, machte Eric. »Seid jetzt still. Ich weiß es ja.« Abwesend ließ er den Blick über die Zellenwand gleiten. Vielleicht ging sein Plan ja doch auf. Gultrathaca mochte große Hoffnungen hegen, aber er stand ihr darin nicht nach.
Eine ganze Weile sagte Eric kein Wort; die Prapsys musterten ihn besorgt.
»Worüber denkst du nach?«, fragte das eine.
»Ich denke über gar nichts nach«, sagte Eric.
Es fiel ihm schwer, seinen Plan vor den Prapsys zu verheimlichen, aber zweifellos war es besser so.
»Eric, tu nichts, was die Griddas aufbringt«, bat das eine Prapsy. »Wir passen ab jetzt auch besser auf dich auf. Du kannst dich auf uns verlassen.«
»Das weiß ich doch«, flüsterte er und hob die beiden hoch. »Es ist alles in Ordnung. Gultrathaca quält mich nicht länger. Und euch tut sie auch nichts.«
Wie Eric so dastand und den nackten Fels anstarrte, glaubte er keine Sekunde, dass Gultrathaca es ehrlich meinte. Er wusste genau, dass sie Rachel und Yemi niemals freilassen würde.
Aber hatte sie auch gelogen, was den Planeten mit den gefangenen Griddas anging?
Eric war sich nicht sicher. Als sie die Gefängniswelt erwähnte, hatte er sofort nachgespürt und tatsächlich Spu-

ren sehr weit entfernt wirkender Magie ausmachen können. Die Gefängniswelt war, wie er festgestellt hatte, mehrfach geschützt und mit Zaubern gesichert, die sie unsichtbar machten. Mit so enorm mächtigen Zaubern, dass Eric vermutete, es könnte sich um Orin Fen, den Planeten der Zauberer, handeln.
Noch einmal konzentrierte er sich auf die ferne Welt. Er wusste, dass die Zauberer von jeher geheim gehalten und verschleiert hatten, wo ihr Heimatplanet sich befand. Deshalb konnten eigentlich auch keine Hexen und Griddas dort sein, folgerte er und rechnete damit, auf dem Planeten die geballte Magie von Millionen Zauberern vorzufinden.
Doch zu seiner Überraschung entdeckte er nichts dergleichen. Ob die Zauberer auch ihre Magie getarnt hatten? Nein, das konnte nicht sein. Eric war sich ganz sicher, dass er sie hinter jeglicher Tarnung bemerkt hätte. Auf dem Planeten befand sich mit Sicherheit kein einziger Zauberer.
Hatte Gultrathaca also doch nicht gelogen, als sie von einer Welt voller gefangener Griddas sprach?
Eric hoffte es. Denn genau dies kam ihm gelegen.

18

Tunnels

Vom tödlichen Gift wie in eine Decke gehüllt sah und hörte Rachel nichts mehr. Nur ihre Informationszauber, die mit letzter Kraft weiter für sie Ausschau hielten und lauschten, nahmen das Geräusch wahr. Es schien aus der Tiefe zu kommen: ein warmer, duftender, belebender Luftstrom.

Es war der Atem des Mortikons und er führte die Essa heran.

Sie brauchten nicht einmal mit ihren winzigen Flügeln zu schlagen – pfeilgeschwind sausten sie mit dem Luftstrom durch die Kapillaren.

Hoffentlich war es noch nicht zu spät! Schon des Öfteren waren sie zu Hilfe geeilt, wenn die Griddas dem mächtigen Mortikon mit Gift nach dem Leben getrachtet hatten, doch dieses Menschenkind war ein so zartes Wesen . . .

Als die Essa Rachel fanden, war es fast zu spät. Doch die unzähligen Schneeflocken-Wesen saugten das Gift, das ihnen nichts anhaben konnte, aus Rachels Körper heraus. Langsam öffnete Rachel die Augen. Die Essa umschwirrten ihr Gesicht.

Rachel erkannte sie und hob die Hand. Mehr brauchte es nicht als Aufforderung. Unzählige lebhafte Stimmchen

begrüßten sie freudig und plapperten durcheinander und zarte Flügelchen streiften sacht ihr Gesicht.
»Langsam, langsam!«, sagte Rachel mit einem halben Lachen. »Erzählt mir erst einmal von euch.«
Das wollten die Essa aber nicht. Stattdessen erzählten sie Rachel vom Mortikon. Wie sie erfuhr, hatte er einst ungehindert die Welt durchstreift. Damals war es auf Ool weit wärmer gewesen als jetzt und der Mortikon hatte sich nach Lust und Laune bald hierhin, bald dorthin bewegt, begleitet von den majestätischen Sturmwirbeln und seinen treuen Gefährten, den Essa. Mit der Ankunft der Hexen war alles anders geworden. Über Jahrhunderte hinweg hatten sie den Mortikon immer weiter in den Süden abgedrängt, die Sturmwirbel zu ihren Sklaven gemacht und schließlich aus Augentürmen ihre Städte errichtet.
Doch wenn die Hexen geglaubt hatten, der Mortikon nähme das alles widerstandslos hin, so hatten sie sich getäuscht. Er hatte sich nach Kräften zur Wehr gesetzt, sich zu den Hexenstädten geschleppt und an den Fundamenten der Türme gerüttelt.
Die Hexen hatten versucht ihn auszuhungern und erfrieren zu lassen, indem sie Ool seiner wärmenden Sonne beraubten, die Ozeane zu Eis erstarren ließen und dafür sorgten, dass auf dem Planeten ewiger Winter herrschte. Selbst das hatte den Mortikon nicht zur Strecke gebracht. Seine getreuen Essa nahmen eine andere Gestalt an: Damit sie sich unauffällig fortbewegen konnten, verwandelten sie sich in schneeähnliche Geschöpfe. Seitdem lebten sie in dieser Tarnung und hatten den Mortikon stets nach besten Kräften verteidigt und den Sturmwirbeln während der langen dunklen Jahre immer wieder

Worte des Trostes zugeflüstert und ihnen versichert, dass der Mortikon sie nie und nimmer im Stich lassen würde.
Nach dem Sieg der Griddas über die Hexen hatte sich bei den Essa Hoffnung geregt. Doch nichts hatte sich geändert: Die Griddas hatten das schlimme Treiben der Hexen fortgesetzt.
Während Rachel zuhörte, tilgten ihre Heilzauber die letzten Spuren Gift in ihrem Körper. Sobald sie sich stark genug fühlte, erhob sie sich . . . und schwankte.
»Du musst dich noch ein wenig ausruhen«, sagten die Essa besorgt.
»Das geht nicht. Mein Bruder, Eric . . . ich muss ihn finden.«
»Eric?« Die Essa formierten sich zu einer Silhouette, die den liegenden Eric und die eng an ihn geschmiegten Prapsys zeigte.
»Wisst ihr etwa, wo er ist?«, fragte Rachel aufgeregt. »Könnt ihr mich zu ihm führen?«
»Ja, aber nicht jetzt . . . später!«
»Ich darf keine Zeit verlieren«, drängte Rachel. »Wir müssen sofort los! Eric hat nämlich keine Zauberkraft, er überlebt es nicht, wenn . . .«
»Nein, nein!«, riefen die Essa und schwirrten aufgeregt durcheinander.
»Was habt ihr denn?«, fragte Rachel.
Wieder bildeten die Essa eine Silhouette nach: ein Schmetterling mit zarten Fühlern.
»Yemi!«, rief Rachel aus.
Die Essa berichteten ihr, was sie wussten.
»Wir finden ihn, ganz bestimmt«, sagte Rachel. »Aber wenn Yemi es geschafft hat, sich so lange gegen die

Griddas zu behaupten, dann kommt er auch allein zurecht. Wichtiger ist, dass wir Eric . . .«

»Nein, erst Yemi!«, beharrten die Essa. »Wir haben in den Tunnel Gerüchte gehört. Yemi kommt nicht allein gegen die Griddas an.«

Rachel überlegte fieberhaft. Eric und Yemi waren offenbar beide unter der Stadt Thûn gefangen. Wie kam sie am besten dorthin? »Ich kann weder meine Gestalt verändern noch mich irgendwohin versetzen«, sagte sie zu den Essa. »Aber fliegen wohl. Könnt ihr mich tarnen?«

»Ja«, sagten die Essa. »Eine Weile schon.« Mehrere flatterten davon, um die Zustimmung des Mortikons einzuholen.

»Er ist bereit uns zu helfen!«, berichteten sie gleich darauf. Aus der Tiefe kam ein lautes Zischen und gleich darauf ein mächtiger Windstoß.

Der Atem des Mortikons erfasste Rachel und die Essa und trug sie in die oberste Region. Mit Macht pustete der Mortikon sie aus. Über sich sah Rachel den fahlgrauen Himmel.

Von den Essa perfekt getarnt, flog sie in Richtung Norden, wo Thûn lag.

Sie erreichte die Sturmwirbel, die sich – wie gewohnt – drehten, damit die Griddas keinen Verdacht schöpften. Am Rand des Prackmeers sah sie weit unter sich Fische im Eis, die zu ihr emporspähten.

Schließlich reichte der Atem des Mortikons nicht mehr aus sie weiterzutragen und Rachel rief ihre Flugzauber auf. Umgeben von den Essa stieg sie in große Höhen auf, wo kein Blick sie erreichen konnte.

Als sie die Wolken über den weiten Schneeebenen vor Thûn erreichte, tauchten die ersten Griddas auf. Der

Wind hatte sich gedreht, sodass Rachel mit den Essa nun in die entgegengesetzte Richtung flog wie der Schnee.
»So entdecken sie uns! Wir können nicht weiterfliegen!«, warnten die Essa.
»Aber wir sind noch so weit weg von Thûn. Wir müssen näher an die Stadt heran!«
»Die Tunnels ...« Die Essa brachen ab. Rachel spürte, wie sie schauderten. »Runter! Schnell, runter!«, riefen sie. Wie fallender Schnee schwebten sie mit Rachel zu Boden. Die Essa selbst waren schon des Öfteren in die Tunnels der Huraks vorgedrungen. Aber sie waren klein und unauffällig, Rachel dagegen viel zu groß, als dass sie sie vor den blauen Katzen hätten verstecken können, deren Atem sie im Nu einschläfern würde.
Widerstrebend erzählten sie ihr von den Huraktunnels, von denen einige direkt nach Thûn führten.
»Gibt es denn keine andere Möglichkeit?«, fragte Rachel, als sie die Essa vor Furcht zittern sah.
»Nein, aber wir begleiten dich«, sagten sie ohne Zögern.
Rachel war gerührt. Am liebsten hätte sie die kleinen Wesen gestreichelt, doch sie fürchtete, eine noch so sanfte Berührung könnte sie verletzen.
Ihre Informationszauber drangen unter den Schnee und entdeckten einen Tunnel dicht unter der Oberfläche.
»Haltet euch nah bei mir«, flüsterte sie den Essa zu, dann tauchte sie in den Schnee und durchdrang mit Hilfe ihrer Magie das Felsgestein darunter.
Als der erste Lichtstrahl ihre Augen traf, wich sie erschrocken zurück. Der ganze Tunnel war von intensivem blauem Licht erfüllt.
»Warum ist es hier so hell?«, fragte sie.

»Weil die Griddas das Licht scheuen«, erklärten die Essa. In kleinen Gruppen flogen sie Rachel voraus, um mögliche Gefahren sofort ausmachen zu können.
»Das sollt ihr nicht«, protestierte Rachel. »Bleibt hinter mir. Ich kann doch meine Zauber einsetzen.«
Ein paar unentwegte Essa ließen sich auf ihrer Stirn nieder, den Blick auf den Tunnel vor ihr gerichtet. Die übrigen bildeten einen Schutzschild hinter ihr oder ließen sich auf ihren Armen nieder, um die Seitengänge im Auge zu behalten.
Rachel rief einen Zauber auf, der das Geräusch ihrer Schritte dämpfte. Dann machte sie sich auf den Weg.
Sie versuchte sich nach Norden hin zu orientieren, aber die Tunnels verliefen nie lange in eine Richtung. Überall auf dem Weg befanden sich Gruben und tückische Fallen. Immer wieder musste Rachel an stockdunklen Nischen vorbei, in denen die Huraks den Griddas aufzulauern pflegten.
Ihre Informationszauber eilten in alle Richtungen und meldeten jegliche Gefahr. Erstaunlicherweise ließ sich keine einzige blaue Katze sehen.
Ganz vorsichtig kroch Rachel durch niedrige Tunnelbereiche. Wenn der Durchgang höher wurde und sie den Verlauf des Tunnels ein Stück weit überblicken konnte, flog sie.
Je näher sie der Stadt kamen, desto mehr wunderten sich die Essa. Wo blieben die Huraks? Dass sie ihre Tunnel unbewacht zurückließen, war höchst ungewöhnlich.
Eine Gruppe Essa flog durch einen Verbindungstunnel zu den unterirdischen Behausungen der Griddas.
»Leer! Alles leer!«, riefen sie, als sie wiederkamen. »Keine einzige Gridda!«

Sie ließen die Huraktunnels hinter sich und gelangten nun in den Bereich, in dem die Gridda lebten. Hier waren die Tunnel größer und es gab geräumige Höhlen. Doch nirgends war eine Gridda zu sehen.
Rachel durchflog mehrere Höhlen und entdeckte überall Spuren: Kratzspuren von unzähligen Klauen, die allesamt in eine Richtung führten.
»Horch«, sagten die Essa. Rachel hörte nichts. »Die Fallen«, erklärten die Essa. »Eigentlich müssten sie zu hören sein. Sie machen ständig Geräusche, wenn sie Tiere als Nahrung für die kleinen Griddas fangen. Was mag die Stille bedeuten?«
Rachel sandte ihre Informationszauber aus. Weder in den Tunnels noch in irgendeiner Höhle im weiten Umkreis entdeckten sie auch nur ein einziges Lebewesen.
»Die Tiere sind auch alle weg«, sagte sie. »Da ist nichts, überhaupt nichts.«
»Die meisten Tiere in den Tunnels haben weder Flügel noch Beine«, sagten die Essa. »Wie können sie also weg sein?«
»Wohin führen die Kratzspuren?«
»In die Tiefe«, sagten die Essa. »Hinab zur unterirdischen Prüfkammer von Thûn. Dort ist Yemi!«
»Haltet euch an mir fest!«
»Was hast du vor?«
»Vertraut mir!«
Mit ihren winzigen Füßchen klammerten sich die Essa an Rachels Overall und an ihre Haare. Rachels Augen leuchteten intensiv blau auf: Sie überließ sich ganz der Führung ihrer Flugzauber und folgte den Griddaspuren in die Tiefe.

19

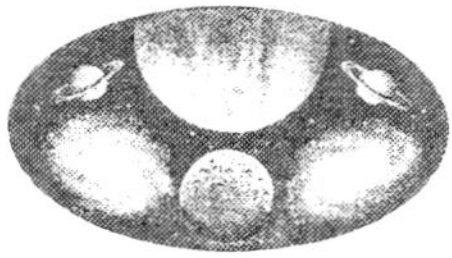

Pläne

Während Gultrathaca auf Erics Entscheidung wartete, suchte sie Jarius auf, die nun endgültig in Ungnade gefallen und aus der Meute ausgeschlossen war.

Nach der Begegnung mit Yemi in der Prüfkammer hatte sie sich so merkwürdig verhalten, dass Gultrathaca zunächst vermutete, der Junge könnte sie mit einer menschentypischen Krankheit angesteckt haben. In Wirklichkeit aber hatte Jarius sich noch nie besser gefühlt. Zuvor hatten sie beständig Ängste gequält, nun aber hatte sie an Selbstsicherheit gewonnen und zu Gultrathacas Ärger die Griddas, die sie wegführten, überzeugen wollen, der Kampf gegen die Zauberer müsse unbedingt beendet werden. Zu allem Überfluss hatten ihr die Bewacherinnen auch noch zugehört.

Als Gultrathaca die Zelle betrat, in der Jarius gefangen gehalten wurde, trat diese ihr selbstbewusst wie noch nie entgegen.

»Sei gegrüßt, Schwester«, sagte sie.

»Ich bin nicht mehr deine Schwester«, beschied ihr Gultrathaca barsch. Nervös umkreiste sie Jarius. Allein die Tatsache, dass sie noch am Leben war, bedeutete für sie eine Niederlage. Gultrathaca hatte wohl versucht Jarius zu töten, aber es war nicht gelungen, denn sie stand nun, genau wie Fola, unter Yemis Schutz und er verhinderte selbst aus der Entfernung, dass ihr ein Leid geschah.

Bekümmert schüttelte Jarius den Kopf. »Die mächtige Gultrathaca! Wie ich sehe, kannst du es kaum ertragen, mich vor dir zu sehen. Und noch weniger, dass ich von einem kleinen Jungen beschützt werde, dessen Fröhlichkeit du nicht im Geringsten trüben konntest. Aber du musst das anders sehen, Schwester: Ich bin nicht deine Feindin.«

»Oh doch, das bist du!«

»Nein. Du brauchst nur einmal hinzuhören, was die Bewacherinnen untereinander reden. Wir Griddas hätten uns zu stark vermerkt, sagen sie. Die Tunnels quellen über. Überall kommt es zu Zank zu Streit, weil die Meuten um den wenigen Platz konkurrieren. Ein unmöglicher Zustand! Die Kleinen sind außer Rand und Band, sie fliegen in den Tunnels umher und verhöhnen die erwachsenen Griddas. Was geschieht, wenn du dem Ganzen nicht mehr Herr wirst, Gultrathaca?«

Gultrathaca lächelte. »Lass das meine Sorge sein. Ich habe nach wie vor alles im Griff.«

»Wirklich? Du hast dich doch selbst kaum im Griff. Ich weiß genau, wie es um dich steht, Gultrathaca. Du willst kämpfen und Blut fließen sehen, weil du so lange untätig warst. Das und nichts anderes ist die Triebfeder deines Handelns, deshalb suchst du die Konfrontation mit den Zauberern und den Kindern. Ich kann dich gut verstehen, denn bis vor kurzem habe ich genauso empfunden. Schließlich haben die Hexen uns eingebläut so zu denken. Aber wir können uns dem entziehen. Von Yemi weiß ich, dass man auch anders leben kann.«

»Schluss mit dem Geschwafel!«, herrschte Gultrathaca sie an. »Miss dich lieber im Zweikampf mit mir ohne die Hilfe des Jungen! Ich schicke die Bewacherinnen weg.«
»Du *willst* mich offenbar nicht verstehen«, sagte Jarius. »Wirklich, du solltest nicht ständig an den Kampf denken – du gegen mich, die Meuten gegen Yemi, die Griddas gegen die Kinder . . . Mach die Augen auf und sieh dich um! Es geht längst nicht mehr um den Kampf der Griddas gegen die Zauberer. Bald wird sich die schwelende Wut von Ool gegen dich richten. Der Mortikon ist unruhiger denn je. Die Essa sind in die Stadt vorgedrungen und die Huraks bedrohen unsere Wohntunnels. Ich rate dir Rachel zu suchen, solange noch Zeit ist. Du solltest alles daran setzen, sie zu finden.«
»Rachel ist tot.«
»Nein, Schwester, sie lebt.«
Gultrathaca versuchte ihr Erschrecken zu verbergen.
»Yemi weiß mehr als deine Späherinnen«, sagte Jarius. »Such Rachel. Lass sie frei und such die Verständigung mit den Erdenkindern und den Zauberern, denn sie wollen keinen Kampf. Eine andere Möglichkeit hast du nicht.«
»Eher würde ich sterben«, zischte Gultrathaca.
»Ich weiß. Das ist ja das Schlimme.«
»Du irrst dich, Jarius.« Gultrathaca trat näher. »Schlimm ist allein, dass du offenbar vergessen hast, wie ruhmreich der Kampf ist. Ich habe bereits ein Griddaheer losgeschickt, es ist auf dem Weg zur Erde und wird dort jegliches Leben vernichten.«
»Selbst wenn dies gelingt, wie soll es dann für die Griddas weitergehen? Willst du sie auf die nächsten und über-

nächsten Feinde ansetzen, damit das Töten niemals ein Ende nimmt? Ist das die Zukunft, die du deinen Griddas bieten willst?«

»Eine Gridda wünscht sich nichts sehnlicher als ein von Kampf erfülltes Leben«, antwortete Gultrathaca. »Eine größere Ehre gibt es für sie nicht. Früher einmal war dir das bewusst.«

»Und du glaubst, dass die Zauberer das zulassen? Niemals! Wenn du nicht umdenkst, schickst du all deine Griddas ins Verderben – hast du dir das je klargemacht? Mit welchem Recht entscheidest du über sie?«

Gultrathaca starrte Jarius an. Ihr stand die Sorge um die Zukunft ins Gesicht geschrieben. Diesen Ausdruck kannte sie von Fola, Rachel und den anderen Erdenkindern und er war ihr von Herzen zuwider.

»Selbst wenn wir alle umkommen sollten, werden wir zuvor noch einen großen Triumph erleben«, sagte sie zu Jarius. »Wen kümmert es schon, was danach kommt? Warum sollten wir uns Gedanken um die Zukunft machen?«

»Was du da sagst, kommt nicht aus dir selbst. Die Hexen haben uns das weisgemacht. Du plapperst lediglich nach, was sie uns gelehrt haben.«

»Sie haben uns das Richtige gelehrt!« Gultrathaca wandte sich zum Gehen, aber Jarius hielt sie zurück. »Bitte, lass nicht zu, dass die Meuten die Erde angreifen, sonst kommt es zu einer entsetzlichen Katastrophe.«

»Entsetzlich! Was redest du da? Du tust mir Leid, Jarius, wirklich! Was ist nur mit dir geschehen, wo ist deine Angriffslust geblieben, wo die Vorfreude auf den Kampf? Nicht nur ich will den Kampf, sondern wir alle! Was die

Kleinen angeht, hast du allerdings Recht: Sie sind unberechenbar geworden. Ich muss sie auf irgendeine Weise beschäftigen, und genau das habe ich vor: Ich liefere ihnen die Zauberer aus und überlasse ihnen Orin Fen.«

»Orin Fen wirst du nicht finden. Auch den Hexen ist das nicht gelungen.«

»Kein Wunder, die Hexen hatten Eric nicht.«

Endlich! Gultrathaca sah, wie es in Jarius' Gesicht zuckte und ihre selbstsichere Fassade zusammenbrach.

Eric lag auf seinem Bett und dachte nach.

Seine Zelle war inzwischen fast schon gemütlich. Gultrathaca hatte für bequeme Sessel und warme Decken gesorgt. Wahrscheinlich hätte er auch noch ein Kuscheltier von ihr bekommen, wenn er den Wunsch geäußert hatte. Für die neue Liege hatte sie ihm Bettzeug gegeben, der Kopfkissenbezug hatte sogar Rüschen. Er konnte es kaum fassen: Glaubte Gultrathaca tatsächlich, sie könnte ihn mit einem Rüschenkissen für sich gewinnen?

Nun, ihm sollte es recht sein, bedeutete es doch, dass er mit seinem Plan eine Chance hatte.

Seine Hände ruhten auf dem Gefieder der Prapsys. Die beiden hatten Miniaturkissen bekommen, auf die sie sogleich ihre Köpfchen gebettet hatten. Zu Hause hätten sie vermutlich sofort um die Kissen zu zanken begonnen, nun aber schienen sie sich kaum dafür zu interessieren – sie wollten einzig und allein in Erics Nähe sein.

Sie waren noch anhänglicher geworden als früher. Wenn Eric aufstand und die Glieder streckte, taten sie es ihm sofort nach. Ging er in der Zelle auf und ab, folgten sie

ihm getreulich. Wenn er sich dann wieder aufs Bett legte so wie jetzt, legten sie sich mäuschenstill daneben, ohne die blauen Augen von ihm zu wenden.
»Fühlt ihr euch wohl, Jungs?«, fragte Eric.
»Ja, Eric«, sagte das eine. »Aber du nicht. Du hast was, stimmt's?«
»Nein, alles in Ordnung.«
»Das glauben wir dir nicht . . .«
»Seid jetzt still, ihr beiden«, murmelte Eric und die Prapsys hielten den Mund.
»Brauchst du vielleicht was, Eric?«, begann das eine nach einer Weile wieder.
»Ich brauche nur euch. Ruht euch jetzt ein bisschen aus. Und denkt daran, was ich gesagt habe. Oder habt ihr mir nicht zugehört?«
Die Prapsys schwiegen. »Doch, Eric«, sagte das eine schließlich. »Wir tun, was du willst.«
»Wir würden alles für dich tun!«, sagte das andere.
»Das weiß ich, Jungs«, sagte Eric mit belegter Stimme. Zugleich dachte er mit Grauen an das, was er ihnen demnächst abfordern musste.
Während er seinen Plan noch einmal Revue passieren ließ, kraulte er den Prapsys unentwegt das Gefieder. Plötzlich befiel ihn die nackte Angst. Er versuchte sie abzuschütteln und stattdessen daran zu denken, wie sehr er die Griddas hasste.
Sicherheitshalber forschte er noch einmal nach dem fernen Planeten. Da war er: groß und geheimnisvoll. Beherbergte er tatsächlich eine Gefängniswelt voller Griddas, wie Gultrathaca behauptete? Möglich wäre es. Eric fing Signale auf, die ihn irgendwie an die Griddas, aber auch

an die Hexen erinnerten. Auf Zauberer dagegen deutete nichts hin.

Der Plan – er durfte den Plan nicht vergessen! Zum x-ten Mal ging Eric in Gedanken alle Schritte durch.

Unter der Stadt Thûn lebten Griddas, ebenso unter den zwei anderen großen Städten von Ool. Über Letztere wusste Eric so gut wie nichts, doch dass es sehr viele waren, hatte er mühelos in Erfahrung gebracht. Gultrathaca glaubte ihre Griddas in Sicherheit, wenn sie sich nur weit weg von Eric aufhielten. Als sie ihn aus großer Entfernung in der Zelle angegriffen hatten, hatte er ihre Zauber immer erst im letzten Moment abgewehrt. Seine Reichweite war jedoch enorm, das wusste er inzwischen. Jede einzelne Gridda auf Ool könnte er mit seinen antimagischen Fähigkeiten erreichen; während er hier auf dem Bett lag, hätte er ihre magischen Kräfte vernichten können.

Aber Eric plante nicht nur die Griddas von Ool zu vernichten, sondern auch jene, die sich auf dem Gefängnisplaneten befanden. Er wollte Gultrathaca überreden möglichst alle Griddas mitzunehmen, wenn sie sich auf den Weg machten, sodass sich, wenn sie dem Planeten nahe genug waren, sämtliche Griddas in seiner Reichweite befanden.

Eric war bewusst, wie ungeheuerlich sein Vorhaben war. Aber blieb ihm denn eine andere Möglichkeit? Larpskendya hatte gesagt, dass mehr denn je von ihm abhängen würde. Und wer außer ihm konnte mit den grässlichen Griddas fertig werden? Niemand. Die Essa waren nicht wiedergekommen. Serpantha war irgendwo auf Ool eingekerkert und sein Leben hing an einem seidenen

Faden. Und Rachel – Eric spürte, dass sie sich auf Thûn zubewegte, und keiner kannte ihre phantastischen Fähigkeiten besser als er –, doch dass sie es mit einer Welt voller Griddas aufnehmen könnte, bezweifelte selbst er. Eric musste handeln, bevor sie womöglich bei dem Versuch, ihn zu retten, umkam.

Niemand außer mir kann es tun, sagte er sich. Ich muss. Es bleibt mir nichts anderes übrig.

Am meisten quälte ihn der Gedanke, dass er die Prapsys nirgendwo in Sicherheit bringen konnte.

Eric hatte den beiden wohlweislich kein Wort von seinem Plan gesagt. Sie waren stets an seiner Seite – er wusste es, ohne hinzusehen – und behielten ständig die Zellentür im Auge. Schon so oft hatte ihre Wachsamkeit ihn vor Schlimmem bewahrt. Und ebenso oft hatte ihr grenzenloses Vertrauen ihm neuen Mut gegeben.

»Es lässt sich nicht ändern«, sagte er mit Tränen in den Augen. »Ich muss es tun.« Unabsichtlich hatte er die Worte laut gesagt. Die Prapsys guckten ihn mit großen Augen an.

»Was musst du tun, Eric? Sag's uns.«

»Das kann ich euch nicht sagen.«

»Bitte, Eric!«

»Nein, unmöglich!« Er hielt es nicht länger auf dem Bett aus und sprang auf. »Ich bin so weit!«, rief er laut. »Ich hab mich entschieden! Sagt Gultrathaca, dass ich sie sprechen will!«

Gultrathaca betrat die Zelle, freundlich wie zuvor.

»Wir haben Rachel bisher nicht finden . . .«, begann sie entschuldigend.

Eric schnitt ihr das Wort ab. »Ich halte es hier nicht mehr

aus. Ich verlasse mich darauf, dass du dein Versprechen hältst . . . Wenn wir diese Gefängniswelt suchen wollen, dann jetzt!«
»Die Griddas sind bereit«, meinte Gultrathaca. »Du stehst unter meinem persönlichen Schutz. Dir wird nichts geschehen, das versichere ich dir.«
Eric sah sie nicht an. »Hoffentlich hast du ein großes Heer zusammengestellt.«
»Fast alle Griddas kommen mit. Wie weit, glaubst du, ist es?«
»*Sehr* weit!«
Gultrathaca nickte. »Du hast die richtige Entscheidung getroffen, Eric.«
»So ist es«, bestätigte Eric.
Vor Erregung zitternd, verließ Gultrathaca die Zelle. Es sah ganz so aus, als hätte sie gewonnen!
Rasch wies sie die Meutenführerinnen an alles zum Aufbruch vorzubereiten. Dann zog sie sich für eine Weile in ihren Wohntunnel zurück, um in Ruhe nachzudenken.
Ein Griddaheer hatte sie bereits ausgesandt: Es war auf dem Weg zur Erde. Die Griddas sollten die Kinder bedrohen und auf diese Weise zumindest einige der Zauberer auf den Plan rufen.
Würde es ihr gelingen, die übrigen Meuten unter Kontrolle zu halten? Würden sie ihr bereitwillig den ganzen weiten Weg nach Orin Fen folgen?
Während sich die Griddas sammelten, wollte Gultrathaca ein letztes Mal Yemi in der Prüfkammer aufsuchen. Auf dem Weg dorthin musste sie sich an unzähligen Tieren vorbeidrängen. Von Anfang an hatte Yemi sie angezogen; inzwischen waren so viele zu ihm unterwegs,

dass sie die Tunnels regelrecht verstopften. Zu Gultrathacas Erstaunen waren auch viele Huraks unter ihnen; offenbar hatten sich sämtliche blaue Katzen aus der weiteren Umgebung hier eingefunden.

In der Kammer traf Gultrathaca mehrere dutzend völlig erschöpfte Bewacherinnen an. Yemi festzuhalten war harte Arbeit, die keine Gridda länger als ein paar Stunden leisten konnte. Immer wieder durchbrach er selbst die raffiniertesten Zauber.

Müde schleppten die Bewacherinnen sich zur Tür. Yemi trippelte neben ihnen her und plapperte vergnügt. Als er Gultrathaca erblickte, lächelte er sie an, arglos wie immer. Dieses ewige Lächeln trieb sie noch zum Wahnsinn! Gultrathaca verabscheute es aus ganzem Herzen.

»Sere«, sagte Yemi.

»Nein«, antwortete sie. »Heute wird nicht gespielt.« Er ist mir in allem überlegen, selbst bei seinen Spielen, dachte sie. Mit nichts, aber auch gar nichts komme ich ihm bei.

Yemi rief einen Hurak herbei. Er schwang sich auf den Rücken der Katze und packte deren Ohren wie eine Lenkstange. Lammfromm ließ sich das mächtige Tier diese Behandlung gefallen.

Gultrathaca hasste Yemi abgrundtief und zugleich hatte sie Angst vor ihm. Sie musterte den zartgliedrigen Jungen. Zu gern hätte sie sich auf ihn gestürzt – wären da nicht die Huraks gewesen, die ihn mit Sicherheit sofort verteidigt hätten. Außerdem, so machte sie sich bewusst, hatte er gewiss einen Zauber dagegen parat. Und seine Zauber hatten ihn noch nie im Stich gelassen.

Mittlerweile hatte Gultrathaca die Hoffnung fast aufgegeben, Yemi für ihre Zwecke gewinnen zu können. Es war nur noch eine Frage der Zeit, bis er es schaffte, zu entkommen und auf die Erde zurückzukehren. Dann würde es nicht mehr lange dauern, bis die Kinder oder die Zauberer eine Möglichkeit fanden, sich seine unermesslichen Fähigkeiten zunutze zu machen.

So weit darf es auf keinen Fall kommen, beschloss Gultrathaca. Ihr blieb nur eines übrig: Sie musste ihn unschädlich machen.

Ob sie das schaffen konnte? Die Prüfkammer bot Möglichkeiten in Hülle und Fülle; wenn sie diese mit einem Angriff ihrer erfahrensten Griddas kombinierte, müsste es gelingen. Nach all dem, was sie bislang über Yemi herausbekommen hatte, dürfte er es nicht überleben, wenn viele Griddas zugleich ihn angriffen. Sie hatte den Meuten bereits einen Vorteil verschafft, indem sie Yemi die Fähigkeit zum Ortswechsel genommen hatte; dabei hatte sie sich seines Kontakts mit Jarius bedient. Ob der Junge es bereits gemerkt hatte? Wahrscheinlich nicht. Aber lange würde es nicht mehr dauern.

Vor der Kammer warteten bereits neue Bewacherinnen. Fola hielt sich wie üblich in der Nähe ihres Brüderchens auf. Sie nahm Yemi hoch. »Warum lässt du uns nicht gehen?«, sagte sie zu Gultrathaca. »Ich wollte, Yemi würde dir etwas antun. Ich habe ihm gesagt, was für ein Ungeheuer du bist, aber er versteht es nicht.«

»Bald wird er es verstehen«, höhnte Gultrathaca.

»Was willst du damit sagen?«

Fola warf Yemi einen Blick zu. Sein gewohntes Lächeln war verblasst. Mit raschen Gebärden teilte er seinen Tieren etwas mit, die ihn daraufhin umringten.

Hoch zufrieden blickte Gultrathaca Yemi an. Bald würde ihm das Lächeln endgültig vergangen sein.

Am Nachmittag hatten sich sämtliche Meuten versammelt. Als die Griddas zu Millionen aufstiegen, färbte sich der Himmel über Tamretis und Gaffilex orangebraun.
Um die Meuten von Thûn aufsteigen zu sehen, flog Gultrathaca zu Heebras Augenturm empor.
Der Anblick der Junggriddas erfüllte sie mit tiefer Genugtuung. Nun, da sie ins All hinausdurften und dem Abenteuer mit Spannung, aber auch ein wenig Angst entgegensahen, hielten sie sich gehorsam in der Nähe der älteren Griddas und führten sich endlich wieder diszipliniert auf.
Triumphierend hob Gultrathaca ihre Klauen. Eine vorbeifliegende Meute jubelte ihr zu, weitere stimmten ein. Vergessen war jeder Zweifel an ihrer Herrschaft; tief verneigten sich die Meutenführerinnen vor ihr, bevor sie Ool verließen. Gultrathaca würde nachkommen, wenn auch nicht sofort. Erst war noch etwas zu erledigen ...
Sie bahnte sich einen Weg durch die Menge der Tiere im Tunnel, der zur Prüfkammer führte. Beim Eintreten sah sie, dass das Lächeln von Yemis Gesicht verschwunden war.
Mittlerweile hatten tausende Griddas auf ihren Befehl hin die Kammer umstellt.
»Sobald die Meuten aufgebrochen sind«, hatte Gridda ihnen gesagt, »könnt ihr anfangen.«

20

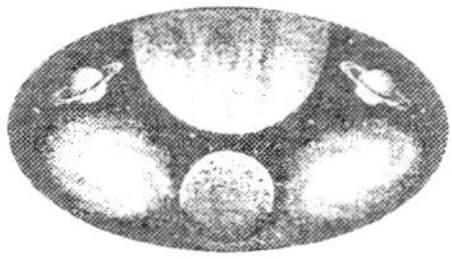

Freiheit

So schnell wie nur irgend möglich durchquerte Rachel die Griddatunnels unter der Stadt Thûn.

Manche waren so schmal und niedrig, dass sie Mühe hatte, durchzukommen. Andere wiederum, die den Meutenführerinnen als Unterkunft dienten, glichen Höhlen. Leer waren sie alle. Rachel spürte ganz deutlich, dass in der Stadt über ihr etwas Ungewöhnliches vorging, etwas, über das sie schleunigst mehr in Erfahrung bringen musste.

Über einer Öffnung im Boden eines Tunnels hielt sie inne.

»Komm«, sagten die Essa. »Yemi ist weiter weg.«

»Moment mal.« Rachel kniete sich hin. Sie hatte einen vertrauten Geruch wahrgenommen, ganz schwach nur, aber unverkennbar.

»Serpantha«, flüsterte sie.

Die Essa wurden still. Als Serpantha vor Wochen am Himmel von Ool aufgetaucht war, wollten sie sich vom Wind zu ihm hintragen lassen, doch sie hatten sich ihm noch nicht genähert, da war er auch schon wieder verschwunden.

Über Rachels Schulter lugten sie in das Dunkel.

»Ich weiß, dass Yemi uns braucht«, sagte Rachel zu ih-

nen. »Aber ich kann Serpantha nicht einfach hier lassen. Wir müssen zu ihm.«
Die Essa berieten sich rasch, dann flatterte eine kleine Gruppe ein Stück hinab »Er ist nicht allein«, meldeten sie. »Es sind Griddas bei ihm.«
»Ich weiß.« Rachel spähte hinab. Das Loch war offenbar enorm tief. Feuchte Luft schlug ihr entgegen.
»Die Brutkammern«, sagten die Essa. »So riecht es dort, wo die kleinen Griddas zur Welt kommen und aufgezogen werden. Warum ist Serpantha ausgerechnet bei ihnen?«
»Das werden wir gleich wissen«, sagte Rachel. »Wir müssen da runter.« Nach einem prüfenden Blick in die Tiefe entschied sie: »Am besten mit den Füßen voran.«
Ganz langsam ließ sie sich mit den Essa, die sich auf ihre Schuhe gekauert hatten, hinabgleiten. Lange schwebte sie abwärts, dann endlich spürte sie festen Boden unter den Füßen.
Vor ihr lag der Bereich der Brutkammern.
Rachel nahm all ihren Mut zusammen und schritt darauf zu.
Sie hatte erwartet tausende und abertausende junger Griddas vorzufinden, doch es waren nur wenige. Ein paar bissen sich gerade durch die Eischalen, andere tapsten unsicher über den rutschigen Boden und starrten sie neugierig an. In einer Ecke schien eine Gruppe mit einer Art Spielzeug beschäftigt.
Nein, das ist kein Spielzeug, wurde Rachel plötzlich klar.
»Lasst ihn sofort in Ruhe!«, schrie Rachel zornig. Zwar verstanden die kleinen Griddas sie nicht, aber sie spürten

deutlich ihre Wut und zogen sich in einen Nebengang zurück.
Nun waren Rachel und die Essa allein mit Serpantha.
Der Mund des Zauberers war mit Zauberfaden verschlossen. Ganz vorsichtig löste Rachel ihn mit Hilfe der Essa.
Er lebt!, dachte Rachel. Ein Glück!
Aufgeregt umschwirrten die Essa den Zauberer.
Von dem Strahlen aus Serpanthas Innerem, das stets seine Züge erhellt hatte, war kaum etwas übrig. Sein Gesicht wirkte wie versteinert. Serpantha hatte die Augen geschlossen; seine Hände waren verkrampft.
Rachel überlegte, ob sie es wagen konnte, ihn aufzurichten. Sie legte das Ohr an seine Brust. Serpanthas Herz schlug langsam und unregelmäßig, aber es schlug! Und da war noch etwas – Rachel spürte deutlich, dass seine Zauber wieder Hoffnung schöpften.
Nun gab es für die Essa kein Halten mehr. Sie flatterten in Serpanthas Mund und machten sich mit unendlicher Vorsicht ans Werk, wobei sie sich von seinen Zaubern leiten ließen. Schließlich tauchten sie wieder auf. »Jetzt kannst du ihn aufrichten«, sagten sie zu Rachel. »Aber ganz behutsam!«
Serpanthas aquamarinblaues Gewand war über und über schmutzig. Rachel schob ihren linken Arm unter seine Schulter und hob ihn etwas an. Mit Staunen stellte sie fest, wie leicht der Zauberer war – er schien so gut wie nichts zu wiegen. Offenbar hatte allein seine unbezwingbare Magie ihn am Leben gehalten.
Rachel fragte sich, wie sie Serpantha von hier wegbringen sollte. Sie wagte es kaum, etwas anderes zu tun, als

ihn tröstend im Arm zu halten. Schließlich fasste sie sich ein Herz, zog ihn ein Stück hoch und schlang den Arm um seine Schultern.

»Du brauchst deine beiden Arme«, sagten die Essa. »Wir tragen ihn. Bitte, erlaube es!«

Rachel willigte ein, doch plötzlich wurden die Essa ganz aufgeregt und flatterten wild durcheinander: »Was passiert da?«, riefen sie.

Noch nie im Leben hatte Rachel etwas Ähnliches gespürt: Zauber, tausende von Zaubern, sie waren überall und es wurden immer mehr. Das konnte kein Zweikampf zwischen Griddas sein und auch kein Kampf zwischen Meuten. Zu Tode erschrocken, erkannte Rachel, dass all die vielen Zauber gegen ein einziges Wesen gerichtet waren: Yemi.

Sie spürte genau, dass selbst seine großartige Magie einem solchen Ansturm nicht lange standhalten konnte.

Schnell fasste sie Serpantha an den Schultern und flog mit ihm empor. Um Yemi zu finden, brauchte sie ihre Zauberkraft nicht: Die Kampfschreie der Griddas wiesen ihr den Weg. Sie kamen von oben; Yemi hatte offenbar fliehen können.

»Haltet euch gut fest!«, rief Rachel den Essa zu.

Ihre Flugzauber gaben ihr Bestes. Auf dem Weg durch die vielfach gewundenen Tunnels sah sie Griddas, die ebenfalls der Oberfläche zustrebten. Im oberen Bereich drängten sich so viele, dass Rachel selbst mit Hilfe ihrer Magie nicht mehr durchkam. Sie wurde langsamer – schon hatten einige Griddas sie wahrgenommen und drehten sich um.

»Versuch nicht an ihnen vorbeizufliegen«, rieten ihre In-

formationszauber. »Der schnellste Weg führt nicht durch die Tunnels.«
»Wie soll ich dann nach oben kommen?«
»Durchs Gestein.«
Der Fels über Rachel war hart, doch ihre Zauber fanden einen Weg hindurch. Sie durchstieß den Stein.
Die Essa sahen die Griddas zuerst und formierten sich zu einer Art Schild vor ihr.
Auf einmal hörte Rachel eine menschliche Stimme: leise und wie erstickt – Yemi.
Sie konnte ihn nicht sehen, aber sie wusste genau, wo er war: hoch droben am metallgrauen Himmel. Die Griddas hatte ihn eingekreist und attackierten ihn erbarmungslos mit ihren Zaubern.
Wütendes Gekreische drang an Rachels Ohr. Sie blickte sich um und sah, dass sämtliche Tunnelausgänge von großen katzenähnlichen Tieren bewacht wurden: den Huraks. Sobald eine Gridda den Tunnel verlassen wollte, wurde sie von den blauen Katzen zurückgedrängt.
Rachel sah genauer hin und merkte, dass nicht nur die Huraks Yemi zu Hilfe gekommen waren. Ihnen zur Seite standen die Nager, Grabtiere und Insekten, die sich in die Klauenfüße der Griddas verbissen.
All dies hielt die Griddas nicht davon ab, Yemi weiter zuzusetzen. Während die Essa sich bereits an ihre Kiefer klammerten, schleuderten sie ohne Unterlass ihre Zauber auf ihn.
Rachel flog auf sie zu. Kaum hatten die Griddas sie erblickt, lösten sich zwei Meuten – über hundert Griddas – von der Gruppe um Yemi. Die Essa handelten sofort: Sie nahmen Rachel Serpantha ab und trugen ihn davon.

Rachel verlor keine Zeit. Sie sauste auf die Griddas zu. Mit allem, was sie an Magie aufzubieten hatte, schlug sie zu. Zwar gelang es ihr nicht, zu Yemi vorzudringen, aber immerhin hatte ihr plötzlicher Angriff für Verwirrung gesorgt.

Yemi nutzte die Gelegenheit und befreite sich.

Triumphierend stieg er aus dem Kreis der Griddas empor.

Rachels Herz machte einen Freudensprung, als sie erst seinen Kopf, dann sein leuchtend orangefarbenes T-Shirt und schließlich die blauen Shorts auftauchen sah. Mit einer Hand wehrte er mehrere Junggriddas ab, mit der anderen hielt er Fola fest.

Schon nahmen die ersten Griddas die Verfolgung auf und versuchten ihn von seiner Schwester zu trennen.

Erst hatte Rachel den Eindruck, dass Yemi entkommen würde. Dann aber meldeten ihre Informationszauber, dass er kaum noch Kraft hatte. Der Ansturm der vielen Griddas hatte ihn geschwächt.

»Versetz dich weg von hier!«, rief Rachel ihm zu. Im gleichen Moment begriff sie: Wenn er sich an einen anderen Ort versetzen könnte, hätte er es längst getan. »Komm zu mir, schnell!«, schrie sie.

Yemi hörte Rachel, obwohl die Griddas um ihn herum einen Höllenlärm machten. Er sah sie an und im gleichen Augenblick nahm sie neue Zauber wahr – Schutzzauber, die Yemi zu ihr sandte. Er schien zu glauben, sie wäre in Gefahr, und wollte ihr helfen. Für sie mobilisierte er seine letzten Kräfte!

»Nein, Yemi! Nein!«, schrie Rachel. »Hör auf!«

Sie kam immer näher an die Griddas heran. Das verwirr-

te Yemi. Warum flog sie nicht weg? Er hielt Rachel auf Abstand und sandte weiter seine Schutzzauber aus.
»Tu's nicht, Yemi!«, jammerte Rachel. Eine Griddameute feuerte eine Garbe kombinierter Zauber auf sie ab. Nur dank Yemis Hilfe trotzte sie dem Angriff.
Da er kaum noch Kraft hatte, musste er entscheiden, ob er Rachel oder Fola schützen wollte. Unmöglich – eine solche Entscheidung konnte er nicht treffen.
Er geriet ins Wanken und sein Widerstand erlahmte.
Unter lautem Triumphgeschrei zerrten seine Widersacherinnen ihn mit sich. Zwei junge Griddas ergriffen die Gelegenheit: Sie packten Fola und rissen sie mit sich zu Boden.
Yemi schrie – seine Stimme klang schwach und verloren. Ungläubig starrte er die Hand an, mit der er Fola festgehalten hatte. Indem er den Schutzschild um Rachel mühsam aufrechterhielt, flog er auf die Griddas am Boden zu, die Fola mittlerweile umringten. Die Huraks versuchten zu ihm durchzudringen, aber es gelang nicht. Rachel wurde von den Griddas zurückgehalten. Am Horizont waren die erschöpften Essa, die Serpantha trugen, schon fast von einer Gruppe Junggriddas eingeholt worden.
In diesem Augenblick tauchte Yemi wieder auf. Mit Fola an der Hand stieg er in die Lüfte empor. Vergeblich haschten die Griddas nach seinen Beinen.
Seine Schwester zu befreien hatte ihm die letzte Energie abgefordert. Ein einziger Angriff noch und es wäre um ihn geschehen. Der Angriff kam und gleichzeitig brach der Schutzschild um Rachel zusammen. Unglücklich sah Yemi sie an und flüsterte eine Entschuldigung.

Plötzlich wurden seine Züge hart. Er starrte die Griddas an und rief, so laut er konnte: *»Iro!«*
Dann wandte er sich um und blickte nach Süden, wo der Mortikon lebte.
Von dort kam ein Laut, wie ihn noch keine Gridda auf Ool je vernommen hatte.
Yemi hatte in seiner Verzweiflung die Sturmwirbel zu Hilfe gerufen.
Der südliche Horizont verdunkelte sich. Dann erhob sich ein ungeheurer Sturm, der alles auf seinem Weg hinwegfegte. Aus ihrem Sklavendasein befreit zerbrachen die Wirbel das Eis des Prackmeers, verwandelten die angrenzenden Ebenen in ein einziges Schneechaos und zermalmten die Trümmer der Augentürme am Stadtrand zu Staub. Nichts konnte sie bremsen, niemand ihre ungeheure Kraft mindern.
Die Griddas rannten um ihr Leben. Als sich die Wirbel der Mitte von Thûn näherten, stellten auch die letzten Griddas ihre Angriffe gegen Rachel und Yemi ein und suchten in den Tunnels Zuflucht.
Langsam bewegte sich ein gigantischer Wirbel auf Yemi zu, seine schnell rotierenden Winde wurden zu sanften Brisen. Yemi streckte verlangend die Arme nach ihm aus und wurde zusammen mit Fola in sein Inneres gezogen.
Die übrigen Sturmwirbel wollten daraufhin die flüchtenden Griddas verfolgen. Wortlos lenkte Yemi ihre Aufmerksamkeit auf sich und schüttelte den Kopf: Nein!
Die Wirbel gehorchten.
Endlich hatte Yemi die Gefahr erkannt und nun wusste er, dass er nicht mehr auf Ool bleiben konnte. Doch das hieß, dass er seine Freunde hier zurücklassen musste. Er

sah sie alle an: die majestätischen Wirbel, die scheuen Grabtiere, die Insekten ohne Zauberkraft. Er dachte an Jarius, für die er so wenig hatte tun können.
Seine treuen Huraks hoben die Schnauzen und stimmten zum Abschied ein herzzerreißendes Winseln an.
Rachel hob die Hand, um Yemi zu bedeuten, dass sie das Ganze einigermaßen heil überstanden hatte. Lächelnd winkte er ihr zu. Fola nahm die andere Hand ihres Bruders und hob sie hoch. Stille senkte sich über Thûn: Jeder schien zu wissen, was bevorstand.
Schluchzend barg Yemi sein Gesicht in Folas Kleid. Sein Sturmwirbel löste sich vom Boden und stieg zum Himmel empor, den rostfarbenen äußersten Wolken entgegen. Dahinter dehnte sich der Weltraum.
Am Rand des Alls setzte der Wirbel die beiden Kinder ab. Yemi blinzelte in die Dunkelheit vor ihm. Nach wie vor waren seine Ortswechselzauber mit einem Bann belegt. Er wusste noch nicht, wie er sie wiedererlangen konnte, doch zweifellos würde er bald eine Möglichkeit finden. Bis dahin konnte er fliegen. Er nahm Folas Hand und zusammen brachen sie auf in die endlosen Weiten des Raums ...

Der mächtige Sturmwirbel senkte sich langsam wieder auf den Boden herab. Atemlos beobachteten alle das Schauspiel.
Dann wandten sich die Essa an Rachel: »Gibt es noch Hoffnung für uns? Und für den Mortikon?«
»Ja. Solange Yemi am Leben ist, gibt es immer Hoffnung«, antwortete sie.
Nachdenklich ließ sie den Blick schweifen. Nun, da der

Kampf vorüber war, wirkte Thûn verwüsteter denn je. Heebras Augenturm stand nicht mehr: Die Sturmwirbel hatten ihn zerschmettert. Am Himmel tobten unberechenbare Winde. Die Sturmwirbel hatten auf ihrem Weg so viel Schnee in die Luft gesogen, dass die Essa, die in großen Schwärmen zum Mortikon aufgebrochen waren, über dem Prackmeer die Orientierung verloren und ziellos bald hierhin, bald dorthin flatterten. Die Huraks streiften in kleinen Gruppen umher. Und mitten in Thûn drehte sich langsam und feierlich der Sturmwirbel, der Yemi in Sicherheit gebracht hatte.

Allmählich kamen die Griddas, die vor den Wirbeln geflohen waren, aus ihren Verstecken. Wie benommen irrten sie umher und suchten nach vermissten Gefährtinnen. Ganz plötzlich hatte Rachel das Gefühl, dass etwas nicht stimmte. Sie sandte ihre Informationszauber in die Städte Gaffilex und Tamretis und tatsächlich . . . »Da ist niemand mehr«, sagte Rachel. »Alle Griddas sind fort. Irgendwie hab ich das die ganze Zeit schon gespürt: dass außer den Griddas hier keine anderen mehr auf Ool sind.«

Was war mit ihrem Bruder geschehen? Ein Zittern befiel Rachel. Ihre Informationszauber suchten nach Hinweisen auf Eric und die Prapsys. Nichts.

»Wo mögen all die Griddas sein?«, murmelte sie.

»Sie sind unterwegs zu deiner Welt«, sagten die Essa. »Jedenfalls glauben wir das. Unsere Gefährten haben mitbekommen, wie die Griddas in den Tunnels davon sprachen.«

Rachel hob den Blick zum Himmel. »Ich muss nach Hause«, sagte sie. »Ich muss die anderen warnen.«

»Wir begleiten dich«, sagten die Essa. »Der Mortikon hat es uns aufgetragen, aber auch wenn er das nicht getan hätte, wären wir mit dir gegangen.«
»Ihr habt schon genug für mich getan«, sagte Rachel. »Ich kann unmöglich . . .«
»Nimm uns mit!«, flehten die Essa und klammerten sich an ihren Overall. Rachel spürte ihre Entschlossenheit und versuchte nicht mehr sie von ihrem Vorhaben abzubringen.
Mittlerweile hatten die Griddas sich wieder in Meuten zu sammeln begonnen. Rachel blieb nicht mehr viel Zeit. Mit den Essa stieg sie zu den Wolken empor.
Ein letztes Mal blickte sie nach Süden. Was dort geschah, ließ sie den Atem anhalten: Die Sturmwirbel hatten den Mortikon erreicht und führten über seinen Gipfeln einen wilden Tanz auf.
Was auch immer geschieht, dachte Rachel, auf Ool wird nichts mehr sein wie zuvor. Sie wandte den Blick ab. Während sie Freudentränen vergoss, dachte sie mit Trauer im Herzen an ihren Bruder.
»Eric!«, flüsterte sie. »Wo bist du?«

21

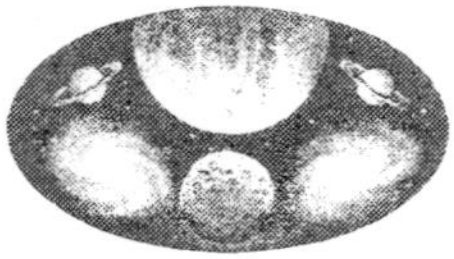

Aufbruch

Gultrathaca war mittlerweile zu ihrem Hauptheer gestoßen und führte es in Richtung Orin Fen; Eric zeigte ihr den Weg.

Es war die größte Streitmacht an Griddas, die es je gegeben hatte – Gultrathaca konnte das Heer nicht überblicken. Meute um Meute zogen Millionen Griddas durch die ewige Finsternis des Alls.

Nicht alle hatten die Fähigkeit zum Ortswechsel, daher hatte Gultrathaca angeordnet, dass nur die Flugzauber zum Einsatz kommen sollten. Trotzdem kam das Heer zügig voran: Wer das Tempo nicht halten konnte oder sich den Anstrengungen nicht gewachsen zeigte, wurde einfach zurückgelassen. Solche Verluste nahm Gultrathaca angesichts der enormen Größe ihres Heers hin.

Den Griddas wurde bald klar, dass es keine Rückkehr nach Ool geben würde, dass sie ihre behaglichen Tunnels für immer hinter sich gelassen hatten.

Zwischen den jüngeren und den älteren kam es ständig zu Reibereien. Kaum hatten die Junggriddas sich an die Gegebenheiten im Weltraum gewöhnt, begannen sie sich den Meutenführerinnen zu widersetzen. Sie lärmten und gebärdeten sich aufsässig. Gultrathaca nahm ihr Verhalten hin, wusste sie doch genau, dass sie *alle* Griddas, ins-

besondere die vielen jungen, brauchte, wenn es zum Kampf gegen die Zauberer kam.
Oft mussten die Meutenführerinnen den erwachsenen Griddas Mut zusprechen. Viele flogen nach wie vor höchst ungern und mussten nun ohne jede Rast durch den leeren Raum fliegen, einem unbekannten Ziel entgegen.
Eine Gridda, die sich unaufgefordert dem Heer angeschlossen hatte, blieb vollkommen gelassen: Jarius. Erst hatte Gultrathaca ihr Ansinnen abgewiesen, es sich im letzten Moment aber anders überlegt.
In der Welt der Griddas gab es kein schlimmeres Vergehen, als sich gegen die eigene Meute zu stellen, und darauf vertraute Gultrathaca. Falls Jarius sich weigerte zu kämpfen, würden ihre ehemaligen Meutengefährtinnen sie töten. Etwas anderes hatte sie nicht verdient.
Zu ihrer Verwunderung merkte sie, dass Jarius offenbar gar keine Angst hatte. Ihre ganze Aufmerksamkeit war auf Eric gerichtet, den sie keine Sekunde aus den Augen ließ.
Dieser rätselhafte Junge!
Gultrathaca fragte sich, was sie von ihm zu halten hatte. Bereitwillig zeigte er ihr den Weg nach Orin Fen, aber weitere Informationen waren nicht aus ihm herauszubekommen. Offenbar glaubte er nach wie vor, dass sie auf der Suche nach der Gefängniswelt war, zumindest hatte er keine Fragen mehr gestellt. Womöglich misstraut er mir doch, überlegte Gultrathaca. Da sie das Heer zusammenhalten musste, blieb ihr kaum Zeit, weiter darüber nachzudenken.
Schließlich sagte Eric: »Wir sind ganz in der Nähe.«
»Wie weit ist es noch?«, fragte Gultrathaca.

Er sah sie an. »Weißt du das nicht selbst?«
»Nein, Eric. Ich habe keine solchen Fähigkeiten wie du.«
Sekundenlang fixierte er sie wortlos, dann wandte er sich den Prapsys zu.
Gultrathaca teilte den Meutenführerinnen mit, dass sie bald am Ziel waren. Beim Gedanken an das bevorstehende große Ereignis schlug ihr Herz schneller. Sie überlegte, wie die Zauberer sich wohl zur Wehr setzen würden. Larpskendya besaß enorme Macht und manche seiner Gefährten standen ihm kaum nach. Sie dachte an Serpantha, dessen Widerstand sie nicht hatte brechen können.
Wie viele Zauberer von der Art Serpanthas mochte es auf Orin Fen geben? Nun, sie würde es bald wissen.
Gultrathaca war klar, das alles und jedes von Eric abhing. Sie musste ihn unbedingt bei Laune halten. Aber wie? Sie legte die Arme um ihn, wie Fola es bei Yemi getan hatte. Sie gönnte ihm Ruhepausen. Sprechen wollte er offenbar nicht, deshalb sagte sie nur selten etwas zu ihm.
Während das Heer einen weiten Bogen flog, um der enormen Gravitation einer riesigen roten Sonne zu entgehen, wünschte sich Gultrathaca, sie könnte Erics Gedanken lesen.
Er schien sich keine größeren Sorgen zu machen. Ab und zu fragte er nach seiner Schwester, ansonsten beschränkte er sich darauf, ihr den Weg zu zeigen. Insgesamt zeigte er sich willig, aber konnte sie ihm wirklich trauen? Nein, mit Sicherheit verbarg er manches vor ihr.
Außerdem wies er die Prapsys jedes Mal zurecht, wenn sie zu schimpfen begannen. Das zeigte deutlich, dass er befürchtete, sie könnte den Vogelwesen etwas antun.

Dennoch: Gultrathaca war fest entschlossen sich nichts anmerken zu lassen.
»Wie weit ist es noch?«, fragte sie hin und wieder.
»Wir sind fast da«, gab er jedes Mal zur Antwort.
Sie versuchte zu lächeln. Womöglich führt er etwas im Schilde, dachte sie plötzlich. Eric war nicht zu unterschätzen, hatte sie doch erlebt, wie gefährlich seine Fähigkeiten Gegnern werden konnten, wenn diese ihm nahe kamen. Wenn wir nun Orin Fen erreicht haben und er merkt, dass es der Planet der Zauberer ist – was dann?, überlegte sie. Möglicherweise würde er sie zu töten versuchen. Zu gern hätte Gultrathaca am Kampf teilgenommen, aber sie war bereit sich zu opfern. Hauptsache, die Zauberer wurden vernichtet und ein Teil ihrer Griddas überlebte. Allerdings würde der Junge kein leichtes Spiel mit ihr haben. Für den Fall, dass er sie angreifen sollte, hatte sie sich bereits einen Plan zurechtgelegt.
Eric unterdrückte seinen Widerwillen und schmiegte sich an Gultrathaca. Was soll's?, dachte er, ich halte es schon aus. Er ließ es zu, dass sie ihm mit ihren spitzen Klauen durchs Haar fuhr, er lehnte sich an sie und tat, als fühlte er sich wohl in ihren Armen. Zudem war er auf diese Weise sicher vor den anderen Griddas. Ab und zu klagte er ein bisschen, nicht zu viel, gerade genug, dass Gultrathaca nicht den Eindruck bekam, er verberge seine wahren Gefühle. Manchmal fragte er sogar nach Rachel. Dabei wurde ihm schwer ums Herz, aber Gultrathaca hätte sich bestimmt gewundert, wenn er seine Schwester überhaupt nicht erwähnt hätte.
Eric tat, was er konnte, um ihr zu zeigen, dass er wie ein verängstigtes Kind an ihre Versprechungen glaubte.

Habe ich denn Angst?, fragte er sich.
Ja, dachte er. Und das ist auch ganz normal, nur darf die Angst nicht so schlimm werden, dass sie mich an dem hindert, was ich tun muss.
Als sie an einem Sternhaufen vorbeikamen, sagte eines der Prapsys: »Eric, mit deinem Gesicht stimmt was nicht. Es ist ganz verzerrt. Was hast du denn?«
»Nichts«, sagte Eric und drückte die beiden Vogelwesen zärtlich an seine Brust. »Überhaupt nichts.«
»Frierst du vielleicht, Eric?«
»Ich hab euch doch gesagt, dass ihr still sein sollt. Ich muss nachdenken, Jungs. Stört mich nicht.«
»Das wissen wir, Eric. Aber sag doch, frierst du?«
»Nein.«
Die Prapsys schwiegen.
»Friert ihr beiden denn?«, fragte Eric.
»Ja, ganz fürchterlich!«
Eric fasste in die Overalltasche und merkte, dass sie keineswegs froren. Sie hatten lediglich gewollt, dass er sie anschaute.
»Was denkst du dir denn aus?«, flüsterte das eine Prapsy.
»Nichts«, sagte Eric. »Und jetzt fragt bitte nicht weiter.«
»Warum nicht, Eric?«
»Pssst. Seid still, Jungs. Ich muss überlegen.«
»Was musst du überlegen?«
Ich wollte, ich könnte es euch sagen, dachte Eric. Nur zu gern würde ich euch in meinen Plan einweihen!
Den Prapsys hätte er sein Geheimnis ohne weiteres anvertrauen können, aber was wäre, wenn Gultrathaca etwas mitbekam und Verdacht schöpfte? Er musste die beiden unter allen Umständen vor ihr schützen.

Es brach ihm fast das Herz, die Augen abzuwenden, als die beiden ihn so flehend ansahen. Er versuchte sich auf das zu konzentrieren, was ihm bevorstand. Wenn es so weit war, durfte er nicht zaudern. In Gedanken spielte er seinen Plan noch einmal durch.

Dass die Prapsys sich nun vollkommen still verhielten, machte die Sache auch nicht besser, denn er spürte ihre fragenden Blicke. Schließlich konnte er ihr Schweigen nicht mehr ertragen.

»Was ihr beide getan habt, war dumm«, sagte er.

»Was war dumm, Eric? Was meinst du?«

»Das in der Zelle. Dass ihr versucht habt die Angriffe der Tiere und der Hexen auf euch zu lenken. Und dass ihr bei mir geblieben seid, statt fortzufliegen. Ihr hattet ja die Möglichkeit und ich hab euch noch gesagt, dass ihr fliehen sollt. Dumm war das, echt dumm! Ihr könntet jetzt frei sein, die Essa hätten euch bestimmt in Sicherheit gebracht.«

»Wir haben's doch für dich getan, Eric.«

»Trotzdem war's dumm. Ihr wisst genau, dass ihr hättet wegfliegen können.«

»Wir wollten aber nicht. Nicht ohne dich!«

Eine Zeit lang schwieg Eric. Dann sagte er mit ganz sanfter Stimme: »Ich bin so stolz auf euch beide!« Die beiden Vogelwesen schmiegten sich an ihn und plötzlich sagte er etwas, das er eigentlich nicht hatte sagen wollen: »Verlasst mich nie, ihr beiden.«

»Auf keinen Fall, Eric. Wir bleiben immer bei dir.«

Er wandte das Gesicht ab, schloss die Augen und versuchte die Prapsys aus seinen Gedanken zu verbannen und sich stattdessen auf Gultrathaca zu konzentrieren.

Sie traute ihm nicht, das spürte er. Was, wenn sie zu argwöhnisch wurde und sich entschloss ihn zu töten, bevor sie ankamen?
Was für eine irrwitzige Situation! Gultrathaca hatte ihn in ihrer Gewalt und er überlegte fortwährend, wie er ihr etwas vormachen konnte. Dabei war sie erstaunlich friedlich, je länger die Reise währte.
Allmählich wurde ihm klar, dass es die Mühe gar nicht lohnte, ihr den arglosen Jungen vorzuspielen. Sie interessierte sich einzig und allein für die verborgene Welt. Also beschränkte Eric sich darauf, ihr den Weg zu zeigen, denn er war sich mittlerweile sicher, dass sie ihm nichts antun würde, solange sie noch unterwegs waren.
Sie hatten die Gefängniswelt, oder was auch immer es war, fast erreicht. Eric nahm Spuren von Magie wahr, die ihn an die Griddas und die Hexen erinnerten. Gultrathaca sagte er nichts davon.
Dass ein zweites Griddaheer sich der Erde näherte, war ihm nicht entgangen – die starken magischen Signale verrieten es überdeutlich. Außer dem Heer hatte er aber zu seiner Überraschung noch etwas entdeckt: Yemi, der sich mit atemberaubender Geschwindigkeit auf die Erde zubewegte.
Seit Eric das wusste, war er zuversichtlicher.
Wenn er es nicht mehr ertragen konnte, Gultrathaca Lügen aufzutischen oder die Prapsys anzusehen oder an das zu denken, was vor ihm lag, dann ließ er den Blick über das Heer schweifen. Je öfter er dies tat, desto mehr gewann er den Eindruck, dass eine der Griddas ihm wohlgesinnt war. Jedes Mal, wenn er sie ansah, erwiderte sie den Blick, neugierig und irgendwie liebevoll.

Eric wandte sich ab. Vielleicht hatte er sich getäuscht und es war nur Wunschdenken von ihm. Wie dem auch sei, er musste sich diese Gridda aus dem Kopf schlagen. Wenn er nachher seine Antimagie gegen alle richtete, konnte er sie nicht ausnehmen. Sie war eine Gridda, deshalb würde sie das gleiche Schicksal ereilen wie die anderen.

Gultrathacas Stimme riss ihn aus seinen Überlegungen.

»Sind wir bald da?«, fragte sie.

»Bald«, sagte Eric.

»Dann können wir endlich unsere Schwestern befreien«, sagte sie. »Du kannst dich darauf verlassen, dass ich meine Zusagen einhalte, Eric. Ich werde dir Rachel unversehrt übergeben. Und ich bringe euch auf die Erde zurück. Später dann werden wir deiner ehrenvoll gedenken und euch Erdenkinder für alle Zeiten in Frieden lassen. Nie wieder wird es einen Kampf geben.« Sie schwieg eine Weile und fuhr dann fort: »Ich bin dir unendlich dankbar für alles, was du tust. Wir alle sind dir dankbar.«

»Schon gut«, sagte Eric heiser.

22

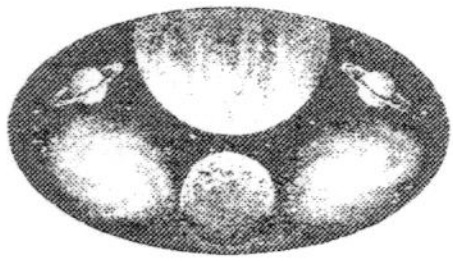

Kämpfen um jeden Preis?

Mit Serpantha in den Armen folgte Rachel dem Griddaheer, das in Richtung Erde flog. Der Kampf auf Ool hatte sie erschöpft, sodass sie sich mehr denn je auf ihre Flugzauber verlassen musste. Allmählich schloss sie auf. Indem sie einen weiten Bogen flog, überholte sie die Gridda und hatte sie schließlich so weit hinter sich gelassen, dass sie kurz die Illusion hatte, sie, Serpantha und die Essa wären als Einzige im leeren Raum unterwegs.

Bald aber ermüdeten ihre Flugzauber. Dass sie Serpantha mittragen mussten, forderte ihnen das Äußerste ab.

Während Rachel sich vorwärts kämpfte, lag Serpantha friedlich, aber nach wie vor kraftlos in ihren Armen. In seinem Körper waren die Essa unermüdlich am Werk. Inzwischen hatten sie es geschafft, dass der Zauberer wieder fühlen und denken konnte. Er nahm Rachels Erschöpfung wahr und versuchte die Entfernung zur Erde zu schätzen. Es war zu weit. Die Gridda würden sie einholen, bevor sie die Erde erreichten – es sei denn, er, Serpantha, könnte helfen.

Der Zauberer schlug die Augen auf, die nun wieder in allen Farben schillerten. »Hallo, du mutiges Mädchen.«

Rachel war überglücklich. »Du bist wach!«, rief sie begeistert. »Serpantha, wie herrlich!«

Er sah sie zärtlich an. »Es tut mir unendlich Leid, dass ich dich aufhalte«, sagte er.
»Aber das macht doch nichts!«, sagte Rachel. »Wichtig ist allein, dass es dir wieder besser geht. Kann ich irgendwas für dich tun?«
»Du hast schon so viel für mich getan«, sagte Serpantha. »Aber um einen Gefallen will ich dich dennoch bitten.«
»Sag nur!«
»Du musst mich hier zurücklassen, Rachel. Wenn du das nicht tust, schaffst du es nicht rechtzeitig bis zur Erde.«
»Ach was, das stimmt nicht«, sagte Rachel.
»Doch. Und du weißt es genau. Deine Zauber haben es dir bereits gesagt, aber du hast nicht auf sie gehört.«
Rachel wich seinem Blick aus. »Ich lass dich auf keinen Fall zurück. Das kommt überhaupt nicht in Frage.«
»Du musst!«, beharrte Serpantha mit erstaunlich fester Stimme. »Rachel, alles hängt nun davon ab, dass du rechtzeitig ankommst und die anderen warnst. Willst du etwa, dass die Griddas vor dir auf der Erde sind?
»Die Spektren merken gewiss, dass die Griddas kommen«, sagte Rachel. »Und wahrscheinlich auch Heiki.«
»Dessen kannst du dir nicht sicher sein«, sagte Serpantha. »Du darfst nicht alles um meinetwillen aufs Spiel setzen. Das lasse ich nicht zu.«
Mit abgewandtem Blick versuchte Rachel noch schneller zu fliegen. »Meine Ortswechselzauber funktionieren immer noch nicht!«, rief sie verzweifelt. »Warum nur? Warum?«
Allmählich holte das Griddaheer auf. Lange würde Rachel ihren Vorsprung nicht mehr halten können.
»Helft mir!«, rief sie den Essa zu.

»Wir helfen dir doch schon, Rachel! Flieg weiter!« Ohne dass Rachel es gemerkt hatte, hatten die Essa seit einer ganzen Weile ihre Flugzauber verstärkt.
Es gelang Rachel, ein Stück vor den Griddas zu bleiben. Eine weitere Stunde verging. Der äußere Rand des irdischen Sonnensystems kam in Sicht. Rachel flog an dem Planeten Pluto vorbei. Sie kreuzte die Umlaufbahn des Neptun. Sie ließ den Saturn hinter sich und den Jupiter. Den Mars.
Da! Vor ihr aus dem Dunkel tauchte die Erde auf: eine weiß-blaue Kugel. Zugleich wurde Rachel bewusst, dass sie es nicht mehr rechtzeitig schaffen würde.
Auch die Essa merkten es. Die ganze Zeit über hatten sie kein Wort gesagt und stattdessen mit aller Energie Rachels Flugzauber unterstützt. Jetzt sprachen sie einander Mut zu, den Griddas entgegenzutreten. Wenn dies das Ende für Rachel bedeuten sollte, dann wollten sie bis zuletzt bei ihr sein und ihr ins Ohr flüstern, wie treu ergeben sie ihr waren.
Plötzlich ertönte eine Stimme und Rachel spürte, wie fremde Zauber die ihren stärkten.
»Ich bin hier, Rachel«, sagte die Stimme. »Ich bin hier.«
Rachel fühlte einen Ruck und hatte mit einem Mal die warme Sonne im Rücken. Ein Windhauch führte den magischen Geruch von Kindern heran. Sie spürte Hände an ihrer Taille und endlich wagte sie es, die Augen aufzumachen. Vor ihr stand ein Mädchen mit feinem weißblondem Haar, in dem der Wind spielte.
»Heiki!«, flüsterte Rachel.
Eine ganze Weile stand Rachel stumm da, während sie nach wie vor Serpantha festhielt.

Schließlich konnte Heiki Rachels Hände lösen. »Ich halte ihn fest«, sagte sie. Mit einem Seufzer der Erleichterung überließ Rachel Heiki den Zauberer.
»Yemi ist wieder da«, sagte Heiki. »Und jetzt bist auch du gekommen! Ich glaube, wir können es schaffen!«
»Die Griddas . . .«, begann Rachel.
»Ich weiß. Sie werden bald hier sein. Albertus und die anderen Spektren haben sie entdeckt.«
Rachel versuchte sich zu orientieren. Heiki hatte sie in eine Gegend versetzt, die sie nicht kannte. Um sie herum wogten Getreidefelder. Über ihnen am Himmel hielt eine Gruppe Kinder in der Nachmittagssonne Wache.
Die Essa verkrochen sich vor der Helligkeit hinter Rachels Ohrläppchen. Sie strich ein paar Haarsträhnen darüber, damit sie sich nach und nach an das Licht gewöhnen konnten.
Heiki hatte sie über Rachels Haut huschen sehen. »Was ist denn das?«, fragte sie erschrocken.
»Das sind meine Freunde und Berater«, sagte Rachel lächelnd. »Außerdem sind sie eine Art Sanitäter.«
Fasziniert betrachtete Heiki die seltsamen Wesen. Als sie nach ihnen griff, wichen sie zurück.
»Du musst dir erst ihre Achtung verdienen«, sagte Rachel.
»Da die Griddas im Anflug sind, hab ich vielleicht eine Chance«, meinte Heiki.
Serpantha hatte sich inzwischen so weit erholt, dass er sich ohne Hilfe auf den Beinen halten konnte. »Was ist mit Larpskendya?«, fragte er.
»Wir haben nichts von ihm gehört«, sagte Heiki. »Und Eric? Wo ist er?«
»Das wissen wir nicht genau«, antwortete Serpantha.

»Ich vermute, er ist mit einem noch größeren Griddaheer unterwegs. Das Heer, das auf die Erde zusteuert, mag zwar groß sein, aber wenn Gultrathaca alles Leben auf der Erde vernichten wollte, hätte sie weit mehr Griddas ausgeschickt. Mir scheint, sie verfolgt einen ganz anderen Plan.« Eine kleine Weile schwieg er. »Wenn es tatsächlich so sein sollte, dass sie Eric mitgenommen hat, dann kann ich mir nur ein Ziel denken.«
»Und das wäre?«
»Orin Fen.«
Ein Junge wurde zu ihnen herabgetragen: Albertus Robertson. Bei Rachels Anblick malte sich Erleichterung auf seinem Gesicht, dann aber verdüsterte es sich wieder. »Über allen großen Städten der Erde lauern Griddas in der Umlaufbahn«, berichtete er. Sein Kopf zuckte hin und her: Er empfing Botschaften von den anderen Spektren. »Peking, Kairo, New York, Kalkutta, São Paulo ... überall. Genau wie wir es uns gedacht haben: Die Griddas wollen mit einem Rundumschlag möglichst viele Kinder in ihre Gewalt bringen.«
»Wir werden uns zu wehren wissen«, sagte Heiki entschlossen.
Rachel starrte sie an: »Wie? Du willst doch nicht etwa Kinder gegen die Griddas kämpfen lassen?«
»Wir können uns doch nicht einfach ergeben, Rachel. Wir müssen uns verteidigen!«
»Heiki, du hast nicht gesehen, wie viele es sind!«
»Nun denn, sie wissen ja auch nicht, wie viele wir sind«, sagte Heiki. »Sieh dich doch mal um!«
Aus allen Richtungen kamen Kinder herbei: Heikis sämtliche Wachen, die besten Flieger, die es gab.

»Das sind zu wenige, Heiki«, sagte Rachel. »Du weißt doch . . .«
»Das sind noch lange nicht alle«, fiel Heiki ihr ins Wort.
Hinter den Wachen tauchten weitere Kinder auf. Diebe flogen neben Blitzspringern her, Tieftaucher, noch triefend nass vom Meerwasser, folgten den Kinderbanden aus den Großstädten, die sonst erbittert gegeneinander kämpften. Hinter ihnen erschienen Kinder jeden Alters, aus allen Städten und Dörfern des Erdteils strömten sie herbei.
Rachel sah sie kommen und dabei fiel ihr etwas auf: Sobald die Kinder sie und Serpantha erblickten, leuchteten ihre verängstigten Gesichter auf.
»Sie scheinen zu glauben, dass nun alles gut wird, weil wir da sind«, sagte sie.
»Da irren sie sich«, erwiderte Serpantha. »Es gibt nur einen, der das bewirken kann. Wir müssen so schnell wie möglich zu Yemi. Bring mich zu ihm, Rachel. Ich bin noch zu schwach zum Fliegen.«
»Moment noch!« Heiki fasste Rachel am Ärmel. »Wir waren bereits bei Yemi. Er hat sich total merkwürdig verhalten, gerade so, als würde er uns weder sehen noch hören. Nur für seine Tiere hat er sich interessiert. Bitte, Rachel, geh jetzt nicht fort! Du musst uns sagen, was du über die Griddas herausgefunden hast. Wie sie kämpfen, welche Zauber sie dabei einsetzen, ob sie . . .«
»Verstehst du denn nicht?«, sagte Rachel mit lauter Stimme. »Wir Kinder können die Griddas *niemals* besiegen. Sie sind von klein an aufs Kämpfen fixiert und würden nie und nimmer aufgeben, selbst wenn sie noch so hohe Verluste hätten.«

»Wir müssen es zumindest versuchen«, sagte Heiki. »Sollen wir es ihnen denn leicht machen und einfach abwarten, was passiert? Rachel, ich brauche dich! Wenn du die Gruppe da drüben übernimmst . . .«
»Nein«, unterbrach Albertus Robertson. »Wir Spektren sind der gleichen Meinung wie Rachel. Die Wachen können sich vielleicht eine Zeit lang gegen die Griddas behaupten, aber dann werden sie sämtliche Kinder überwältigen. Moment . . .« Sein Kopf zuckte hin und her. »Gerade eben sind die ersten Griddas in die Erdatmosphäre eingetaucht.«
»Wo?«, fragte Heiki schnell.
»Überall.«
»Die meisten über Asien«, sagte Albertus. »Genauer gesagt, über dem Huang Hai, dem Gelben Meer«, und er fügte hinzu: »Dort ist Yemi!«
»Den Griddas ist klar, dass er nach wie vor ihr Hauptgegner ist«, sagte Serpantha.
Rachel streckte den Arm nach dem Zauberer aus, während ihre Informationszauber bereits den schnellsten Weg zu Yemi erkundeten.
»Warte noch einen Augenblick«, sagte Albertus zu ihr. »Wir können diesen Kampf nicht gewinnen, das steht fest. Deshalb sollten wir verhandeln. Da ist so manches, was wir den Griddas anbieten können: Nahrungsreserven, Metalle und andere Rohstoffe, unsere Loyalität oder zumindest könnten wir ihnen diese vorspiegeln und . . .«
»Das alles interessiert die Griddas nicht«, sagte Rachel. »Sie wollen kämpfen, um jeden Preis.«
Albertus Robertson nahm mit den anderen Spektren Kontakt auf. Er blinzelte und sagte dann: »Momentan

gibt es keine andere Möglichkeit. Deshalb werden wir auf jeden Fall zu verhandeln versuchen.«

»Das funktioniert nicht, Albertus. Die Griddas sind nicht zum Reden gekommen.«

»Nun, vielleicht können wir sie damit eine Weile hinhalten. Dann greifen sie nicht gleich an und Serpantha und du, ihr könnt euch inzwischen mit Yemi etwas ausdenken.«

Bevor Rachel auch nur ein Wort sagen konnte, hatten seine Begleiterinnen ihn ergriffen und flogen mit ihm in die Höhe. Als Rachel sah, wie unerschrocken die beiden Mädchen den Griddas entgegenflogen, verstand sie endlich, warum die Spektren sich mit den Spannungssuchern zusammengetan hatten. Nur sie hatten die Kühnheit, die solch ein Unternehmen erforderte.

Die Essa, die sich bisher vollkommen still verhalten hatten, wagten sich nun ans Licht. »Wir müssen zu Yemi!«, drängten sie. »Schnell, bring uns zu ihm!«

Serpantha reichte Rachel die Hand. Sie bündelten ihre magischen Kräfte und stiegen gemeinsam in die Lüfte auf.

23

Drei Schichten

Das Griddaheer wurde langsamer, als es sich Orin Fen näherte.

Gultrathaca hatte Späherinnen vorgeschickt. »Wir müssen sicher sein, dass keine Hexen Wache halten«, erklärte sie Eric, um dessen Argwohn zu zerstreuen. »Sie dürfen nicht mitbekommen, dass wir da sind.«

Eric nickte abwesend; er hörte ihr kaum zu.

Mit Sicherheit wussten die Zauberer bereits, was bevorstand; das riesige Griddaheer konnte ihnen unmöglich entgangen sein. Mit jeder Faser ihres Seins fieberte Gultrathaca dem Kampf entgegen. Ob wir siegen oder unterliegen, was spielt das für eine Rolle?, dachte sie. Schließlich waren ihre Griddas nicht auf die Eroberung neuer Welten aus. Anders als die Hexen hatten sie kein Interesse an Macht und Ansehen. Sie wollten kämpfen, kämpfen um jeden Preis. Was sonst hätte sie zu dieser wahnwitzigen Reise durch die Weiten des Universums treiben können?

Gultrathaca dachte an Heebra, die so viele Jahrhunderte in ihrem Augenturm gesessen und sich genau diesen Moment ausgemalt hatte. Aber nun waren es die Griddas und nicht die Hexen, denen dieses große Ereignis zuteil wurde.

Gultrathacas Herz schlug schneller.
Gultrathacas Blick traf Jarius. Wie hatte sie sich doch verändert! In ihren Augen nahm Gultrathaca den gleichen Ausdruck wahr, wie sie ihn so oft bei Fola gesehen hatte: Angst. Woher kam das nur? Wovor hatte sie Angst?
Mit einem Mal tat Jarius ihr Leid.
Alle nahmen nun die Nähe des Planeten wahr. Er schien Gultrathaca zum Greifen nahe, obwohl nach wie vor ein Tarnzauber ihn ihren Blicken entzog. Und darunter befanden sich Schutzzauber, wie sie feststellte. Sie erkundete deren Stärke und sofort wurde ihr klar, dass ihre Griddas eine Ewigkeit brauchen würden, um sie zu sprengen. Ohne Erics Hilfe würden sie es womöglich nie schaffen.
Gultrathaca fragte sich, ob sie sich verrechnet hatte. Wenn Eric die Schutzzauber nicht durchdringen konnte, würden die meisten ihrer Griddas umkommen – die Kleinen jedenfalls würden den Rückweg nach Ool kaum schaffen, wenn sie sich nicht eine Weile auf dem Planeten ausruhen konnten.
Nach und nach kehrten die Späherinnen zurück. Sie hatten keinerlei Hinweis auf die Zauberer gefunden. Wo mochten sie sein? Hatten sie sich etwa verschanzt, um in aller Ruhe abzuwarten?
»Eric«, sagte Gultrathaca, »kannst du die Schutzzauber um den Planeten entfernen?«
»Mal sehen.«
Eric starrte in den leeren Raum, wo sich der Planet befinden musste. Die Schutzzauber waren enorm kompliziert: Niemals würden die Griddas, und wenn sie noch viel mehr

wären, sie durchbrechen können. Zugleich erschrak er, denn ihm wurde bewusst, dass nur Zauberer den Planeten auf diese Weise abgeschirmt haben konnten. Eric forschte nach und entdeckte tatsächlich Spuren ihrer früheren Anwesenheit. Aber kein einziger Zauberer war da! Was ging hier vor? Weshalb schirmten die Zauberer eine Welt voller gefangener Griddas so sorgsam ab?
Es mag mehrere Gründe dafür geben, überlegte Eric. Aber er hatte nicht die Zeit, sich damit zu befassen. Viel wichtiger war, dass sich tatsächlich Hexen auf dem Planeten befanden. Eric hatte Signale wahrgenommen, die denen der Hexen von Ool glichen, und das leuchtete ein. Wenn es sich wirklich so verhielt, dass Hexen diese Welt bewachten, dann würden sie mit Sicherheit ihre Kreise am Himmel des Planeten ziehen.
Nachdenklich fasste Eric in seine Brusttasche und streichelte das Gefieder der Prapsys.
Unter dem Tarnzauber, der den Planeten unsichtbar machte, lagen drei Schutzschichten. Sobald er die letzte durchbrochen hatte, musste er handeln, denn Gultrathaca würde ihn kaum länger am Leben lassen, als sie ihn brauchte. Vermutlich blieben ihm nur wenige Sekunden für die Durchführung seines Plans.
Mir soll's recht sein, dachte er. Dann brauche ich nicht weiter drüber nachzudenken.
Die Prapsys verhielten sich schon seit einer ganzen Weile vollkommen still. Sie hatten keine Fragen mehr gestellt, sie hatten Gultrathaca nicht mehr beschimpft und sogar aufgehört zu zappeln. Sie schmiegten sich an Erics Brust und er traute sich nicht sie anzusehen. Nicht jetzt.
Um ihn herum tobten und lärmten die jungen Griddas;

sie wurden immer ungeduldiger. Eric zwang sich hinzusehen und hinzuhören und rief sich ins Gedächtnis, was die Griddas Rachel und Larpskendya und Serpantha und Yemi angetan hatten.
Damit sein Plan aufging, musste er Gultrathaca ablenken, denn sie blieb inmitten des Tumults erstaunlich ruhig.
»Der Planet ist von mehreren Schutzschichten umgeben«, sagte Eric zu ihr.
»Kannst du sie sprengen?«
»Allein nicht. Aber wenn ich Hilfe habe, könnte es klappen.«
»Wie soll diese Hilfe aussehen?«
»Erst mal muss ich die Tarnung entfernen. Wenn das geschafft ist, müssen sämtliche Griddas ihre Zauber auf die erste Schutzschicht schleudern. Das dürfte sie so schwächen, dass ich durchkomme. Und dann müssen wir eine Pause einlegen.«
»Wieso das?«
»Um Kräfte zu sammeln. Das Ganze wird schwieriger, als du glaubst.«
Gutrathaca musterte Eric. Sein Gesichtsausdruck verriet nichts. Heckte der Junge womöglich etwas aus? Wusste er bereits, was sich unter den Schichten befand? Nun, darauf kam es nicht an. Wenn er sie nur sprengte, alles andere war vorerst nebensächlich.
»Bitte, Eric, beeil dich!«, sagte sie, nachdem die Griddas ihre Positionen eingenommen hatten. »Unsere Schwestern auf dem Planeten leiden entsetzlich.«
»Ich bin so weit«, sagte Eric. Das gesamte Griddaheer und alle Hexen auf dem Planeten befanden sich nun in

seiner Reichweite. Und für Gultrathaca hatte er eine Überraschung parat: Nachdem er seine gesamte Antimagie gebündelt hatte, war er jetzt in der Lage, die drei Schichten auf einmal zu durchbrechen.
»Hast du Angst, Eric?«, fragte Gultrathaca, als sie sein Zittern bemerkte.
Er gab keine Antwort. Stattdessen entfernte er die Tarnung. Ein riesiger gelblich brauner Planet tauchte vor ihnen auf. Gultrathaca bedeutete ihren Griddas, dass sie nun ihre Zauber auslösen sollten.
Mit vereinten Kräften konnten sie gerade einmal die erste Schicht ankratzen.
Erics Hand krampfte sich um die Prapsys. »Es tut mir so Leid, Jungs«, flüsterte er. Im selben Moment zerschlug er die zweite Schicht – so schnell, dass nicht einmal Gultrathaca registrierte, was vor sich ging. Bevor Eric die dritte Schicht in Angriff nahm, sah er die Prapsys an – er konnte einfach nicht anders. Mit großen Augen guckten sie ihn an.
»Wir verstehen das nicht, Eric«, flüsterte das eine.
»Ach, Jungs«, seufzte Eric. »Verzeiht mir.«
»Was gibt es zu verzeihen?« Gultrathaca warf Eric einen durchdringenden Blick zu. Sie hatte mittlerweile gesehen, dass die zweite Schicht so gut wie zerstört war, ohne dass es einer Pause bedurft hatte. Eric hatte die Griddas überhaupt nicht gebraucht: Er hatte gelogen!
Er hob die Hände, mit denen er seine Antimagie steuerte und die ihn noch nie im Stich gelassen hatten. Langsam streckte er die rechte Hand aus, richtete den Zeigefinger auf den Südrand des Planeten und beschrieb, der Kontur folgend, einen Kreis.

Die dritte Schutzschicht zersprang und Eric schloss die Augen.
Er war bereit.
Und Gultrathaca ebenfalls. Sie spürte, wie eine zerstörerische Kraft auf sie zu wirken begann, aber noch war Zeit.
Sie zauderte. Und Eric zauderte ebenfalls.
Gultrathaca hatte mit einem heftigen Gegenangriff unzähliger Zauberer gerechnet und Eric wiederum war darauf eingestellt, Griddas und Hexen auf sich zukommen zu sehen.
Die Wesen, die ihnen von Orin Fen entgegenstrebten, waren weder Zauberer noch Griddas, noch glichen sie den Hexen von Ool. Etwas dergleichen hatten sie noch nie gesehen.

24

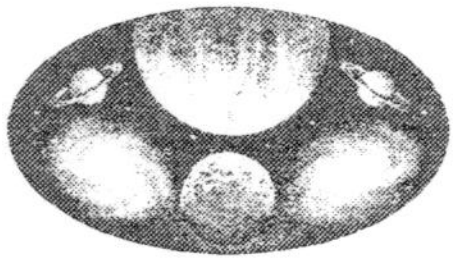

Huang Hai

Rachel, Serpantha und die Essa überquerten, Yemis Geruch folgend, vier Meere und zwei Kontinente.
Schließlich fanden sie ihn dort, wo die grauen Wasser des Huang Hai an die chinesische Küste leckten. Um ihn herum zogen Vögel ihre Kreise. Stumm folgte Schwarm auf Schwarm – es waren heimische Vögel, aber auch solche, die zuvor noch niemand am Himmel über China gesehen hatte.
An der Küste standen dicht an dicht unzählige Landtiere. Still und friedlich standen sie nebeneinander: Raubtiere neben Beutetieren. Kein Tier bewegte sich. Sie hatten alle die Augen geschlossen und die Köpfe zu einer bestimmten Stelle am Himmel erhoben: zu Yemi in seinem leuchtend orangefarbenen T-Shirt.
»Yemi!«, riefen die Essa. Begeistert flogen sie auf den Jungen zu, aber die Vögel verscheuchten sie mit Schnabelhieben.
Da tauchten plötzlich Yemis Schwalbenschwänze auf, bahnten sich einen Weg zwischen den Vögeln hindurch und geleiteten die Essa durch die Lücke zu Yemi hin. Rachel und Serpantha folgten.
Die Vogelschwärme nahmen ihren schweigenden Rundflug wieder auf.

Es war so still, dass Rachel glaubte den eigenen Herzschlag hören zu können.
Yemi schien zu schlafen. Er hatte die Augen geschlossen und sein Kinn wies auf die Tiere an der Küste.
»Hast du so was schon mal gesehen?«, fragte Rachel.
»Weder ich noch ein anderer Zauberer«, flüsterte Serpantha.
»Was geht da vor sich?«
»Ich weiß es nicht. Aber kannst du die Magie spüren, die zwischen Yemi und den Tieren fließt? Hast du bemerkt, wie ruhig sie alle sind?«
Nicht nur Yemi und die Tiere strahlten Ruhe aus, auch das Meer unter ihnen war unbewegt, spiegelglatt. Nicht der geringste Windhauch war zu spüren. Die Sonnenstrahlen, die durch die Wolken drangen, warfen ein absolut gleichmäßiges Licht auf die Szenerie. Schatten und Halbschatten schienen ausgelöscht, als könnte allein ihr Kontrast zum Licht den Frieden beeinträchtigen.
Rachel wagte es kaum, die Stille zu durchbrechen, dennoch musste sie sprechen. Die friedliche Atmosphäre würde ohnehin bald von den Griddas zerstört werden.
Fola schwebte hellwach neben Yemi in der Luft.
»Was geht hier vor?«, fragte Rachel sie.
»Ich kann's dir nicht sagen«, antwortete Fola. »Yemi wollte hierher. Warum, weiß ich nicht. Jedenfalls sind die Tiere ihm gefolgt. Sie stehen schon eine Ewigkeit da, ohne sich zu rühren.« Sie schüttelte Yemi. »Ich versuche die ganze Zeit, ihn wach zu kriegen. Aber das klappt nicht.«
»Es muss eine Art Trancezustand sein«, mischte Ser-

pantha sich ein. »Eine Trance, die Yemi und alle Tiere erfasst hat.«
Die Essa bemühten sich vergeblich Yemis Augenlider aufzuschieben. Rachel und Serpantha versuchten mit vereinten Kräften einen Weckzauber nach dem anderen.
»Was können wir noch tun?«, riefen die Essa. »Er *muss* uns zuhören!«
Über ihnen am Himmel gellte ein Schrei. Es war kein menschlicher Schrei: Er kam aus den Kehlen der Griddas.
Yemi verzog keine Miene.
Weit oben in den Wolken erspähte Rachel eine Wacheneinheit. Der Anführer erteilte den Kindern rasch Weisungen. Seine Stimme klang heiser. Ein kleines Mädchen mit langem rotem Haar war ständig in seiner Nähe; offenbar gehörte sie zu den Spektren.
Rachel bewunderte ihren Mut, zugleich aber wurde sie ärgerlich. Gultrathaca hatte sie in so vielem belogen, wie aber verhielt es sich mit ihren Anschuldigungen gegen Larpskendya? Bisher hatte Rachel jeden Gedanken daran verdrängt. Jetzt sah sie Serpantha ins Gesicht.
»Wo sind die anderen Zauberer?«, fragte sie.
»Wer kommen konnte, ist da«, sagte Serpantha ausweichend.
»Was soll das heißen?« Nun kochte die Wut in Rachel hoch. »Ihr habt doch eine ganze Welt voller Zauberer!«, fuhr sie Serpantha an. »Das hat Larpskendya mir so oft erzählt. Aber nicht mal er ist hier. Hätte ich nicht mein Leben für dich riskiert, wäre jetzt kein einziger Zauberer auf der Erde. Kannst du mir das Ganze erklären?«
»Dafür ist jetzt keine Zeit, Rachel.«

»Weil eure eigene Welt in Gefahr ist? Ist deshalb kein anderer Zauberer gekommen?«
»Ich erkläre dir alles. Aber nicht jetzt. Du musst mir helfen an Yemi heranzukommen.«
»Dir helfen?!«, schrie Rachel und deutete nach oben. »Schau doch! Diese Kinder riskieren alles, weil sie Larpskendya glauben, ohne jede Einschränkung. Du sagst mir jetzt sofort, wo die anderen Zauberer sind!«
»Ich bin da«, sagte Serpantha, den Blick fest auf Rachel gerichtet. »Mehr kann ich dir nicht bieten.«
»Mehr als das Leben eines Zauberer sind wir euch also nicht wert. Nach allem, was geschehen ist . . .«
»Nein, ihr seid uns weit mehr wert.«
»Du sagst es!« Rachel kehrte Serpantha den Rücken.
Über ihnen waren die Griddas aus den Wolken aufgetaucht. Beim Anblick der abgrundhässlichen Wesen überkam die Wachen Furcht, dennoch dachten sie keinen Augenblick daran, die Flucht zu ergreifen. Sie verteilten sich, um Yemi nach allen Seiten hin zu schützen.
Rachel spürte ein heftiges Ziepen an der Wange. Es waren die aufgeregten Essa. »Schau doch! Schau nur!«, riefen sie.
Das rothaarige Mädchen hatte sich von den Wachen gelöst. Von ihrem Spannungssucher getragen, flog sie den Griddas entgegen.
»Sie will verhandeln«, sagte Rachel tonlos. »Das hat Albertus Robertson den Spektren aufgetragen. Das Gleiche passiert jetzt überall.«
Das Mädchen hatte die Wolken erreicht, die Griddas hielten direkt auf sie zu. Rachel, die mittlerweile vor mühsam verhaltenem Zorn zitterte, fuhr Serpantha an:

»Sieh dir an, was das Mädchen sich traut! Wo sind die Zauberer, frage ich dich! Gultrathaca hat gesagt, euch läge nichts an uns. Habt ihr uns die ganze Zeit nur für eure Zwecke benutzt? Erst um die Hexen von Ool hierher zu locken und nun die Griddas nach Orin Fen? Weißt du, was ich glaube? Dass ihr dort eine Falle gestellt habt, um eure letzten Feinde loszuwerden.«

Serpantha sah sie durchdringend an. »Das glaubst du doch nicht wirklich, Rachel!?«

»Was soll ich denn sonst glauben?«

»Von einer Falle kann keine Rede sein«, sagte Serpantha. »Auf Orin Fen werden die Griddas keinen einzigen Zauberer vorfinden, es sei denn, mein Bruder hat den Weg dorthin geschafft. Es hat noch nie viele Zauberer gegeben, Rachel. Von den wenigen, die wir waren, sind die meisten im Kampf gegen die Hexen umgekommen. Die übrigen wurden getötet, als Heebra die Griddas losgelassen hat. Larpskendya hat dir nichts davon gesagt. Er musste darüber schweigen, denn nur die Angst vor uns hielt die Hexen in Schach. Wenn sie je die Wahrheit herausgefunden hätten, wäre keine Welt mehr vor ihnen sicher gewesen.« Er legte die Hand an Rachels heiße Wange. »Deshalb konnte Larpskendya so oft nicht auf der Erde sein. Glaubst du wirklich, er hätte euch allein gelassen, wenn er die Wahl gehabt hätte? Oder hast du mir das zugetraut? Rachel, der einzige Grund, weshalb nur wir beide euch je besucht haben, ist die Tatsache, dass es keine anderen Zauberer gibt. Larpskendya und ich sind die beiden letzten.«

Als die Griddas nahe herangekommen waren, trennten sie sich, um aus verschiedenen Richtungen anzugreifen.

Rachel spürte, dass Serpantha einen mächtigen Zauber zum Schutz der Kinder anlegen wollte, aber noch fehlte ihm die Kraft, ihn aufrechtzuerhalten. Außerdem wäre er selbst im Vollbesitz seiner Kräfte allein nie und nimmer gegen eine solche Übermacht angekommen. Rachel rief ihre eigenen Zauber auf, obwohl sie wusste, dass auch das kaum helfen würde.
Eine erste Garbe Angriffszauber der Griddas kam heran. Gerade noch rechtzeitig konnten die Wachen eine Barriere dagegen errichten.
»Aufwachen!, Aufwachen!«, riefen die Essa.
Yemi blinzelte. Mit beiden Fäustchen wischte er sich den Schlaf aus den Augen. Gleichzeitig begannen die Tiere an der Küste sich zu schütteln, zu recken und zu strecken. Im nächsten Moment zerstreuten sich die Vogelschwärme unter gewaltigem Flügelschlagen.
Rachel schloss Yemi in ihre Arme. »Yemi, kannst du verstehen, was da passiert?«, sagte sie und drehte sein Gesicht den Griddas zu.
Yemi betrachtete die Griddas, dann wandte er den Blick wieder Rachel zu. Er zeigte keine Spur von Angst.
Fola packte seinen Arm und rüttelte ihn. »Du dummer Junge! *Odé*! Kapierst du denn nichts?« Sie deutete nach oben. »Schau sie dir an, die Ungeheuer!«
Yemi lächelte seine Schwester an und gab ihr ein Küsschen.
»Die Kinder auf der Erde brauchen deinen Schutz«, sagte Rachel zu Yemi. »Bitte, Yemi, versteh doch!«
Rachel versuchte währenddessen ihm ihr Anliegen mit Gebärden deutlich zu machen. Er schien nach wie vor nicht zu verstehen.

»Yemi«, begann sie wieder. »Ich kann uns nirgendwo hinversetzen. Aber wir alle müssen von hier weg.«

Über ihnen erklang ein Stöhnen – die Abwehr der Wachen war zusammengebrochen.

Am westlichen Horizont tauchten Kinder auf, schon von weitem schleuderten sie ihre Zauber auf die Griddas. Es waren drei weitere Wacheneinheiten, angeführt von Heiki.

Die Griddas wichen ein wenig zurück. Aber Heiki hatte nicht vor ihnen Zeit zum Erholen zu lassen. Auf ihr Zeichen hin wurden die Augen aller Wachen schwarz und entsandten hunderte von Todeszaubern gleichzeitig auf die Griddas.

Noch nie hatte Rachel etwas derart Machtvolles erlebt. Selbst die Anführerin der Griddas zitterte, als sie merkte, was da auf sie zukam.

In diesem Moment hob Yemi den Blick und legte einen Schutzgürtel um die Griddas, an dem die Todeszauber abprallten.

»Was tust du da?«, schrie Rachel verzweifelt. »Yemi! Es geht doch um die Kinder! Die sollst du schützen, nicht die Griddas!«

Yemi sah sie an. Er schloss die Augen. Die Tiere an der Küste taten es ihm nach. Und mit einem Mal spürten alle, auch die Griddas, einen Ruck.

Yemi gluckste. Er breitete die Arme weit aus.

25

Die Hexen von Orin Fen

Hexen. Der Himmel war voller Hexen. Überall waren sie. Millionen und Abermillionen stiegen von dem Planeten Orin Fen auf.

Dieser Anblick bot sich Eric, nachdem er die letzte Schutzschicht zersprengt hatte. Es waren aber keine Hexen wie die von Ool und auch keine Kampfhexen wie die Griddas.

Eric blinzelte in die plötzliche Helligkeit. Hinter den Hexen waren Meere zu erkennen, große Städte und Berge ohne Schnee.

War das etwa ein Trick von Gultrathaca?

Ein Blick auf ihre entsetzte Miene überzeugte ihn vom Gegenteil. Eric versuchte die Magie der Hexen zu ergründen und stellte fest, dass sie mit jenen von Ool verwandt sein mussten und entfernt auch mit den Furcht einflößenden Griddas.

Wie konnte das sein?

Die Hexen kamen näher und Eric bemerkte zu seinem Erstaunen, das sie schön waren – auf gleiche Weise wie Larpskendya und Serpantha. Ihre Augen schillerten in unzähligen Farben. Eric glaubte jeden Farbton in den Augen der Zauberer zu kennen, doch nun wurde ihm klar, dass dem nicht so war. Es brauchte das Licht einer

intensiveren Sonne, um alle Nuancen zur Geltung zu bringen.
Die Hexen von Orin Fen waren so groß wie jene von Ool, aber zarter gebaut. Sie hatten menschliche Gesichter und keine Klauen.
Das müssen die ursprünglichen Hexen sein!, durchzuckte es Eric. Als damals, vor Urzeiten, eine Gruppe den Planeten verlassen hatte, waren andere zurückgeblieben. Diese – die echten Hexen – hatten weiter mit den Zauberern auf Orin Fen gelebt.
Langsam verteilten sie sich rund um den Planeten und breiteten dann weit die Arme aus.
Sollte das etwa eine Einladung sein? Gultrathaca wusste nicht, wie ihr geschah. Alles hatte sie erwartet, sogar einen Sturmangriff von Millionen kampfbereiten Zauberern, aber nicht das. Auch ihre Meutenführerinnen waren vollkommen verwirrt. Wo steckten die Zauberer? Hatten sie sich getarnt? Schlichen sie sich heimlich an, während diese Wesen sie ablenken sollten?
Die Hexen warteten geduldig, bis sich die Überraschung der Griddas gelegt hatte. Die ganze Zeit über streckten sie ihnen die Arme entgegen – freundlich, einladend.
Gultrathaca schüttelte sich. Sie verspürte den Drang, den Hexen entgegenzueilen und sich von ihnen nach Orin Fen geleiten zu lassen – fort von der abscheulich hellen Sonne. Wirkte da etwa ein Zauber auf sie? Nein. Es musste etwas anderes sein, etwas ganz Außergewöhnliches, das mit dem Wesen der Hexen selbst zu tun hatte.
Gultrathaca versagte sich den Wunsch, auf sie zuzufliegen.
Wie sie kämpften auch die anderen Griddas mit wider-

streitenden Gefühlen. Sie waren auf einen erbitterten Kampf mit den Zauberern eingestellt und dieses Willkommen brachte sie völlig aus der Fassung. Sollten sie die fremden Hexen angreifen, obwohl von ihnen keinerlei Bedrohung ausging? In ihrem Blick lag etwas, das sie maßlos irritierte: Sie sahen die Griddas an, als spiegelten sich in deren Zügen all die abscheulichen Taten, die sie begangen hatten.

Schließlich hielten es die Junggriddas nicht mehr aus. Die lange Reise hatte sie über Gebühr angestrengt. Sie sehnten sich nach behaglichen Tunnels, in denen sie sich von den Strapazen ausruhen konnten, und schwebten auf die Hexen zu. Sie berührten die fremden Wesen, wie es ihre Art war. Als die Hexen merkten, dass sie unter der Helligkeit der Sonne litten, verdunkelten sie den Himmel über ihrem Planeten, bis die Städte ganz im Schatten lagen und die Griddas ihre großen Augen ganz öffnen konnten.

Vergeblich versuchten die Meutenführerinnen die letzten zurückzuhalten. Sogar ältere Griddas schlossen sich ihnen nun an. Eine Meutenführerin warf Gultrathaca Hilfe suchende Blicke zu, als alle ihre Griddas überliefen und sich vorsichtig den Hexen näherten. An den Kampf schienen sie überhaupt nicht mehr zu denken. Ihre Angriffslust war etwas gewichen, das Gultrathaca nicht einordnen konnte.

»Lasst euch nicht überrumpeln!«, schrie sie aufgebracht. »Das ist ein Trick! Die Zauberer halten sich verborgen! Feiglinge sind sie! Geht und sucht sie auf dem Planeten! Los, macht schon!«

Etliche Griddas kamen ihrer Aufforderung nach, doch

kaum hatten sie die Hexen erreicht, schienen sie es sich anders zu überlegen. Sie wurden langsamer, hielten inne und schlossen sich den jungen Griddas an.
Mit Schrecken erkannte Gultrathaca, dass selbst die zuverlässigsten Meutenführerinnen ihr nicht mehr gehorchten.
An Eric, den sie nach wie vor in den Armen hielt, dachte sie überhaupt nicht mehr. Er verfolgte das Geschehen mit vor Staunen offenem Mund. Die Prapsys auf seinen Schultern hüpften auf und ab.
Gultrathaca ließ den Blick über ihr Heer schweifen, das keines mehr war. All ihre Griddas, selbst ihre eigene Meute, hatten sich nun offen mit den fremden Hexen zusammengetan. Sie hörte sie miteinander sprechen und lachen.
Ihr wurde klar, dass das kein Trick der Zauberer sein konnte. Diese Hexen wollten ihnen nichts Böses. Und im Grunde ihres Herzens wünschte Gultrathaca sich nichts mehr, als ebenfalls bei ihnen zu sein. Doch da war etwas, das sie zurückhielt. Sie hatte Jarius erspäht, die sich, nachdem ihre Bewacherinnen übergelaufen waren, zu den anderen gesellt hatte.
Das konnte sie unter keinen Umständen zulassen.
Sie rief einen Todeszauber auf. Eine der Hexen von Orin Fen schwebte ganz in ihrer Nähe, freundlich lächelnd, ein wenig verlegen fast.
Gultrathaca stierte sie an und entließ den Todeszauber, der die Hexe auf der Stelle tötete. In diesem Moment erwachte der Kampfgeist der Griddas, den die Hexen von Ool ihnen angezüchtet hatten. Ihre Muskeln schwollen an und sie fuhren die Klauen aus. Gultrathaca war es ge-

lungen, den Kontakt zwischen den Griddas und den Hexen zu zerstören.
Sie schleuderte einen zweiten Todeszauber, doch Eric zerstörte ihn, bevor er sein Ziel erreichte. Inzwischen setzten auch die anderen Griddas ihre Todeszauber ein. Die Hexen machten erschrocken kehrt und flogen ihrem Planeten zu.
Meute um Meute nahm die Verfolgung auf.
»Halt sie zurück!«, rief Eric. »Du kannst noch aufhören, Gultrathaca.«
»Ich kann, aber ich will nicht.« Mit diesen Worten stieß sie Eric von sich.
Er stürzte ins Bodenlose. Vergeblich versuchten die Prapsys seinen Fall aufzuhalten.
Jarius eilte herbei. Die Griddas aus ihrer Meute wollten sie festhalten, aber sie kämpfte sich den Weg frei, fing Eric und die Prapsys in ihren Armen auf. Halb bewusstlos lag Eric in ihren Klauen.
Die Hexen von Orin Fen zogen sich in ihre Städte zurück. Jarius wusste, dass sie ihren Verfolgerinnen nicht gewachsen waren. Zwar besaßen sie mehr Magie als diese, aber sie waren keine erprobten Kämpferinnen.
Mit Eric und den Prapsys versuchte Jarius zu fliehen, aber schon jagte eine Meute hinter ihr her. Ihr blieb keine Chance. Sie stieß eine Junggridda weg, die sich an sie gehängt hatte, und steuerte auf den Planeten zu. Wo sonst hätte sie hinfliegen können?

Larpskendya, der sich im Strahlenkranz der Sonne von Orin Fen verborgen hielt, sah alles mit an.

Seine Magie war noch nicht wieder so stark wie zuvor. Wochenlang hatten die Griddas ihn durchs All gehetzt. Schließlich hatte er all seine Kraft zu einem mächtigen Ortswechselzauber gebündelt und sich nach Hause katapultiert.
Als er sah, was vor sich ging, wünschte er sich, er wäre Orin Fen fern geblieben.
Er hatte sich wohlweislich versteckt, denn wenn die Griddas ihn erspäht hätten, hätten sie sich sofort auf ihn gestürzt.
Und dann hatte er gesehen, wie die schönen, hochherzigen Hexen von Orin Fen den Griddas ihre Arme entgegenstreckten. Nie hätte er geglaubt, dass eine solche Geste die Griddas verwirren könnte. Und doch wäre es fast gelungen.
Larpskendya spürte, dass ihm Tränen übers Gesicht rannen. Aber welchen Sinn hatten es nun, zu weinen? Jahrhundertelang hatten die letzten Zauberer alles getan, um Orin Fen abzuschirmen. Larpskendya fragte sich, ob sie falsch gehandelt hatten. Nein, denn niemand hatte wissen können, dass Eric solche Fähigkeiten besaß – etwas wie ihn hatte es bislang noch nie gegeben. Larpskendya erkannte, dass es besser gewesen wäre, die Hexen von Orin Fen an den Kämpfen zu beteiligen. Sie wären dann besser gerüstet gewesen, hätten sich zumindest verteidigen können. Schon immer hatten die Hexen den Zauberern im Kampf beistehen wollen, doch Larpskendya hatte es nicht zugelassen. Wir haben sie zu sehr geliebt, wurde ihm klar, und deshalb von jedem Kampf fern gehalten – ein unverzeihlicher Fehler.
Dann hatte er Jarius erblickt und wieder Hoffnung ge-

schöpft. Eine Gridda, die Eric unter Einsatz ihres Lebens schützte!

Nachdem Jarius hatte aufgeben müssen und mit Eric auf Orin Fen zugeflogen war, wusste Larpskendya, dass es nun an der Zeit war, sich zu zeigen. Es gab keine Möglichkeit, die Hexen zu retten – nicht bei einer solchen Übermacht von Griddas. Dennoch war er entschlossen zu tun, was er konnte.

Er flog auf die Griddas zu.

Gultrathaca nahm ihn wahr, noch bevor sie ihn sah: Sein Geruch war unverkennbar! Zusammen mit den Resten ihres Heers flog sie ihm entgegen. Der Zauberer machte ihr ein Zeichen, von dem sie geglaubt hatte, dass es nur die Griddas kannten.

»Nein«, sagte sie lachend. »Kein Zweikampf. Diesen Triumph gönne ich dir nicht.«

Sie schickte drei Meuten vor.

Auf Orin Fen wandten sich tausende von Hexen um und wollten Larpskendya zu Hilfe eilen. Die Griddas hinderten sie daran.

»Nichts und niemand kann dir helfen, Zauberer«, sagte Gultrathaca.

Larpskendya rief seine sämtlichen Abwehrzauber auf und stellte sich den Meuten. Sie zögerten, als sie seine machtvolle Magie spürten. Aber nicht lange.

Der Zauberer stand ihnen allein gegenüber, sie aber waren zu viele und ihr Kampfgeist hätte sie vorangetrieben, selbst wenn der Kampf für sie aussichtslos gewesen wäre.

Gultrathaca wusste, dass Larpskendya den drei Meuten ohne Mühe gewachsen war. Doch *alle* Meuten konnte er nicht vernichten. So viel Macht hatte nicht einmal der große Zauberer.

Die Meuten umzingelten ihn und rückten näher. Ganz allein stand er ihnen im leeren Raum gegenüber.

Plötzlich hielten die Griddas inne. Ungläubig starrten sie die Schmetterlinge und die Kinder an.

26

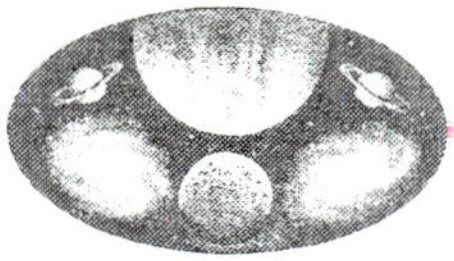

Der Große Vernichter

Sämtliche Erdenkinder waren da. Yemi hatte sie alle hergebracht: die Tieftaucher, die Diebe und die Banden, die Begabten und die weniger Begabten, die des Fliegens mächtig waren und jene, die es nicht konnten. Die Wachen, die mitten aus dem Kampf gerissen worden waren, und die Spektren samt ihrer Spannungssucher. Und um die Kinder herum flatterten gelbe Schmetterlinge, deren zarte Flügel im Sonnenlicht schimmerten.

»Was geht da vor?«, fragten die Essa aufgeregt und klammerten sich an Rachel.

Strahlend schön lockte Orin Fen, auch Rachel fühlte sich unwiderstehlich angezogen. Sie wollte nichts lieber, als auf den Planeten zufliegen.

Jarius hielt Eric nach wie vor fest. Vorsichtig näherte sich Rachel der jungen Gridda.

»Mir geht's gut, Rachel«, sagte Eric. »Vor dieser Gridda brauchst du dich nicht zu fürchten. Ich weiß zwar nicht, wie sie heißt, aber sie hat mich und die Prapsys gerettet. Wir verdanken ihr unser Leben.«

Rachel musterte Jarius' kantiges Gesicht, ebenso die Essa, die ihr nicht trauten. Jarius spürte das Misstrauen und wandte sich an Rachel: »Ich kümmere mich um Eric. Du musst zu Yemi, sonst schlägt er über die Stränge.«

»Ja, geh zu Yemi, Rachel«, sagte Eric. »Aber pass auf, dass du nicht in Gultrathacas Nähe kommst. Nimm dich in Acht vor ihr.«

Ungläubig starrte Gultrathaca Larpskendya an, zu dem sich inzwischen Serpantha gesellt hatte. Was war da passiert? Sie sah einen Zauberer vor sich, der längst tot sein sollte, außerdem die Erdenkinder, die unmöglich eine so weite Reise gemacht haben konnten. Selbst die Griddas, die sie zur Erde geschickt hatte, waren plötzlich hier. Unerwartet aus dem Kampfgetümmel gerissen, gierten sie danach, weiterzukämpfen. Aber wen sollten sie angreifen?

Gultrathaca versuchte die Lage einzuschätzen. Alles war anders geworden. Ihre Griddas waren nicht mehr in der Überzahl, nun, da alle Erdenkinder den Hexen von Orin Fen zu Hilfe geeilt waren.

Wenn sie die Griddas nun kämpfen ließ, würden sie unweigerlich unterliegen.

Sie schwebte zu Yemi hinüber und rechnete damit, sein ewiges Lächeln zu sehen, das sie so sehr aufbrachte. Diesmal aber schenkte er ihr kein Lächeln – als wäre ihm klar geworden, dass sie es nicht ertragen konnte. Sie wandte sich von dem Jungen ab und sah Larpskendya und Serpantha auf sich zufliegen.

»Lass es gut sein«, sagte Larpskendya. »Du hast jetzt die Chance, aufzuhören, Gultrathaca. Ein Befehl von dir genügt.«

»Was soll ich?«, fuhr sie auf. »Der Kampf hat doch noch nicht einmal begonnen!«

»Wie viele Griddas willst du verlieren, bevor du zur Ein-

sicht kommst?« Diesmal hatte Serpantha das Wort ergriffen.
Gultrathaca stierte ihn an. »Warum bist du noch am Leben? Was muss ich noch tun, um dich umzubringen?«
»Du stellst die falschen Fragen«, sagte Serpantha. Überleg dir lieber, wie du die Griddas zurückhältst. Sie kämpfen, wenn du es nicht verhinderst.«
»Warum sollte ich es verhindern?«
»Weil du keine Chance auf einen Sieg hast. Alle Griddas werden umkommen.«
»Glaubst du wirklich, das Leben wäre den Griddas mehr wert als der Kampf, wie auch immer er ausgeht?«
Larpskendya maß sie mit einem langen Blick. »Wir wollen dir etwas vorschlagen.«
»Darf ich raten?«, fragte Gultrathaca. »Du willst mir vorschlagen Frieden zu schließen, stimmt's? Bildest du dir ein, dass wir uns darauf einlassen? Für uns zählt allein der Kampf, Zauberer. Wir kennen nichts anderes.«
»Das stimmt nicht.« Larpskendya hatte die Stimme erhoben, sodass alle Griddas ihn hören konnten. »Die meisten von euch kennen nur friedliche Zeiten. Ich spreche von den vielen, vielen Junggriddas. Sie haben noch nie ernsthaft gekämpft. Wenn du sie jetzt nicht zurückhältst, wird das ihr erster Kampf.«
»*Mein* erster Kampf ist mir in bester Erinnerung«, gab Gultrathaca zurück.
»Bringst du den Mut auf, neue Wege zu gehen?«
Gultrathaca lächelte säuerlich. »Was willst du von uns, Zauberer? Sollen wir vielleicht mit den Erdenkindern spielen?«
»Du hörst dich an wie eine Oberhexe«, sagte Larpsken-

dya. »Überall siehst du Feinde. Aber da sind keine Feinde. Die Kinder wollen nicht gegen die Griddas kämpfen, ebenso wenig wir Zauberer. Einzig und allein die Hexen von Ool wollten den Kampf. Und bedenke, was sie euch Griddas dadurch angetan haben: Sie haben euch in den Untergrund verbannt und für ihre Zwecke benutzt, euch verachtet und euch so vieles versagt.«

»Dafür haben wir Rache genommen«, erwiderte Gultrathaca. »Das ist jetzt unser Kampf, wir selbst haben uns dafür entschieden.«

»Nein«, sagte Larpskendya. »Ihr verfolgt nach wie vor das Ziel der Hexen von Ool. Sie haben euch auf den Kampf gedrillt, aber ihr habt Besseres verdient.«

Gultrathacas Blick fiel auf Jarius. »Ich kenne das, was du ›Besseres‹ nennst. Lieber wäre ich tot als wie sie.«

»Meinst du das ernst?« Larpskendya kam näher. »Der Kampf ist nicht alles, was die Griddas wollen. Und ich glaube, das weißt du auch. Ich habe genau gesehen, wie sie sich beim Anblick der Hexen von Orin Fen verhalten haben. Sogar du hast etwas gefühlt, Gultrathaca. Ich habe dich beobachtet.«

»Aber ich wollte das nicht!«

»Mag sein.« Larpskendya überlegte, wie er ihr sein Anliegen begreiflich machen konnte. »Dass ihr so blutrünstig seid, ist lediglich ein Reflex, mehr nicht«, fuhr er fort. »Wenn Heebra jetzt hier wäre, würde sie wollen, dass ihr kämpft, Gultrathaca. Aber sie hat einen großen Fehler gemacht, was euch Griddas betrifft. Ihr seid keineswegs nur ihre Maschinen. Habt ihr nicht euer Schicksal selbst in die Hand genommen, indem ihr die Tunnels verlassen habt? Und das könnt ihr wieder!«

Gultrathaca zögerte. Sollte ihr Instinkt sie etwa getrogen haben? Sie sehnte den Kampf herbei und ihre Meutenführerinnen ebenso – auch sie hatten ihr ganzes Leben diesem Moment entgegengefiebert.
Sie suchte auf Yemis Gesicht nach seinem Lächeln, nur um es zerstören zu können. Seine Miene blieb ungerührt. Gultrathacas Blick wanderte zu den Junggriddas. Wenn sie jetzt den Kampfschrei ausstieß, würden sie ohne Zögern angreifen. Was aber, wenn sie noch eine Weile dem Einfluss der Hexen von Orin Fen ausgesetzt waren?
Nach wie vor war es undenkbar für sie, sich auf das Ansinnen eines Zauberers einzulassen. Wenn es keinen Kampf gab, konnte es auch keinen Sieg geben. Jedenfalls keinen Sieg für sie und ihre Gefährtinnen. Stattdessen einen Sieg für Larpskendya und Serpantha, für die Hexen von Orin Fen, für Rachel, Eric und Yemi und ein wenig sogar für Jarius.
Der Gedanke war ihr unerträglich.
Sie bereitete einen Todeszauber vor. Er war nicht für Yemi gedacht. Zwar hätte sie ihn am liebsten auf den Jungen geschleudert, doch das wäre die reine Verschwendung gewesen. Der Zauber sollte Serpantha treffen.
»Tu's nicht!«, brüllte Larpskendya.
Im gleichen Moment stieß Gultrathaca den Kampfschrei aus. Er hatte die beabsichtigte Wirkung. Sofort fiel jegliche Unsicherheit von den Junggriddas ab. Mit einer knappen Geste bedeutete Gultrathaca ihnen Serpantha anzugreifen. Sie rechnete damit, dass Larpskendya ihn schützen würde, doch er machte keine Anstalten. Stattdessen wich er beiseite und ließ ihn allein.
»Was tust du da?«, rief Eric.

»Misch dich nicht ein«, gebot Larpskendya.
»Du kennst meine neuen Fähigkeiten noch nicht!«, widersprach Eric.
»Doch, Eric. Halt dich raus.«
Nervös blickte Rachel zu Serpantha. »Willst du denn nicht, dass wir dir helfen?«, fragte sie. »Wir sind alle bereit dazu, das weißt du doch!«
Serpantha lächelte ihr zu. »Das weiß ich. Haltet euch in sicherer Entfernung.« Mehr sagte der Zauberer nicht. Er wartete.
Die irritierten Griddas blickten Gultrathaca fragend an. Auf ein Zeichen von ihr richteten sie alle ihre Todeszauber auf Serpantha.
Urplötzlich befand sich Yemi vor ihm und die Todeszauber prallten an seinem Schild ab.
Gultrathaca spornte ihre Meuten an nicht nachzulassen. Heiki tauschte einen verzweifelten Blick mit Albertus Robertson. »Können wir denn gar nichts tun?«, fragte sie. »Wir müssen ihm doch helfen!«
»Nein«, gab Albertus zur Antwort. »Dieser Kampf währt schon seit einer Ewigkeit. Die Zauberer und die Griddas müssen ihn unter sich ausfechten.«
»Aber ich halte es nicht aus, nichts zu tun!«
»Den Griddas geht es ebenso«, sagte Albertus. »Sie wollen kämpfen. Und das ist den Zauberern bewusst.«
Gultrathaca hatte inzwischen noch mehr Griddas angehalten all ihre Zauber auf Serpantha abzufeuern. Nicht ein einziger fügte ihm Schaden zu. Er musste sich nicht einmal verteidigen, denn Yemi wehrte die Angriffe ab.
»Du kannst mich nicht treffen«, sagte Serpantha zu Gultrathaca. »Selbst wenn du Yemi überwältigst, wird es dir

nicht gelingen. Jedes einzelne Kind hier ist bereit mich zu verteidigen – mich oder wen auch immer du dir als Opfer aussuchst.«

Unterdessen hatten die Meuten unablässig ihre Zauber auf ihn geschleudert – ohne jeden Erfolg. Schließlich erlahmte ihr Eifer. Obwohl Gultrathaca ihnen nicht befohlen hatte den Angriff einzustellen, ließen sie von dem Zauberer ab.

Er war unverletzt und auch Yemi wies nicht die kleinste Schramme auf.

»Glaub bloß nicht, damit sei der Kampf vorbei!«, zischte Gultrathaca Larpskendya zu. Mit einer kaum wahrnehmbaren Bewegung ihrer Klaue sandte sie einen Todeszauber in Erics Richtung – so unerwartet, dass er ihn nicht rechtzeitig bemerkte und vernichten konnte.

Eines der Prapsys warf sich vor Eric. Der Zauber streifte seinen Flügel. Es versuchte den gebrochenen Flügel zu bewegen. Sofort kam ihm sein Gefährte zu Hilfe.

»Was ist?«, schrie Gultrathaca Eric an. »Vernichte mich, wenn du kannst!« Ein rascher Blick auf das Griddaheer verriet ihr, dass es bereits geschlagen war. »Vernichte uns alle!«

Eric hörte das verletzte Prapsy leise wimmern.

»Tu's nicht, Eric!«, rief Rachel.

»Aus dem Weg, Rachel!«, rief Eric, als er seine Schwester auf sich zufliegen sah.

Doch er zögerte noch. Gultrathaca merkte, dass er unentschlossen war, und entließ einen zweiten Zauber, diesmal auf die Prapsys. Yemi hielt ihn auf, doch Eric war nicht entgangen, dass er seine geliebten Prapsys hatte treffen sollen.

»Wie kannst du es wagen!«, tobte er. Jetzt gab es kein Halten mehr für ihn. So lange hatte er sich auf diesen Augenblick vorbereitet.
Yemi legte einen Schild um die Griddas, dann sah er Eric an. Noch nie hatte Rachel Angst in seinem Blick gesehen, jetzt aber war es so weit.
»Geh weg, Yemi!«, sagte Eric warnend. »Ich bin zu allem entschlossen.«
Yemi schüttelte den Kopf.
Eric stellte fest, dass der Schild aus einer schier endlosen Zahl von Schutzzaubern bestand – trotzdem würde er ihn durchbrechen können.
Da legte Yemi seine kleinen Hände über die Augen und rief unter Tränen: »Aufhören! Bitte, bitte!«
Eric hörte ihn und auch die anderen. Er hörte Larpskendya und Rachel und Serpantha und Albertus, alle, die ihn liebten und ihn zu erreichen suchten. Nein, dachte er. Ich werde es zu Ende bringen.
Plötzlich erkannte er, dass er Yemis Zauber gar nicht zu zerstören brauchte. Er konnte sie umgehen, sie umwandeln. Und genau das tat er. Er richtete seine geballte Antimagie auf die Griddas. Er war der Große Vernichter. Er wusste es; endlich wusste er, was den Spektren solche Angst gemacht hatte: Im ganzen Universum gab es keine Zauberkraft, die ihn aufhalten konnte.
Die Griddas sackten zusammen. Hexen von Orin Fen eilten herbei und stützten sie.
Eric sah Gultrathaca erbeben, als sämtliche Magie aus ihr entwich. Larpskendya flog auf sie zu. Er nahm sie in die Arme und hielt sie fest.
Eric spürte etwas Warmes an seinem Ohr. »Hör auf,

Eric«, sagte das Prapsy mit dem gebrochenen Flügel und küsste seine Augen. Er musste es ansehen. Dann traf sein Blick das schmerzverzerrte Gesicht von Jarius, die ihn nach wie vor hielt.

Er ließ den Blick schweifen. Da war Fola, die sich vergeblich bemühte Yemi zu trösten. Die Hexen von Orin Fen weinten. Auch Serpantha weinte.

Und Eric hörte auf.

Die Griddas begannen wieder zu atmen.

Alle, bis auf eine. Sie wollte nicht atmen. Gultrathaca wollte sterben, aber Larpskendya hielt sie mit seiner Umarmung am Leben.

27

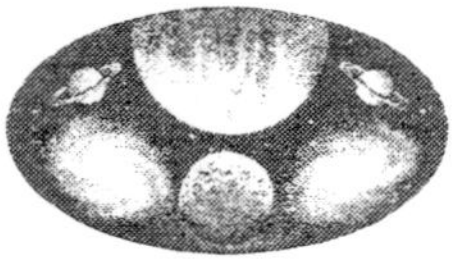

Das Versprechen des Zauberers

Im letzten Moment hatte Eric sich eines Besseren besonnen.

Die Prapsys hatten sich auf seinen Schultern niedergelassen, schmiegten sich an seine Wangen und versuchten ihn zu trösten.

Eric selbst war fassungslos. Was hatte er da nur angerichtet! Er wagte nicht sich auszumalen, was geschehen wäre, wenn er nicht rechtzeitig aufgehört hätte.

Vollkommen verstört und orientierungslos taumelten die Griddas durch den leeren Raum.

Eric sah, wie die Hexen von Orin Fen aufstiegen und wie jede von ihnen sich einer Gridda annahm. Ganz vorsichtig trugen sie die Griddas auf ihren Planeten zu, in den Teil, der im Schatten lag, denn dort würden sie sich am ehesten wieder erholen.

Als Letzte wurde Gultrathaca nach Orin Fen gebracht. Larpskendya selbst hatte sich ihrer angenommen, obwohl auch für sie eine Hexe bereitgestanden hatte. Ohne ein Wort flog er mit ihr auf den Planeten zu und auch Gultrathaca war unfähig etwas zu sagen. Sie sahen einander nur an und die Gefühle, die sie dabei durchfluteten, trieben ihnen die Tränen in die Augen.

Larpskendya hatte Orin Fen erreicht. Konnte er Gultra-

thaca allein lassen, sie der Verantwortung der Hexen übergeben? Der Zauberer war unschlüssig.
Eric zitterte noch immer am ganzen Leib. Die Prapsys versuchten ihn zu beruhigen.
»Um ein Haar hätte ich sie alle getötet«, flüsterte Eric und hob die Hände. »Wie konnte ich nur so etwas tun?«
»Du hast rechtzeitig aufgehört«, sagte Serpantha. »Das hat weit mehr Stärke erfordert als weiterzumachen.« Er hob Erics Kinn. »Du bist etwas ganz Besonderes, etwas Großartiges, weißt du das?«
Eric konnte den Blick nicht von seinen Händen wenden. »Ich hab solche Angst, Serpantha. Was ist nur mit mir los?«
»Du bist ein Vorläufer, Eric. Das bedeutet, dass du als Erster etwas Bestimmtes kannst. Ein Kind mit deinen Fähigkeiten hat es bisher noch nie gegeben. Ich vermute, dass sich unser Schicksal durch dich ändern wird und durch jene, die du anführst.«
»Die ich anführe?«
»Aber das musst du doch wissen!«, sagte eine Stimme. Es war Albertus Robertson. Er und noch ein paar weitere Spektren beobachteten Eric gespannt.
»Was muss ich wissen?«
Albertus' Spannungssucherinnen lachten. Sie tauschten einen verschwörerischen Blick, dann fassten sie sich wie zum Abschied an den Händen und lächelten. Eines der Mädchen nahm Albertus' Gesicht in beide Hände und küsste ihn. Dann wandte sie sich Eric zu und wartete, mit sehnsuchtsvollem Ausdruck.
»Ich verstehe das Ganze nicht«, sagte Eric.
»Ich bin nicht der wahre Anführer der Spektren«, sagte Albertus.

»Wer dann?«
»Du, Eric!«
»Unmöglich, meine Ohren sind doch . . .«
Albertus schüttelte den Kopf. »Du solltest nicht nach dem Äußeren urteilen. Inzwischen müsstest du das doch wissen. Außerdem, sehr wahrscheinlich werden wir Spektren bald ganz anders aussehen. Wie, das weiß ich allerdings noch nicht.«
»Woher willst du wissen, dass ich euer Anführer bin?«, fragte Eric.
»Das haben wir Spektren schon immer gewusst«, antwortete Albertus. »Aber irgendetwas hat uns davon abgehalten hat, es dir früher zu sagen. Und es gab noch einen weiteren Grund für unser Schweigen: Wir hatten Angst vor deinen Fähigkeiten.«
Das Mädchen, das sich von Albertus verabschiedet hatte, sah Eric an. Sie wollte zu ihm hin, wartete auf eine Aufforderung.
»Habt ihr immer noch Angst vor mir?«, fragte Eric Albertus.
»Nein.« Ein seltsamer Ausdruck erschien auf Albertus' Gesicht und plötzlich vernahm Eric tausende von Stimmen. Es waren die Stimmen aller Spektren, die zum ersten Mal zu ihm sprachen – klar und deutlich konnte er jede einzelne hören.
Das Mädchen wurde ungeduldig. »Ich war von jeher als deine Spannungssucherin vorgesehen«, sagte sie, »wenn du mich als Begleiterin möchtest, dann sag es mir bitte jetzt. Ich hab so lange warten müssen.«
»Ich brauch aber keine . . .«, begann Eric, aber das Mädchen ließ ihn nicht zu Ende reden. Sie trat auf ihn zu und

schloss ihn in die Arme. Im selben Augenblick erkannte Eric, dass es so richtig war. Er fühlte sich kein bisschen peinlich berührt.

Den Prapsys entging nicht, wie Eric das Mädchen ansah – genauso vertraut, wie er sie immer angesehen hatte. Das machte sie nervös, aber sie verhielten sich mucksmäuschenstill, um den großen Moment nicht zu verderben.

»Was ist mit euch beiden los?«, sagte Eric.

»Nichts«, erwiderte das eine. »Alles in Ordnung.«

»Habt ihr etwa geglaubt, ich hätte euch vergessen?«, fragte Eric. »Los, ihr kleinen Dummköpfe. Stellt euch vor. Sie muss sich an euch gewöhnen, helft ihr dabei.«

Die Prapsys flatterten von seinen Schultern auf und umschwirrten das Mädchen. »Sagt schön Guten Tag«, forderte Eric sie auf.

In diesem Augenblick fiel ein breiter Strahl Sonnenlicht auf Orin Fen und offenbarte die ganze Schönheit dieser Welt.

Davon angelockt, flogen die Kinder auf den Planeten zu, wo sie von den Hexen freudig begrüßt wurden. Tieftaucher strebten den Ozeanen zu, um das wundersame Leben in den Tiefen zu ergründen, andere Kinder flogen zu den höchsten Bergen von Orin Fen.

Die Spannungssucher waren hellauf begeistert von den neuen Möglichkeiten, die Orin Fen bot. Ausgelassen wirbelten und schwebten sie bald hierhin, bald dorthin. Und ganz kurz hatte Rachel den Eindruck, dass sogar die Spektren von der Schönheit des Planeten tief beeindruckt waren.

»Ich möchte zu den anderen«, sagte Eric und stieß Rachel in die Seite. »Nimmst du mich mit, Rachel?«

Sie zögerte.
»Was hast du? Willst du lieber woanders hin?«
»Nach Hause«, sagte sie. »Ich möchte nach Hause. Dann lachte Rachel. »Aber ich möchte auch nach Ool. Schließlich muss ich meine kleinen Gefährten dort abliefern« – sie zwinkerte den Essa zu, die überglücklich ihren Kopf umtanzten. »Und ich möchte die Sturmwirbel sehen und mit dem Mortikon sprechen. Aber am allerliebsten möchte ich nach Ithrea. Damit ich weiß, dass es Morpeth gut geht.«
»In Ordnung«, sagte Eric. »Ich kann dich zwar nicht hinbringen, aber ich kann was anderes für dich tun.«
Rachel spürte, wie es in ihrem Innern zu jubeln begann: Eric hatte ihre Ortswechselzauber befreit! Ihre Augen wurden erst leuchtend blau, begannen dann zu schillern, als sie sich zu den Flugzaubern gesellten.
Serpantha hatte eine ganze Weile sinnend in den Weltraum hinausgeschaut. Rachel wurde unsicher. »Woran denkst du, Serpantha?«, fragte sie.
»An vieles«, antwortete er. »Ich möchte deine Heimkehr nicht hinauszögern, aber es wäre mir ein Anliegen, dass du mit mir nach Ool kommst. Ondra und ihre Gefährtinnen sind noch immer dort gefangen. Ich möchte gern, dass du dabei bist, wenn sie freikommen.«
»Aber sie haben euch Zauberer doch verraten«, wandte Heiki ein. »Ganz besonders dich.«
»Verraten? Stimmt, das haben sie wohl. Es hat so viel Verrat gegeben. Aber wer hat damit angefangen? Wer vermag zu sagen, was die Hexen von Ool auf diesen verhängnisvollen Weg gebracht hat? Sind wir Zauberer ganz ohne Schuld? Haben wir damals, als unsere Vor-

herrschaft noch nicht bedroht war, wirklich alles getan? Als jene ersten Hexen Orin Fen verlassen wollten, hat keiner sie zum Bleiben aufgefordert. Larpskendya und ich, wir haben einander ein Versprechen gegeben: Wir haben uns gelobt, dass wir niemals, was auch immer geschehen würde, den Glauben verlieren würden, weder an dich, Rachel, noch an die Hexen, woher auch immer ihr Hass rühren mag.« Serpantha lächelte traurig. »Wie dem auch sei, rechtfertigt der eine Verrat den anderen? Fändet ihr es besser, wenn ich Ondra und die anderen in Ketten ließe?«

»Nein«, antwortete Heiki. »Ganz bestimmt nicht.«

»Ich begleite dich«, entschied Rachel und fasste nach Serpanthas Gewand. Dann sah sie auf. Alle anderen Kinder waren nun auf Orin Fen, nur Yemi und Fola nicht. Sehnsüchtig betrachtete der Junge den Planeten, flog aber nicht auf ihn zu. Stattdessen klammerte er sich an Fola, dann sah er Rachel an und wartete.

»Was hast du denn?«, fragte sie, als sie bei ihm war. »Was bedrückt dich, Yemi?«

»Er will sich nicht von dir trennen«, sagte Fola. »Ich hab ihm gesagt, es geht nicht anders, aber er hört nicht auf mich, das weißt du ja.« Sie lachte ein wenig. »Immer muss er weg von dir, sagt er, und das will er nicht . . .«

»Schon gut.« Rachel nahm Yemi in die Arme und drückte ihn fest an sich. »Du willst etwas ganz Bestimmtes tun, Yemi, hab ich Recht?«, flüsterte sie ihm ins Ohr.

Fola lächelte. »Genau! Er hat es schon mal versucht, aber es war zu schwierig. Nein, nicht schon wieder!«

Ein Gewirr von Blättern und Stängeln zuckte in Yemis

Augen auf: Es waren die Pflanzen der Welt Trin mit ihrem lilafarbenen Himmel.
»Geh nur, mein Kleiner«, sagte Rachel. »Du brauchst nicht auf mich zu warten. Ich komme nach, sobald ich kann. Geh nach Trin.«
Mit einem letzten Blick nahm Yemi die intensiven Farben und die atemberaubende Schönheit von Orin Fen in sich auf. Er brauchte kein Wort zu sagen. Rachel wusste auch so, was er empfand. Wieder sah er sie an. Plötzlich hob ein Flattern zarter Flügel an und er, Fola und die Schmetterlinge waren verschwunden. Sie zogen eine gelbe Funkenspur hinter sich her, die erst nach und nach verblasste.
Rachel hatte Tränen in den Augen.
Von Orin Fen winkten ihr die Hexen einladend zu.
»Wenn wir nach Ool wollen, dann sollten wir jetzt aufbrechen«, sagte sie zu Serpantha. »Wenn ich nur wüsste, ob es Morpeth gut geht.«
»Es geht ihm gut«, sagte eine Stimme. Larpskendya war neben ihnen aufgetaucht. »Wie ich höre, willst du fort, aber doch hoffentlich nicht, ohne mir Auf Wiedersehen zu sagen. Das würden meine Zauber niemals dulden!« Er fasste Rachel an den Schultern und sah sie mit leuchtenden Augen an. »Allen auf Ithrea geht es gut, Rachel. Die Griddas haben den Planeten nie entdeckt, aber selbst wenn sie ihn gefunden hätten, bezweifle ich, dass sie ihn hätten erobern können. Trimak, Fenagel, Leifrim und Morpeth hätten es zu verhindern gewusst. Sie sind mutig und setzen sich mit ganzer Kraft ein, wie ihr Erdenkinder, Rachel, und das schätze ich.« Er sah ihr in die Augen. »Bevor du mit meinem Bruder nach Ool aufbrichst,

möchte ich dich bitten mich zu begleiten. Ich möchte dir meine Welt zeigen. Du sollst sie kennen lernen, nachdem ich nun auch die eure kenne.«
»Orin Fen ist wunderschön«, sagte Rachel, den Blick zu dem Planeten gewandt.
»Ja, aber nicht schöner als deine Welt«, erwiderte Larpskendya. »Schönheit ist überall zu finden. Auf der Erde habe ich unglaubliche Wunder gesehen und damit meine ich nicht nur eure Magie. Nirgendwo habe ich liebevollere Eltern und mutigere Kinder erlebt als auf eurer Erde und vor allem bin ich nirgendwo einem so besonderen Kind begegnet, wie du es bist, Rachel.«
Rachel senkte den Blick. »Ach«, sagte sie. »Ich hab so wenig getan. Ich besitze nicht so viel Magie wie Yemi und auch Eric kann weit mehr als ich. Den beiden ist es zu verdanken, dass am Ende alles gut geworden ist.«
Larpskendya sah sie an. »Nein. So ist es nicht. Und selbst wenn, glaubst du, ich würde dich deshalb weniger lieben?«
Rachel barg das Gesicht in seinem Gewand.
Larpskendya hob ihr Kinn und gab ihr einen Kuss auf die Stirn. »Folgst du mir oder fliegst du lieber voraus?«, fragte er.
Bevor Rachel antworten konnte, begannen die Prapsys die Essa zu jagen. Das hatten sie seit dem ersten Augenblick, als sie die kleinen Wesen erblickt hatten, gewollt.
»Jungs, benehmt euch!«, sagte Eric und zwinkerte ihnen zu. Auch er blickte nun hinab auf Orin Fen. »Was sehen wir uns zuerst an, Rachel? Die Städte?«
Die Essa flüsterten Rachel etwas ins Ohr. Sie lachte.
»Was ist?«, fragte Eric. »Hast du dich entschlossen?« Er

wartete. Heiki wartete. Auch Serpantha und Larpskendya, alle.
Lachend flog Rachel auf Orin Fen zu, aber nicht auf die Städte, sondern auf die majestätischen Berggipfel der phantastischen Welt der Zauberer.